MIMI STEINFELD

EINE KURZE LISTE MEINER PROBLEME (Mutter nicht mitgezählt)

Roman

W0274951

GOLDMANN

MIX
Papier aus verantwortungsvollen Quellen
FSC® C014496

Penguin Random House Verlagsgruppe FSC® N001967

1. Auflage
Originalausgabe Februar 2022

Umschlaggestaltung: UNO Werbeagentur GmbH, München
Umschlagillustration: www.illustratoren.de/Veronica Collignon
AB · Herstellung: ik
Satz: Uhl + Massopust, Aalen
Druck und Einband: GGP Media GmbH, Pößneck
Printed in Germany
ISBN 978-3-442-49170-4
www.goldmann-verlag.de

Besuchen Sie den Goldmann Verlag im Netz

Dieses Buch ist ein Wunder. Es wurde mit einem Finger auf einer Tastatur ohne Beschriftung geschrieben. Wenn es kein Bestseller wird, komme ich damit zumindest ins Guinnessbuch der Rekorde.

#Inlovewiththetherapist

Mein Therapeut Samuel Lindholm meinte, es wäre hilfreich, wenn ich niederschreiben würde, was mir den ganzen Tag so durch den Kopf geht. Damit ich mir selbst näherkomme und verstehe, wie die Zusammenhänge funktionieren. Herr Lindholm meint, er selbst wüsste das ganz genau, aber in Wahrheit hat er keine Ahnung. Trotzdem beginne ich heute damit, alles aufzuschreiben, einfach, weil ich Herrn Lindholm gerne glücklich mache, und er ist wahnsinnig glücklich, wenn man seine Anweisungen befolgt.

Vielleicht hat das Ganze ja auch etwas Gutes. Und zwar, dass er begreift, wie schwierig es ist, eine ausgeglichene Person zu sein, wenn man ein Leben führt wie ich. Nicht nur, dass ich mich generell in die falschen Männer verliebe und mit den falschen Männern Sex habe, nein, ich habe auch mit zu vielen Männern Sex, weil ich nicht Nein sagen kann und weil ich meine eigenen Grenzen nicht kenne. Wie soll dann jemand anders meine Grenzen kennen. Ganz logisch. Deswegen soll ich den Kontakt zu Männern während meiner Therapie meiden. Außer natürlich zu Samuel Lindholm. Ganz klar.

Ich kam aus seiner Praxis und checkte meine Mails, während ich zur U-Bahn lief.

Samuel Lindholm zwingt mich, mein iPhone während der Sitzungen abzustellen, was zur Folge hat, dass ich mich nachher durch einen Wust von WhatsApps ackern muss. Einige waren von Phil, dem Make-up-Artist, mit dem ich zusammenarbeite (»*Wo bleibst du Babyyy???*«), aber die meisten Mails waren von meinen Schwestern Anna und Eva. Wir sind uns generell sehr nah und haben viel Kontakt. Oft mehr Kontakt, als ich selbst für gesund halte, aber es ist wirklich schwer, sich gegen meine Schwestern, meine Mutter und Tanten zu wehren. Sie sind wie eine einzige riesige mehrköpfige Schlange, die einen ständig verschlingt und danach gut durchgekaut wieder ausspuckt. Ich lief also zügigen Schrittes zur U-Bahn und scrollte mich durch die WhatsApps:

»*Cressi, diesmal ist es ernst, wir sind alle bei Mama.*«

»*Warum ist dein verdammtes iPhone nicht an.*«

»*Wenn du gerade deinen Therapeuten vögelst, dreh ich dir den Hals um.*«

»*Sie hat gesagt, sie stirbt nicht, ehe du da bist, also leg einen Zacken zu.*«

»*Cressi, Tante Violetta hat gesagt, es ist eine Schande, wenn man nicht mal kommt, wenn die eigene Mutter im Sterben liegt.*«

»*Mutter sagt, du bist enterbt, und Eva und ich bekommen das Haus. Also dalli, dalli.*«

Ich stopfte das Telefon zurück in die Tasche. Manchmal habe ich das Gefühl, ich kriege von solchen Nachrichten einen Orgasmus. Herr Lindholm sagt, das ist meine Reaktion auf wirklich großen Stress, und ich glaube, er hat ausnahmsweise recht. Ich kann einfach nicht mit Adrenalin umgehen, zumindest nicht mit den Mengen, die mein Körper in solchen Momenten produziert. Dazu muss ich sagen, dass Mutter die letzten Jahre immer wieder gestorben ist. Sie hat ein schwaches Herz, und ihr Hausarzt hat uns darauf hingewiesen, dass es jederzeit vorbei sein kann, vor allem, weil Mutter keine Medikamente nimmt, sondern sich mit Kräutertees selbst therapiert. Er hat gesagt, wir sollten uns nicht wundern, wenn wir sie eines Tages tot in der Küche finden. Das sind keine beruhigenden Aussichten. Zudem kündigt Mama auch selbst immer wieder ihr bevorstehendes Ableben an, vorzugsweise wenn eine von uns dreien eine Urlaubsreise bucht oder geschäftlich unterwegs ist. Am liebsten ruft sie an, wenn man gerade im Taxi auf dem Weg zum Flughafen sitzt.

Sie: »Liebes, lass dich nicht aufhalten, ich wollte nur noch einmal mit dir reden.«

Ich (alarmiert): »Was ist los?«

Sie: »Ach, nichts.«

Ich: »Mama!«

Sie: »Es ist wieder das Herz. Dr. Moser wollte mich in das Städtische einliefern. Aber ich habe abgelehnt.«

Ich: »Warum in Gottes Namen?«

Sie: »Ich will zu Hause sterben.«

Schweigen. Ich gebe dem Taxifahrer ein Zeichen, dass er am Straßenrand anhalten soll, was er nur unter Protest tut. Er flucht irgendetwas auf Indisch, und ich bin froh, dass ich ihn nicht verstehen kann.

Sie: »Ich wollte dir nur noch einmal sagen, dass ich dich liebe, Cressida.«

Ich hasse das. Ich hasse das wirklich.

Ich: »Ich bin auf dem Weg zum Flughafen.«

Sie (verschnupft): »Ist schon gut, Cressi, wenn dir dein Job wichtiger ist.«

So läuft es immer. Das Ende vom Lied ist, dass wir bei ihr auf der Matte stehen. Alle. Lindholm sagt, das Verhalten meiner Mutter sei zutiefst manipulativ, und ich solle mich möglichst bald aus dieser ungesunden Verstrickung lösen. Ich glaube, Herr Lindholm hat keine Mutter.

Statt weiter zur U-Bahn zu laufen, winkte ich einem Taxi, nicht ohne vorher einen nervösen Blick zu Lindholms Fenster zu werfen. Ich hatte keine Lust, von ihm dabei ertappt zu werden, wie ich schon wieder schwach wurde und dem Ruf meiner Schwestern folgte. Ich machte schließlich große Fortschritte. Hatte ich nicht noch vorhin betont, dass ich mit der U-Bahn (er hatte zweifelnd die linke Augenbraue nach oben gezogen) zu einem Job für die Cosmo in ein Studio nach Nymphenburg fahren würde? Zugegeben, ich liebe es, ihm zu imponieren. Cosmopolitan hört sich einfach fantastisch an. Wichtig. Glamourös. Sexy. Vor allem unglaublich sexy. Die Wahrheit ist: Ich arbeite als Stylistin, und das ist wirklich die niedrigste Stufe in diesem ganzen Spiel. Ich ziehe die Models an und wieder aus. Zupfe da ein wenig und dort. Aber ich bin nicht unzufrieden. Als Stylistin hat man die reelle Chance, ein It-Girl zu werden. Man denke nur an Chiara Totire. Man muss nur einigermaßen hübsch sein und Stil haben. Stil habe ich auf jeden Fall. Natürlich erzähle ich nichts davon

Samuel Lindholm. Er will mich immer noch davon überzeugen, dass ich mehr an die Zukunft denken und nicht nur von der Hand in den Mund leben sollte. Er meint damit, ich solle studieren, damit ich irgendwann einen »vernünftigen« Job bekomme. Meine Schwester Eva würde sagen:

»Fuck you, Scheißtherapeut! Das ist mein Leben!«

Aber so weit bin ich noch nicht.

Mutter lebte immer noch in dem kleinen Reihenhäuschen in Harlaching, das sie seinerzeit mit meinem Vater gekauft hat. Es gab für Kinder wahrscheinlich keinen besseren Ort auf der Welt zum Aufwachsen als Harlaching. Es war derart ruhig und bürgerlich, dass Eva jedes Mal Brechreiz bekam, wenn sie dort aufschlug. Ihrer Meinung nach musste Rosamunde Pilcher hier geboren sein, ansonsten hätte sie keine derart abgründigen Bücher schreiben können. Eva war Lektorin, und sie hasste Rosamunde Pilcher. Wahrscheinlich weil sie nicht ihre Lektorin gewesen war.

Eva wartete am Gartentor auf mich. Ich konnte an ihrem Gesicht sehen, dass sie schon wirklich lange dort gestanden hatte. Ihre Frisur (hochaktueller Bob, inspiriert von Karlie Kloss, denn langes Haar war ja unfassbar öde) kräuselte sich in der feuchten Frühlingsluft.

»Lindholm hat sich verquatscht.« Das stimmte nicht ganz. Im Grunde hatte ich mich verquatscht, und Lindholm hatte immer wieder diskret auf seine Uhr gesehen, die zwischen uns auf dem kleinen Tischchen stand. Aber er war zu höflich gewesen, um mich darauf hinzuweisen, dass ich die Stunde überzog.

»Bloß weil du in deinen Therapeuten verknallt bist, lässt du uns allein mit Mama.«

Das saß.

Ich muss eines klarstellen: Ich bin nicht in Lindholm verknallt. Ich liebe ihn. Nicht wie andere Patientinnen ihre Therapeuten lieben. Nein. Es ist etwas Wahres. Ehrliches. Eine tiefe, innige Verbundenheit.

»Lass den Scheiß, Eva. Was ist mit Mama.«

»Sie stirbt.«

»Na dann.«

Wir liefen nebeneinander den Gartenweg zu Mamas Haus hinauf. Schröder, Mamas alter Setter, trottete auf uns zu und leckte meine Hand. Drinnen saßen Maggie, Bärbel und Violetta, Mamas Schwestern, und tranken Tee. Sie waren alle ledig oder verwitwet und hatten nichts zu tun, als bei Mama abzuhängen. Sie unterhielten sich über Prinzessin Kates erneute Schwangerschaft und würdigten mich keines Blickes. Wer zu spät zum Tod der eigenen Mutter kam, wurde in unserer Familie wirklich geächtet. Schlimmer ging es praktisch nicht mehr. Manchmal fragte ich mich, was ich mit diesen Menschen gemein hatte, und dann erschien es mir, als hätte ein einziger riesiger Zufall uns alle in diesem Haus versammelt. Anna sagte dann, das sei doch Quatsch, man suche sich seine Familie aus. Die Eltern, sein Schicksal, all das. Manchmal brachte mich Anna mit ihrem spirituellen Gelaber wirklich auf die Palme. Was hatte mich, bitte schön, geritten, mir diese Menschen auszusuchen. Hätte ich mir nicht Charles Bronson aussuchen können? Oder jemanden, der nicht reich, aber dafür unglaublich schön war?

Auf Mamas Bettkante saß Anna mit ihrer kleinen Tochter Suki auf dem Arm. Meine Neffen Benno und Chrissi verhauten einander auf dem Teppich, wobei sie aus Pietätsgründen zumindest keine Geräusche von sich gaben.

»Endlich!« Anna sprang auf und umarmte mich hektisch. »Sie will uns unbedingt zu dritt sehen.«

»So wie immer«, zischte ich sie an.

»Klappe!« Eva nahm ihr Suki vom Arm und schickte sie mit den beiden Jungen nach unten.

»Was geht, Mama.« Ich setzte mich zu ihr, und sie öffnete die Augen, um mir einen ihrer zutiefst strafenden Blicke zuzuwerfen.

»Ich habe es nicht schneller geschafft.«

»Sie musste noch ihren Therapeuten anhimmeln.«

Ich warf Eva einen bitterbösen Blick zu.

»Du brauchst doch keinen Therapeuten, Kind. Dafür hast du doch deine Schwestern.«

In meiner Brust machte sich eine unbestimmte Verzweiflung breit.

»Es gibt nichts, was du mit der Familie nicht besprechen kannst«, sagte Mama mit schwacher Stimme.

»Stimmt. Tante Bärbel war nicht umsonst jahrelang Haushälterin von Pfarrer Drews«, setzte Anna hinzu. Ich sah auch sie böse an.

»Lasst sie«, unterbrach Eva Anna freundlich, »Cressida will schließlich nicht mit ihm reden. Sie will nur Sex mit ihm.«

»Cressi, geh zu meinem Schrank und hol die Schatulle heraus.«

Eva verdrehte die Augen. In der Schatulle bewahrte

Mutter ihren Schmuck auf. Und immer, wenn wieder einmal ihr Ende nahte, nahm sie etwas heraus, was sie an uns weitergab. Plunder, sagte Eva. Aber so schlimm war es nicht. Den letzten Ring hatte ich versetzt und hundert Euro dafür bekommen, die ich dann in ein Paar Peeptoes investiert habe. Das durfte Mama natürlich nie erfahren. Ich holte die Schatulle und stellte sie vor sie auf die geblümte Bettdecke. Sie öffnete den Deckel.

»Mama«, sagte Anna sanft, »jetzt, wo Eva und Cressi da sind, könnten wir dich doch ins Städtische bringen. Cressi könnte Schröder nehmen … (ICH!?) … und Eva schickt Bärbel, Maggie und Violetta nach Hause.«

»Dafür ist es zu spät.«

»Unsinn! Dr. Moser hat gesagt, du musst endlich einer Behandlung zustimmen.« Eva sah demonstrativ auf das Display ihres iPhones.

»Ich kann Schröder nicht nehmen«, warf ich schwach ein. Schließlich wohnte ich in einer WG. Im vierten Stock.

»Die Schatulle ist fast leer«, sagte Mama versonnen. »Ich habe jetzt nur noch drei Dinge für euch.«

Sie tastete mit der Hand in dem Kästchen herum und zog schließlich drei Fotos heraus. Langsam wurde ich ungeduldig. Phil würde mich sowieso umbringen, weil ich zu spät war. Und wahrscheinlich würde ich nie wieder einen Job bei der Cosmo bekommen. Na gut. Wenn ihnen überhaupt auffiele, dass ich nicht da war. Ich schickte Phil heimlich eine WhatsApp, er solle doch schon mal anfangen, die Models auszustaffieren. Er hatte ein unglaubliches Gespür für die richtigen Kombinationen.

»Hier für dich, Eva … Anna. Und dieses da … für dich, Liebes.« Sie hielt mir das letzte Foto hin.

Darauf zu sehen war ein junger Mann. Er kam mir total bekannt vor.

»Wer soll das sein.« Ich starrte auf das Bild.

»Das sind eure Väter.«

»Wie bitte?« Eva legte das Bild auf ihre Knie, als wollte sie eine gewisse Distanz dazu herstellen.

In meinem Kopf summte es. Das ist immer ein untrügliches Zeichen. Lindholm fragt mich oft, wie das so losgeht, mit diesen Zuständen (er sagt »Zustände«, denn »Panikattacken«, das sei ihm zu absolut). Welche Situation. Welche Urzeit. Welcher Geruch. Ich solle das genauestens analysieren und mich dann immer wieder diesen Situationen aussetzen.

»Das ist ganz verschieden«, sage ich dann. Ich will nämlich nicht zugeben, dass ich in seiner Praxis ganz oft kurz davor bin. Eigentlich jedes Mal. Vor dem ultimativen Ausnahmezustand. Mein Nacken kribbelt, meine Schenkel pulsieren. Mein Mund wird trocken. Es ist für mich immer eine Extremsituation, mit einem Mann im selben Raum zu sein, den ich gut finde. Außerdem hatte ich nun wirklich schon ewig keinen Sex mehr (etwa sechs Monate), was die Lage zusätzlich verschärft. Aber selbst ich, und ich bin einiges gewohnt, finde es ziemlich peinlich, dass ich jedes Mal Panik bekomme, wenn ich einen Mann scharf finde. Und Lindholm ist scharf. Definitiv.

»Das ist ein Mexikaner …« Anna hielt mir ihr Bild hin. Sie sah aus, als würde sie gleich ohnmächtig werden »… ein Mexikaner. Und ich frage mich mein ganzes Leben lang, wo ich diese Haare herhabe. Ich meine, Mama ist blond. Vater war blond. Ihr beide seid blond.«

»Kein Wunder, meiner sieht irgendwie nordisch aus.« Eva holte ihre kleine randlose Brille aus dem Ausschnitt ihrer Bluse.

»Und ich habe diese schwarzen Haare.«

»Und deine Neigung zu Voodoo.«

»Dicke schwarze Haare.«

»Und Suki … und die Jungs … diese Augen.«

Ich starrte auf das Bild in meiner Hand.

»Warum hast du uns nichts davon gesagt?«, fragte Anna mit Tränen in der Stimme.

»Und was ist mit Vater?«

»Vater hat mit euch nichts zu tun. Er konnte keine Kinder zeugen.«

»Und das wusste er?« Eva zu schockieren war praktisch unmöglich. Ich kenne niemanden, der so abgeklärt ist wie sie. Aber Mama war das Unmögliche gelungen.

»Nein.«

»Was heißt nein?«

»Nein heißt, er wusste es nicht. Eure Großmutter hat es mir erzählt. Er hatte Mumps und ist mit den Hoden an einem Jägerzaun hängen geblieben. Mit acht.«

So genau hatte ich das gar nicht wissen wollen.

»Wir dachten, es ist besser für ihn, wenn er es nicht erfährt.«

Mama und Oma. Immer pragmatisch. Immer darauf bedacht, dass alles möglichst reibungslos verlief.

»Du hast Vater verarscht«, sagte Anna fassungslos.

»Was heißt verarscht«, mischte sich Eva ein, »sie hat

ihm einfach ein paar unwesentliche Kleinigkeiten verschwiegen. Genau wie uns.«

Nun kann sich bestimmt jeder vorstellen, was mir in dem Moment durch den Kopf ging. Ich hatte mir Charles Bronson gewünscht, und was hatte ich bekommen? Ich griff mir neidisch das Foto mit dem Mexikaner. Er saß in unglaublich weiten Schlagjeans und nacktem Oberkörper auf einem Wasserfass (?), einer Mülltonne (?), einem Baumstumpf (?) und sah aus, als hätte er eben noch etwas Illegales geraucht, bevor er mit Mama in die Kiste sprang, um Anna zu zeugen. Dann der Norweger. Breites Lächeln mit tollen, gesunden Zähnen. Vom Wind zerzaustes blondes Haar, kräftige, braun gebrannte Hände. Ich hätte sterben können vor Missgunst.

»Was ist?« Eva rempelte mich an.

»Nichts. Was soll sein.« Mein Tonfall war etwas spitzer als beabsichtigt. Ich warf ihre Fotos zurück aufs Bett.

»Du hast doch was.«

»Fuck! Lasst mich in Ruhe!«, brüllte ich sie an. »Habt ihr gesehen, welchen Loser ich abgekriegt habe?«

Es war wirklich zum Heulen. Wer war dieser Mann? Wieso wunderte ich mich noch über mein Leben? Mit einem derart beschissenen Genpool.

Meine Schwestern beugten sich über das Bild.

»Den kenne ich.«

»Ich auch. Ganz hinten klingelt was.« Anna kratzte sich überlegend in ihren verdammt schwarzen dicken Haaren. »Der Postbote? Ihr wisst schon, der immer die Päckchen vom Teleshopping ausgeliefert hat …«

»Halt den Mund!«, fuhr ich sie böse an.

»Quatsch. Das war nur ... Er sieht einfach nur so ähnlich aus. Vielleicht liegt es an dem Käppi. Oder dieser Jacke, mit den Knöpfen ...«

»Klappe!«

»Oder am Lieferwagen. Es ist der Lieferwagen. Dieser weiße alte Kasten. Eva, weißt du noch? Wir haben immer gesagt, der bricht bestimmt bald auseinander.«

»Hört auf damit! Es ist nicht der Paketfahrer! Der war viel jünger als Mama.«

»Stimmt. Achtzehn oder so.«

Mir brach der Schweiß aus.

»Außerdem hat er sich... Ach, vergesst es.« Eva winkte ab.

»Nun sag schon.«

»Egal. Er ist es nicht.«

»Was. Ist. Mit. Ihm.«

Eva senkte ihre Stimme zu einem Flüstern. Wahrscheinlich, um Mama nicht unnötig aufzuregen. »Er soll sich irgendwann erhängt haben. Depressionen. Ihr wisst schon. Unbehandelt.«

Anna warf mir einen beruhigenden Blick zu, der sagen sollte, dass ich bei Lindholm in den besten Händen war.

Innerlich musste ich meinen Schwestern recht geben. Der Typ saß in einem Auto, wahrscheinlich einem Lieferwagen. Er stützte sich zusammengesunken auf das Lenkrad, das strähnige Haar fiel ihm vor die Augen. Er sah ernst aus. Fast bedrückt. Ich wollte gar nicht wissen, was Lindholm dazu sagen würde. Mir wurde schlecht bei der Vorstellung, mein Erzeuger könnte ein depressiver Paketfahrer sein. Dann doch lieber Vater.

»Warum rückst du erst jetzt damit raus?«, wandte ich mich an Mama.

Sie hatte die Augen geschlossen und sah irgendwie so friedlich aus. Ihre Hände lagen gefaltet auf der Bettdecke, und in ihren Mundwinkeln schwebte ein Lächeln. Wahrscheinlich über ihren letzten großen Gag. Herzlichen Glückwunsch!

»Mama?«

»Weil sie keinen Bock hatte auf unsere dämlichen Fragen«, seufzte Eva, und wir drei nahmen uns an den Händen.

»So ist das also«, sagte ich.

»Mach's gut, Mama«, sagte Anna.

#family #familystereotype

Ich frage mich, ob in Familien immer dieselben Rollen zu vergeben sind. In unserer Familie, unter uns Schwestern, war Eva schon immer die, die alles im Griff hatte. Sie ist im Nullkommanichts durchs Gymnasium gerauscht und hat dabei nur die guten Noten abgesahnt, danach folgte ein Studium in Berlin, und dann bekam sie gleich einen Superjob bei einem der größten Verlagshäuser in Deutschland. Sie ist nie für irgendetwas zuständig, was die Familie betrifft, weil ihr Leben so unglaublich wichtig ist. Mama hat immer gesagt, lasst Eva, die lernt. Oder: Lasst Eva, die muss sich konzentrieren. Oder: Lasst Eva, die hat etwas Wichtigeres zu tun. Anna dagegen kämpfte sich hinter Eva an den Rand des Wahnsinns. Sie rebellierte und heiratete mit knapp achtzehn einen älteren Mann. Bei ihr hieß es: Lasst Anna. Sie ist schwanger. Sie stillt. Weckt bloß Annas Babys nicht auf. Es ging gar nicht mehr um sie, sondern um ihren Zustand oder um die Babys, ob sie schliefen oder gerade in die Windel kackten oder sich die Seele aus dem Leib brüllten, und vor allem: warum. Mama konnte sich stundenlang mit diesen Fragen beschäftigen, solange es nicht direkt um Anna ging.

Na ja, und dann ich.

Cressi, kannst du mal abspülen? Kannst du Mama zum Arzt fahren, du musst doch Zeit haben? Kannst du dies? Kannst du das? Macht doch kaum Umstände. Du hast doch bestimmt gerade nichts vor. Du hast keine Kinder und keinen wichtigen Job.

Mit dem Hund ein Taxi zu bekommen war eine Herausforderung. Kein Taxifahrer will einen alten, nassen, stinkenden Setter im Wagen haben.

Tante Violetta hatte behauptet, es sei äußerst herzlos von mir, einen alten, trauernden Hund zurückzulassen. Ich hatte erwidert, ich müsse arbeiten. (Ich war sehr stolz auf mich, dass ich meine Stimme im Griff hatte und nicht zu kreischen anfing.)

»Du kannst doch heute nicht mehr arbeiten, Kind«, sagte Bärbel entsetzt. »Deine Mutter ist eben von uns gegangen.«

Seit der Zeit mit Pfarrer Drews verwendete sie unglaublich gerne salbungsvolle Ausdrücke.

»Wahrscheinlich steht sie unter Schock«, vermutete Maggie und drückte mir Schröders Leine in die Hand. »Der Hund wird dir guttun. Hunde sind so mitfühlend.«

Das vermutete ich auch.

Ich teilte mir mit Schröder die Rückbank eines uralten abgeramschten Taxis und musste trotzdem die bösen Blicke des Fahrers auf mich nehmen. Schröder hechelte und schwitzte. Schröder schüttelte sich. Schröder stand auf, tappte auf dem Sitz im Kreis, kratzte am Stoff und brauchte geraume Zeit, um eine bequeme Stellung zu finden.

»Jetzt schauen Sie nicht so, der tritt das Gras in der Savanne platt, der kann nicht anders, das ist genetisch!«, fuhr ich den Fahrer an, worauf er mich in der Notburgastraße rauswarf, während das Studio drei Blocks weiter war. Ich trabte los.

Manchmal ist es unglaublich, was man an einem Tag erledigen kann, dachte ich. Es gibt Tage, da bekommt man kein Bein auf den Boden. Und dann gibt es Tage, da flutscht es nur so. Zum Beispiel heute. Erst der Termin bei Lindholm, dann Mama gestorben, dann der Job bei der Cosmo. Da darf man sich nicht mit Nachdenken aufhalten, da muss man auf Autopilot umstellen.

Phil wartete schon an der Türe auf mich. Er schüttelte sich gerade eine neue Zigarette aus der Packung und zündete sie an.

»Du hast Nerven«, sagte er statt einer Begrüßung.

»Hallo auch«, sagte ich und wollte mich mit Schröder an ihm vorbeidrücken.

»Was soll das sein?« Er hielt mich am Arm zurück und deutete auf Schröder. »Wie kommst du auf die Idee, diesen mottenzerfressenen Flokati mit aufs Set zu bringen.«

»Flokatis sind weiß.« Phil wusste, dass sein Vergleich hinkte, ging aber nicht auf meinen Hinweis ein.

»Der Fotograf ist am Anschlag. Wir warten jetzt seit zwei Stunden auf dich. Die ersten Einstellungen hat er schon gemacht, aber mach dich auf ein Donnerwetter gefasst.«

»Sag einfach nichts.«

Phil zuckte mit den Schultern und trat seine Zigarette auf dem Treppenabsatz aus.

Ich wusste, was ihm auf der Zunge lag. Wenn er mir schon einen geilen Job verschaffte, dann durfte er ja wohl mindestens erwarten, dass ich pünktlich da war. Er hatte ja so recht. Mit Schröder im Schlepptau rauschte ich durch das Studio, in dem der Fotograf gerade ein Model auf einem Stapel Paletten ablichtete. Ich konnte mit solchem Kram nichts anfangen. Wenn man sich ein Bild ansehen sollte, sollte es dann nicht hübsch sein? Ich rauschte so schnell vorbei, dass der Fotograf nur den Mund auf- und zuklappen konnte, aber nichts sagte.

Das zweite Model wartete schon fix und fertig geschminkt und auftoupiert vor einem Kleiderständer, an dem die grässlichsten Klamotten hingen. Das meine ich. Wie soll ich meinen Job machen, wenn die einfachsten Grundlagen fehlen. Das Model sah verzweifelt aus. Es schob die Kleiderbügel von einer Seite zur anderen. Manche Models heulten, wenn ich sie fertig angezogen hatte. Das hört sich jetzt an, als wäre ich eine schlechte Stylistin und herzlos dazu. Aber was soll man tun. Ich griff wahllos in die Klamotten und ließ sie anziehen, was ich als Erstes zu fassen bekam. Für solchen Pipifax hatte ich echt heute keine Nerven. Auf ihren Blick hin sagte ich: »Wahre Genialität entsteht spontan.«

Sie hasste mich.

Mit Schröder verzog ich mich auf die Toilette. Ich klappte den Deckel herunter, setzte mich darauf und holte mein iPhone aus der Hosentasche. Dr. Lindholm.

Lindholm geht immer an sein Telefon, wenn ich anrufe. Das ist Teil unserer Vereinbarung. Es gibt mir Sicherheit, wenn ich mich schlecht fühle. Natürlich darf ich ihn nur in Notfällen anrufen. Ich soll mich fragen:

Handelt es sich um einen Notfall?

Komme ich nicht mehr allein zurecht?

War ich schon einmal in so einer Situation gewesen, die ich dann allein bewältigt habe? Wenn ja, wie?

Was würde geschehen, wenn ich Dr. Lindholm nicht erreichen konnte?

Ja, Lindholm ist ein ausgebuffter Kerl.

Handelte es sich um einen Notfall?

Natürlich.

Kam ich nicht mehr allein zurecht?

Nein.

War ich schon einmal in so einer Situation gewesen, die ich dann allein bewältigt habe? Wenn ja, wie?

Natürlich nicht. Mama war schließlich vorher noch nie gestorben.

Was würde geschehen, wenn ich Dr. Lindholm nicht erreichen konnte?

Dann würde ich vermutlich zurück in den Fitting Room gehen und dem Model die nächste Klamotte anziehen.

Ich beschloss, diese Antwort zu vergessen. Jedem Idioten war klar, dass nicht einmal in Psychotests jeder einzelne Punkt zutreffen musste. Entschlossen wählte ich Lindholms Nummer.

»Catterberg. Ich hatte früher mit Ihrem Anruf gerechnet. Sonst rufen Sie immer etwa …« Er machte eine kurze Pause, wahrscheinlich um auf die Uhr zu sehen, »… fünfundzwanzig Minuten nach unserem Termin an. Jetzt sind schon fast drei Stunden vergangen.«

Ja. Vielleicht rief ich ihn zu oft an. Aber Scheiße, es trafen immer mindestens drei Punkte zu. Oder zwei. Oder ein wirklich, wirklich schwerwiegender.

»Meine Mutter ist gestorben.«

»Oh.«

Ich liebe es, meinen Therapeuten zu verstören. Manchmal möchte ich ihn schütteln und sagen, na, haben Sie so etwas Schlimmes schon mal gehört? Hat Ihnen jemals ein Patient etwas so abgrundtief Grauenhaftes erzählt wie ich? Nein? Ich bin in familiären Traumata nämlich wirklich high-level, und ich würde mir wünschen, dass diese Tatsache einmal ordentlich gewürdigt wird. Ich würde mir wünschen, dass Dr. Samuel Lindholm vor mir auf die Knie sinkt und vor lauter Betroffenheit nur noch wirres Zeug stammelt.

»Wie fühlen Sie sich?«

»Wie ich mich fühle?«, schnauzte ich ihn an. »Wie soll ich mich denn fühlen?«

Schröder hechelte so laut neben mir, dass ich befürchtete, er würde gleich kollabieren. Sicherheitshalber stand ich auf und klappte den Deckel hoch, damit er aus der Kloschüssel trinken konnte.

»Sie machen doch nicht irgendwelchen Unsinn?« Ich liebte es, wenn Lindholm sich besorgt anhört. »Sie sind doch nicht irgendwo am Wasser? Ich meine Wellenrauschen zu hören.«

Einen kurzen Moment erwog ich, ihn im Unklaren zu lassen.

»Nein.«

»Was plätschert da so? Tun Sie jetzt nichts Unüberlegtes. Also. Wo sind Sie?«

»Das ist der Hund.«

Ich hörte ihn unterdrückt ausatmen. Der Gute.

»Also gut. Können Sie Ihre Gefühle in Worte fassen?«

»Ich fühle gar nichts.«

»Sind Sie wütend auf Ihre Mutter?«

»Wenn ich sage, ich fühle gar nichts, dann meine ich das so. Habe ich Ihnen erzählt, was ich letztens dachte, als meine Mutter mich zu Hause anrief?«

»Nein.«

»Das Telefon klingelte, und ich erkannte schon am Klingeln, das ist meine Mutter. Kennen Sie das? Wenn man schon vorher weiß, wer dran ist?«

Lindholm antwortete nicht. Das tut er oft, um mir mehr Raum zu geben.

»Ich wusste also, das ist sie, und dann dachte ich: Gott, vielleicht sagt sie jetzt, Cressi, Süße, nimm es mir nicht übel, aber ich will dich nie wiedersehen. Und ruf auch nicht mehr an.«

»Und was fühlten Sie bei diesem Gedanken?«

»Erleichterung. Können Sie sich vorstellen, wie beschissen es mir ging, weil ich Erleichterung fühlte?«

»Weswegen rief Ihre Mutter an?«

»Sie sagte, ich soll das Haus nicht verlassen, weil der Wetterbericht vor Tornados gewarnt hatte.«

Ich konnte förmlich spüren, wie Lindholm ein »Bitte?« unterdrückte.

»Mama hat immer grässliche Angst vor Naturkatastrophen. Also. Sie hatte natürlich.«

»Es ist vollkommen in Ordnung, wenn Sie keine Trauer spüren.«

»Ich WILL aber Trauer spüren!«, schrie ich ins Telefon.

Schröder zuckte neben mir zusammen und sah mich schuldbewusst an. Er bezog immer alles auf sich, also alles, was so laut war, dass er es hören konnte. Ich klappte den Klodeckel wieder herunter und setzte mich darauf.

»Ich will aber um meine Mutter trauern!«

Ich hörte, wie jemand die Tür zur Toilette leise öffnete.

»Raus!«, brüllte ich.

Schröder brach vor mir zusammen und rollte sich auf den Rücken. Es war bestimmt nicht fair, in Gegenwart eines traumatisierten Hundes so zu brüllen. Andererseits war ich mir gar nicht sicher, ob er überhaupt mitbekommen hatte, dass Mama tot war.

»Wenn Sie die Trauer brauchen, wird sie zu Ihnen kommen. Anscheinend brauchen Sie momentan etwas anderes.«

Manchmal hasste ich Lindholms Antworten. Aber wahrscheinlich hatte er recht. Ich brauchte dringend Sex und ein riesiges Ben & Jerry's. Am besten Chocolate Fudge Brownie oder Karamel Sutra. Oder beides. Es könnte auch ein Apfelstrudel sein.

»Ich schlage vor, Sie beschäftigen sich den Rest des Tages mit dieser Frage: Was brauche ich im Moment wirklich?«

»Was würden Sie denn brauchen?« Meine Stimme klang selbst in meinen eigenen Ohren verzweifelt.

»Es geht nicht um mich, Catterberg.«

Ich starrte wütend auf mein iPhone. Dann legte ich auf. Ich wusste, Lindholm würde mir das nicht nachtragen. Er würde es nicht einmal bei unserer nächsten Sitzung thematisieren. Manchmal wünschte ich mir, er würde sich emotional etwas mehr in unsere Beziehung einbringen.

#lifeinasharedapartement #problemswithroommate

In München ist es vollkommen unmöglich, sich mit meinem Gehalt eine eigene Wohnung zu leisten. Deswegen teile ich meine mit Lucinda Beckett. Sie ist Ende zwanzig, kommt aus London, studiert Philosophie und hat das kräftigste Schamhaar, das ich je zu sehen bekommen habe. Ich meine, alle Welt rasiert, waxt oder sugared. Nicht so Lucinda Beckett. Sie empfindet die Rasur ihrer Schamgegend als sexuelle Belästigung. Männer, die auf einer Rasur bestehen, fliegen hochkant raus. (Ich weiß, dass es nicht für mich spricht, aber ein paar dieser Männer hat sie auch mir abgetreten.) Lucinda Beckett hat keinen Busch, sie hat einen Urwald, ein Gestrüpp, die Rosenhecke um Dornröschens Schloss. Sie ist jemand, der seine Unterhosen mit der Innenseite nach außen überall herumfliegen lässt und ihre benutzten Tampons auf dem Badewannenrand vergisst.

Wer so üppiges Schamhaar hat wie Lucinda Beckett, hat auch kein Problem mit Flokatis. Beziehungsweise, auch wenn Lucinda bemerkt hätte, dass Schröder nicht schon immer in unserer Wohnung gelebt hatte, hätte sie kein Problem damit.

»Hey, Schröder, hey, Cressi«, begrüßte sie uns und ließ sich neben uns auf die Couch fallen.

Lucinda hat eine bemerkenswerte, riesige randlose Brille in ihrem Gesicht, aber ich bezweifle schon länger, dass diese Brille irgendetwas an ihrer Sehfähigkeit verbessert.

Geraume Zeit starrten wir zusammen in den Fernseher. Halb nackte Menschen in Lederfetzen metzelten sich gegenseitig ab und hatten danach Sex miteinander. Ich dachte eine Weile darüber nach, ob ich ihr erzählen sollte, dass mein Vater ein depressiver Paketfahrer gewesen war, ließ es aber dann bleiben. Aber eigentlich kann man Lucinda so gut wie alles erzählen. Menschen wie sie nehmen die meisten Dinge unaufgeregt zur Kenntnis und geben kaum Ratschläge. Im Gegensatz zu meinen Schwestern und Tanten, die so scharf auf Ratschläge sind, dass sie mich oft nicht einmal ausreden lassen, oder ich komme gar nicht zu Wort, bevor sie loslegen. Sie schreiben mir ihre Ratschläge auch gern per Mail und fragen mich dann, ob ich sie mir ausgedruckt hätte. Besonders Tante Maggie kann unglaublich penetrant sein. Sie leitet eine private Gruppe der Anonymen Alkoholiker und glaubt, ihre Meinung sei das Maß aller Dinge. Wenn man nicht aufpasst, hockt man in ihrem Sitzkreis, bevor man bis drei gezählt hat.

Meiner Meinung nach sind Ratschläge das Sinnloseste der Welt, und deswegen rede ich auch so gerne mit Lucinda. Von ihr kommt meist nichts als undeutliches Gebrummel, und sie kann es ertragen, belabert zu werden, was vielleicht an ihrer ausdauernden Yogapraxis liegt.

Aber die Sache mit meinem Vater war mir dann doch etwas unangenehm.

»Hast du schon mal um jemanden wirklich getrauert?«, fragte ich sie schließlich, nachdem ich zwei Folgen *Game of Thrones* über dieser Frage gebrütet hatte.

Lucinda antwortete sehr lange nicht. Sie stand auf und holte eine Schüssel Chips und zwei Flaschen Bier. Sie zappte auf einen anderen Kanal und tätschelte Schröder, der sich zwischen uns zusammengerollt hatte, den Kopf. Irgendwann dachte ich, das geht jetzt zu weit. Auch wenn man Lucinda Beckett heißt und total abgeklärt ist, kann man seiner Mitbewohnerin mal zur Seite stehen.

Irgendwann sagte sie dann:

»Mit sieben hatte ich ein Mauswiesel. Das ist überfahren worden.«

Ich lehnte mich zurück und schloss die Augen, und Lucinda stand auf, um noch eine Runde um die Häuser zu ziehen.

Vielleicht ist Trauer einfach kein Gefühl für jedermann.

Am nächsten Morgen rief mich um Punkt sieben Uhr meine Schwester Anna an. Ich konnte hören, dass sich die Kinder im Hintergrund prügelten und ihr Mann Julius herumbrüllte. Es war meistens kein Vergnügen, mit Anna zu telefonieren. Meistens musste sie das Gespräch abbrechen, weil sich die Kinder würgten, ein

Kind Durchfall bekam oder auf den Teppich kotzte oder ein anderes sie permanent belaberte.

Eigentlich hatte ich das Klingeln ignorieren wollen. Aber ich hatte ein schlechtes Gewissen, weil ich mich am Tag vorher so schnell vom Acker gemacht hatte. Deswegen ging ich ran, als ich Annas Nummer auf dem Display sah.

»Wir treffen uns heute Nachmittag bei Maggie«, sagte sie anstelle einer Begrüßung. »Wir müssen einiges besprechen.«

Ich hasste es, zu Maggie zu fahren. Alle hassten es. Früher war sie diejenige gewesen, die einen ständig abknutschte. Sie hatte keine eigenen Kinder bekommen können und hatte beschlossen, ihre ganze Liebe über uns Mädchen auszuschütten. Anna nannte es Zuwendung, Eva nannte es Übergriffigkeiten.

»Sei bitte pünktlich.« Das Telefon knackste, vermutlich, weil eines der Kinder am Kabel des Routers riss.

»Ich habe heute Nachmittag einen Termin in der Agentur.« Das war eine Lüge, hörte sich aber in meinen Ohren plausibel an. Ich hatte nicht einmal eine Agentur wie jede andere anständige Stylistin. Aber das wusste Anna ja nicht.

Bei Anna schwoll das Gebrüll zu solcher Lautstärke an, dass ich sie nicht mehr verstehen konnte.

»Ich höre nichts!«, schrie ich ins Telefon.

Anna brüllte auch irgendetwas, dann war es kurz still.

»Mama«, konnte ich Benno sagen hören, »Chrissi hat mein Asia Drachenfeuer ins Klo geschmissen.«

»Dann soll er es wieder rausholen.«

»Er sagt, ich soll es selber rausholen.«

»Sag ihm, er kriegt eine geknallt, wenn er es nicht sofort rausholt.«

»Er hat aber schon gespült.« Benno hörte sich weinerlich an.

Ich war unglaublich froh, dass bei mir niemand Playmobil-Figuren ins Klo schmiss, sondern nur Lucinda Beckett ihre Tampons.

»Und jetzt geht nichts mehr durch.«

»Um drei«, sagte Anna knapp und legte auf.

Ich zog mir die Decke über den Kopf. Am liebsten hätte ich mein Bett überhaupt nie wieder verlassen. Ich konnte Menschen verstehen, die so viel aßen, dass man sie mit dem Kran aus dem Bett heben musste, wenn sie gestorben waren. Denen ging es nicht ums Essen. Die wollten einfach nur im Bett bleiben. Ich zog in Erwägung, gleich damit anzufangen und den Grundstock für ein übergewichtiges Leben im Bett zu legen. Aus der Küche hörte ich leise Geräusche. Wahrscheinlich Lucinda, die sich für die Uni fertig machte. Ich seufzte und schwang meine Beine aus dem Bett.

Es war nicht Lucinda, sondern ein Kerl, den Lucinda letzte Nacht auf der Straße aufgegabelt hatte. Er stand in Boxershorts vor unserem Kühlschrank und fütterte Schröder mit einem alten aufgeweichten Hotdog. Manchmal machte mich das echt fertig, dass Lucinda ständig irgendwelche Typen anschleppte. Man musste ganz schön an sich arbeiten, um da hart zu bleiben. Aber Lindholm meinte, in meiner jetzigen Verfassung würde mich ein intimes Verhältnis zu einem Mann um Jahre zurückwerfen. Ganz ehrlich. Das hatte ich noch nie verstanden. Wohin sollte es mich denn zurückwerfen? In die frühen Neunziger? Gut, das wäre dramatisch, aber zu überleben. Um genauer zu sein, ich fand, ich hatte momentan nicht viel zu verlieren.

»Na?«, sagte der Typ und kramte weiter in unserem Kühlschrank herum.

Ich lehnte mich mit der Schulter an den Türstock.

»Selber na.«

Er reichte Schröder noch ein Stück Käse, wobei ihm Schröder fast den Finger abbiss. Er meinte das nicht böse, es war nur so, dass er einfach nicht sehen konnte, wo der Käse aufhörte und der Finger anfing. Der Typ ließ sich nichts anmerken.

»Und du bist also Lucindas Freundin«, sagte er und rieb sich die Hand. »Ich hab' dich gestern schon auf der Couch schlafen sehen.«

Ich kann es nicht leiden, wenn jemand sieht, wie ich schlafe. Das ist ein Eingriff in die Intimsphäre. Das ist fast so schlimm, als würde mir jemand dabei zusehen, wenn ich mich selbst befriedige.

»Du hast süß ausgesehen.« Schröder setzte sich vor den Typ und tropfte seinen Speichel auf dessen nackte Füße. »Ist das dein Hund?«

Ich zuckte mit den Schultern.

»Sieht wohl so aus.«

»Netter Hund. Ich bin Mika.« Er streckte mir die Hand hin, und ich nahm sie.

»Cressi.«

Es war eine warme, schlanke Hand mit festem Griff. Ich versuchte, mir in Erinnerung zu rufen, was Lindholm über meine Beziehungen zu Männern gesagt hatte, doch mein Gehirn war wie leer geblasen. Mein Gehirn fühlte sich an wie eine Wüste, durch die der Wind diese komischen dornigen Strauchdinger treibt, die man in Western immer sieht. Ich glaubte sogar zu hören, wie jemand »Spiel mir das Lied vom Tod« auf der Mundharmonika spielte, und ich glaubte, sagen zu müssen: Bitte heb mich hoch und vögel mich gegen die Wand.

Mika hatte wirklich einen erstaunlichen Bizeps und wahnsinnig breite Schultern. Ich war mir sicher, dass er es konnte.

»Hast du was gesagt?«, fragte Mika und hielt meine Hand immer noch fest.

»Ich sagte, ich hol mir jetzt ein Glas Milch aus dem Kühlschrank«. Ich zog meine Hand weg und riss den Kühlschrank auf.

»Lucinda ist schon zur Uni. Sie hat gesagt, ich soll mit dir frühstücken und dich ein bisschen aufheitern.«

»Lucinda hat immer die größten Scheißideen.«

Ich goss mir Milch in ein Glas, und wir setzten uns einander gegenüber an den Küchentisch, wobei der Tisch ein Witz ist. Unsere Küche ist so klein, dass ich irgendwann einfach ein quadratisches Brett an die Wand geschraubt habe, auf dem man zur Not essen kann. Allerdings isst Lucinda meistens in der Uni und ich in dem asiatischen Imbiss an der Ecke. Die Chinesen dort glauben, ich hätte kein Zuhause. Letzte Woche wollte mir die dicke chinesische Köchin eine Wolldecke mitgeben. Ich habe abgelehnt.

Unsere Knie berührten sich, und ich zog meine Beine nicht weg. Sollte sich Lindholm doch zum Teufel scheren. Wann hatten meine Knie zum letzten Mal ein Paar männliche Knie berührt. Ich dachte darüber nach, während Mika sich in seinem Stuhl zurücklehnte und die Arme vor seiner beachtlichen Brust verschränkte, doch ich konnte mich nicht erinnern. Einmal hatte ich versehentlich Samuel Lindholms Knie berührt, aber dabei waren wir beide angezogen, und Lindholm war sofort aufgesprungen und hatte sich in einen anderen Sessel gesetzt. Als hätte ich eine ansteckende Krankheit.

»Was hast du heute noch so vor?«

Ich sah Mika misstrauisch an. Konnte er Gedanken lesen? Wusste er, dass ich gerade daran dachte, ihn in mein Zimmer zu schleppen?

»Warum willst du das wissen?«

»Lucinda hat gesagt, du bist psychisch etwas labil, und meinte, wenn es geht, sollte ich ein Auge auf dich haben.«

So weit war es also. Lucinda stellte einen Kerl, den sie erst in der Nacht vorher kennengelernt hatte, als Babysitter bei mir ab. Ich musste wirklich ein ernstes Wort mit ihr reden, wenn sie nach Hause kam.

»Ich hätte heute echt Zeit.« Mika beugte sich nach vorne und stützte seine Arme vor meinem Glas Milch auf dem Holzbrett ab. »Ich muss erst heute Abend wieder zur Arbeit. Wir könnten ein bisschen rausgehen. Enten füttern oder so.«

»Enten füttern.«

»Na ja. Spazieren gehen. Was Chilliges.«

»Und was kriegst du von Lucinda dafür?«

Mika wand sich.

»Ich hab' heute echt Bock auf Enten füttern«, sagte er

und blickte durch das Fenster nach draußen. Am Himmel ballten sich schon wieder bleigraue Wolken, und Sprühregen benetzte die Fensterscheibe. Ein grässliches Wetter selbst für Ende April.

»Was hat sie dir versprochen?«

»Oder lieber Deutsches Museum?«

»Was?«

»Ich war erst letzte Woche drin. Total beeindruckend. Vor allem die Abteilung mit den Flugzeugen.«

Wir starrten uns ein paar Sekunden an, dann stand ich auf und trank mein Glas in einem Zug leer.

»Sie bläst dir später einen, oder?«

Ich kannte Lucinda zu gut. Sie konnte um alles handeln. Miss Flohmarkt. Sie schaffte es sogar, bei McDonald's ihren Cheeseburger um die Hälfte herunterzuhandeln. Und wenn es sein musste, war sie nicht zimperlich. Sie sagte, das käme von ihren Eltern, weil bei ihnen zu Hause nie Geld da gewesen sei und sie sich immer irgendwie habe durchschlagen müssen.

»Englischer Garten?«

»Vergiss es.«

Ich stellte das Glas in die Spüle. Wie tief musste man sinken, dass einen ein gut gebauter Kerl fragte, ob man mit ihm Enten füttern ginge. Vielleicht sollte ich Lucinda vor die Tür setzen und ein eigenständiges Leben führen. Vielleicht könnte ich bei den Chinesen unterschlüpfen, Teller waschen und abends vor der Gefriertruhe in der Küche auf der alten Wolldecke schlafen. Ich würde eine unschlagbare Cinderella abgeben. Dann bräuchte ich keine Wohnung mehr. Oder ich gab in Zukunft mein Geld nicht mehr für Lindholm aus. Bei dem Gedanken wurde mir schwindelig. Dann lieber die Wolldecke.

»Na gut.« Mika knickte ein. »Du hast recht. Aber hey, wir könnten uns trotzdem einen netten Tag machen.«

Ich sparte mir ein weiteres »Vergiss es!« und knallte die Küchentür hinter mir zu.

#momstestament

Pünktlich um drei schlugen wir alle bei Maggie auf. Eva, Anna, Tante Bärbel und Violetta. Sie waren alle komplett in Schwarz, ich trug Jeans und T-Shirt. Anna hatte nur Suki dabei, die auf ihrem Arm schlief, die Jungs waren beide noch in der Schule. Wir trafen uns vor dem Haus auf der Straße und liefen dann gemeinsam die Treppen in den sechsten Stock hoch. Ich musste Schröder und Tante Bärbel ziehen, die sich bei mir untergehakt hatte.

»Du solltest endlich in eine Wohnung mit Fahrstuhl ziehen«, war das Erste, was Bärbel zu Maggie sagte. Maggie verdrehte nur die Augen und drückte uns einen feuchten Kuss auf die Stirn. Sie war auch nicht schwarz gekleidet, sondern trug eine Art marokkanischen Kaftan. Irgendwie war sie in der Hippiebewegung hängen geblieben. Ihr weißes Haar war in der Mitte gescheitelt und hing ihr fast bis zur Hüfte. Ihr roter Kater Peace flüchtete auf den Wohnzimmerschrank und fauchte, als er Schröder sah. Die Wohnung roch nach Räucherstäbchen, die Maggie immer großzügig einsetzte, weil sie das Gefühl hatte, es würden ständig Geister um sie herumschwirren, und sie es manchmal einfach nicht ertragen konnte, dass Großmutter und Großvater ihr so nah auf die Pelle rückten. Ich konnte das verstehen und erwog, dasselbe bei Lucinda zu probieren.

Wir drängten uns alle auf die bunten Sitzkissen um den Couchtisch, und Maggie stellte Tee mit Rum in die Mitte.

»Also gut«, sagte Maggie. »Schön, dass wir alle hier sind. Es geht um Evelines Testament.«

»Du hast Evelines Testament?«

Tante Violetta sah ganz schön sauer aus. Sie war die jüngste der vier Schwestern und arbeitete immer noch als Lehrerin an der Schule, auf die auch Annas Söhne gingen. Alle fürchteten sie. Auch Chrissi und Benno, die sonst gar nichts fürchteten. Nicht einmal den Weihnachtsmann.

»Es geht um mehrere Dinge«, sagte Maggie scharf, ohne auf Violettas Kommentar einzugehen. »In erster Linie natürlich um die Verteilung ihres Besitzes. Aber auch noch ein paar andere Themen.«

Andere Themen?

»Das Haus geht an Anna und Eva. Das Evvie's an Cressi. Hier steht, sie soll die Bude ausräumen, das Mobiliar verscherbeln und das Bistro verpachten. Oder so.«

»Kann ich nicht lieber einen Teil vom Haus haben?«, wandte ich ein.

Ich hasste alles, was kompliziert war. Und das Evvie's war sehr kompliziert. Ein altes, seit Jahren leer stehendes Bistro. Ich hatte null Bock darauf, irgendwelches Mobiliar bei eBay einzustellen. Dazu war ich viel zu chaotisch. Ich war ja nicht einmal in der Lage, die Mails zu checken, die vom Kleiderkreisel eintrudelten. Was dazu führte, dass ich kaum je ein Teil verkaufte.

»Ich bin echt nicht die Richtige für das Evvie's«, hakte ich nach.

»Stell dich nicht so an, Schätzchen«, Maggie kniff mir in die Wange, »deine Mutter wollte es so!«

»Ich war seit Jahren nicht mehr dort!«

»Das ist kein Argument! Cressi, wir haben keine Zeit für solche Diskussionen.«

Ich verschränkte wütend die Arme vor der Brust.

»Ihr wisst ja, wie klaustrophob Eveline war«, machte Tante Maggie mit ihrem Text weiter.

Ja, das wussten wir. Meine Mutter konnte nicht mit Aufzügen, nicht mit der U-Bahn und nicht einmal mit einem normalen Zug fahren. Auch mit Autos tat sie sich schwer. Einmal zog sie im Zug von Frankfurt nach München auf freier Strecke die Notbremse. Es war ein irrer Aufwand, sie aus der Nummer wieder rauszuhauen. Danach fuhr sie nicht mehr Zug. In ihrem Haus waren alle Türen ausgehängt, sogar die Klotür – oder gerade die, weil der Raum so klein war. Ich hasste es, bei Mama auf die Toilette zu gehen. Es konnte vorkommen, dass man auf der Toilette saß und der Briefträger zur Haustür hereinkam, weil Mama auch die Haustüre nie absperrte, und die Toilette lag der Haustüre genau gegenüber, nur durch drei Meter Flur getrennt. Gut, ich kannte den Briefträger seit meiner Kindheit. Aber es ist trotzdem etwas seltsam, wenn er mit einem Small Talk machen will, während man den Tampon wechselt.

»Mama war nicht klaustrophob, Mama war total durchgeknallt«, sagte Eva.

Sie sah unauffällig auf die Uhr, wahrscheinlich hatte sie bald den nächsten Termin, und das Zeitfenster, um Mamas sämtliche Belange zu klären, war dementsprechend klein.

Maggie schenkte uns Tee ein, und ich stürzte meine Tasse sofort hinunter und nahm danach gleich eine zweite. Der Rum fühlte sich irrsinnig gut in meinem Kopf an. Wenn ich ehrlich bin, konnte ich mich kaum konzentrieren, weil ich immer noch so wütend auf Lucinda und diesen Kerl war.

»Sprich nicht so von Mama«, wies Anna Eva zurecht, »sie war eine gute Mutter.«

»Wenn sie auch durchgeknallt war«, nickte Bärbel. »Aber das sollten wir ihr nicht vorwerfen. Jeder hat sein Päckchen zu tragen. Der ein kleineres. Der andere ein größeres.«

»Deswegen finde ich, wir sollten ihr auch ihre letzten Wünsche erfüllen.« Maggie nippte an ihrem Tee und holte einen zerknitterten Zettel hervor, den sie anscheinend schon geraume Zeit in ihrem Kaftan mit sich herumgetragen hatte. Sie faltete ihn umständlich auseinander und setzte sich ihre eckige Lesebrille auf die Nase.

»Also. Zuerst die einfachen Dinge. Sie will zur Beerdigung das Kleid tragen, das sie 1975 auf Violettas Hochzeit anhatte. Es ist giftgrün mit kleinen Knöpfen und an der Seite geschlitzt …« Maggie kniff die Augen zusammen. »… und es müsste immer noch bei Violetta sein zusammen mit den anderen Brautjungfernkleidern.«

»Das ist albern«, sagte Violetta. »Das Kleid passt ihr doch gar nicht mehr.«

»Klar passt das Kleid. Mama hat seit damals kein Gramm zugenommen.« Eva schubste Schröder weg, der seinen Kopf auf ihre Knie gelegt hatte. Sein Speichel vertrug sich nicht so gut mit ihrer cremefarbenen Seidenstrumpfhose.

»Das lass mal unsere Sorge sein, Violetta. Bring uns einfach das Kleid, und zur Not lassen wir es ändern.« Maggie hielt den Zettel jetzt ein Stück weiter von sich weg, um Mamas Handschrift besser lesen zu können. »Also. Wann bringst du es vorbei?«

»Eveline hat uns schon immer tyrannisiert. Wir sollten uns das nicht länger bieten lassen.« Energisch stand Violetta auf und nahm ihre Handtasche. »Was soll dieser Unsinn. Es ist doch nur Unsinn, was sie von uns verlangt. Sie soll das anziehen, was wir wollen. Etwas Angemessenes, was ihr auch passt.«

»Setz dich wieder hin und trink deinen Tee, Violetta.«

»Ich kann das Kleid nicht bringen«, gab Violetta zu. »Es ging letztes Jahr in die Altkleidersammlung.«

Wir sahen uns betroffen an. Bärbel faltete die Hände vor der Brust.

»Um Gottes willen, Violetta, Evelines Brautjungfernkleid! Du weißt doch, wie sehr sie daran hing.«

»Wir hatten Streit.«

»Aber dann gleich das Kleid wegwerfen. Es gibt doch für alles eine christliche Lösung, hat Pfarrer Drews immer gesagt.«

»Ich war sehr wütend, da waren drastische Maßnahmen angebracht.«

Violetta setzte sich wieder zwischen Anna und mich, und ich schenkte uns Tee nach. Sie sah nicht aus, als wollte sie mit uns darüber diskutieren.

»Um was ging der Streit?«, wollte Anna wissen.

»Kind, es gibt Dinge zwischen Schwestern, die sind nicht für anderer Leute Ohren bestimmt«, sagte Violetta.

Oh ja. Ich könnte stundenlang von solchen Dingen erzählen.

»Aber was soll Eveline den jetzt tragen? Wir können sie doch nicht nackt in den Sarg legen!«

»Stehen irgendwelche Alternativen auf dem Zettel?«, fragte Eva pragmatisch, doch Maggie schüttelte den Kopf.

»Keine Alternativen. Hat jemand eine Idee?«

Alle schwiegen.

»Wir könnten ihr ein anderes grünes Kleid besorgen«, schlug Anna vor. »Ich habe letzte Woche ein hübsches bei H&M gesehen.«

»Würdest du das erledigen, Schätzchen?«

Anna nickte.

»Gut. Nächster Punkt. Eveline will keinen Pfarrer auf ihrer Beerdigung.«

»Oh mein Gott!« Nun sprang Bärbel auf. »Das geht zu weit! Man kann ihr wirklich nicht alles durchgehen lassen! Was sollen die Leute denken!«

»Das kann uns doch egal sein«, sagte ich.

Ich hasste dieses »Was sollen die Leute denken«. Die Leute dachten sowieso immer das Schlechteste. Vor allem über die durchgeknallte Familie Catterberg. Pfarrer hin oder her. Sie würden bei Mamas Beerdigung stehen und lästern. Wahrscheinlich war das Mama gerade recht. Noch auf ihrer eigenen Beerdigung einen Skandal auszulösen.

»Nein. Ich wehre mich entschieden gegen diesen Punkt.« Bärbels Stimme zitterte. »Ich habe einen Ruf in der Gemeinde zu verlieren. Es kommt überhaupt nicht infrage …«

»Schluss jetzt, Bärbel! Es ist Mamas letzter Wille, es geht hier nicht um dich!«, fuhr Eva sie an.

»Finde ich schon. Eveline muss schließlich nicht die Konsequenzen tragen, sondern ich. Ihr wohnt alle in Schwabing. Nur ich wohne in Harlaching. Die Leute werden sich das Maul über mich zerreißen. Eine Beerdigung ohne Geistlichen. Ich bitte euch!«

Sie atmete tief durch.

»In München kein Problem«, sagte Maggie, die schon lange aus der Kirche ausgetreten war.

»Außerdem habe ich schon mit Pfarrer Drews gesprochen. Es war die größte Freude, die ich ihm machen konnte. Ihr hättet ihn sehen sollen. Er ist geradezu aufgeblüht, als ich ihn darum gebeten habe, die Beerdigung zu übernehmen.«

»Pfarrer Drews ist dement«, wandte Anna ein.

»Ja. Und deswegen kann ich ihm das nicht nehmen. Das würde ihn umbringen.«

»Er hat das doch sowieso schon wieder vergessen.«

»Hat er nicht. Er spricht von nichts anderem mehr.«

Alle schwiegen wieder und nippten an ihren Teetassen. Schröder rollte sich umständlich auf dem Teppich zusammen, und Peace sprang vom Wohnzimmerschrank und spazierte in die Küche. Langsam stieg mir der Tee wirklich zu Kopf. Ich spürte, wie mein Zorn auf Lucinda nachließ, und beschloss, sie nicht auf die Sache anzusprechen. Wahrscheinlich sah ich Mika nie wieder. Lucinda würde schnellstens einen anderen Typen aufreißen, und wir konnten das Ganze vergessen. Außerdem hatte ich morgen eine Sitzung bei Lindholm. Der Gedanke daran machte mich schon jetzt high.

»Also gut. Pfarrer Drews ist ja kein richtiger Pfarrer mehr. Er ist seit zehn Jahren im Ruhestand und ist dement. Er kann also die Beerdigung leiten, und wir verstoßen trotzdem nicht gegen Evelines letzten Willen«, sagte Maggie schließlich. »Wer ist dafür?«

»Uns wird der Blitz treffen«, wandte Anna ein.

Alle hoben zögernd die Hand.

»Wunderbar. Dann zum letzten Punkt.« Maggie drehte den Zettel um. »Es geht um Evelines Klaustrophobie.«

Nun waren wir alle gespannt. Selbst Schröder stellte kurz die Ohren auf, bevor er wieder einschlief.

»Also. Evelines schlimmster Albtraum ist es, in der Erde verbuddelt zu werden.«

Das war tatsächlich kein schöner Gedanke. Ich konnte Mama verstehen. Darauf hatte wohl niemand Lust. Ich vergrub meine Hand in Schröders weichem Fell.

»Deswegen will sie eingeäschert werden.«

Wir atmeten auf. Eingeäschert werden war nun wirklich kein Problem.

»Ja, das ist in Ordnung«, sagte Bärbel. »Wo wir schon dabei sind. Ich will auch eingeäschert werden. Dieser Verbuddelei konnte ich noch nie etwas abgewinnen. Wenn man Pech hat, wird man von irgendwelchen Tieren wieder ausgebuddelt und gefressen. Von Wildschweinen zum Beispiel.«

Sie schüttelte sich.

»Eveline will, dass wir ihre Asche über dem Eisbach verstreuen. Dort, wo sie immer mit euch Kindern gebadet hat.«

»Das ist nicht dein Ernst, Maggie. Es ist verboten, die Asche einfach zu verstreuen«, sagte Eva.

»Eveline sagte mir kurz vor ihrem Tod, dass sie auch den Gedanken an Urnen nicht ertragen kann«. Maggie schlug die Beine unter und legte den Zettel auf ihre Knie. »Wie werden wir also vorgehen?«

Ich lehnte mich mit dem Rücken gegen die Wand. Das sollten die anderen klären. Meine Gedanken drifteten zu Mika und dann zu Lindholm. Ich überlegte, ob Lindholm mich attraktiv fand. Manchmal kam es mir so vor, als würde er mich irgendwie komisch ansehen. Manchmal schaute er auf meine Brüste, tat aber so, als würde er sich irrsinnig auf etwas anderes konzentrieren. Also etwas Inneres. Auf die Lösung eines meiner Probleme. Ich kam zu dem Schluss, dass er mich höchstwahrscheinlich wahnsinnig attraktiv fand und ständig gegen den inneren Drang kämpfte, mich zu küssen. Der gute Lindholm. Er nahm einfach seinen Job zu ernst. Was konnte es schon schaden, einmal miteinander ins Bett zu gehen.

»Was meinst du damit, wie sollen wir vorgehen?«, fragte Bärbel alarmiert.

»Diesen Wunsch können wir ihr nicht abschlagen.« Maggie nahm ihre Brille ab und seufzte. »Wenn ich ehrlich bin, habe ich schon einen Plan. Es ist ganz einfach. Die Einäscherung findet nächsten Freitag statt. Für die Beerdigung haben wir noch keinen Termin. Aber ich habe mir schon mal Gedanken gemacht. Alles wird ganz normal laufen. Pfarrer Drews soll die Messe feiern, danach wird die Urne in einem Grab beigesetzt, Erde drauf und fertig. Im Anschluss treffen wir uns mit den engsten Freunden und Familienangehörigen in dem Café um die Ecke, und später, wenn alle betrunken sind, geht Cressi los und holt die Urne.«

»Moment mal«, sagte ich und hob halbherzig die Hand.

»Du musst nur daran denken, das Loch wieder zuzumachen«, sagte Maggie.

»Vielleicht sollten wir etwas ähnlich Großes in das Loch stellen«, meinte Violetta, »eine alte Kaffeedose. Zum Beispiel.«

»Oder eines dieser Plastikdinger, in denen Proteinpulver drin war«, schlug Anna vor. »Seit Julius ständig im Gym und beim Poweryoga ist, stehen jede Menge von diesen Dosen bei uns rum. Ich kann das Zeug sowieso nicht mehr sehen.«

»Gute Idee, Anna.«

Anna strahlte. Mein Kopf drehte sich.

»Ich kann das nicht!«

»Herzchen. Keiner wird dich auf der Trauerfeier vermissen. Das ist ruckzuck erledigt.« Maggie lächelte mich an und faltete den Zettel sorgfältig wieder zusammen. »Noch jemand Tee?«

#dontlietoyourtherapist

Mittlerweile kenne ich Lindholm etwa fünf Jahre. Er war der Erste, der mir auf der *Therapeutenfinder*-Seite angezeigt wurde, und ich war damals so am Boden, dass ich nicht weitersuchte, sondern beschloss, dass es egal war, zu wem man ging. Stimmte ja auch irgendwie. Andererseits war es aber auch so, als hätte ich den ersten Vorschlag von Tinder geheiratet. Sagte Eva. Nachdem die Sitzungen, die die Krankenkasse übernahm, verbraucht waren, bezahlte ich die Stunden selbst. Lindholm hat eine fantastische Praxis in Schwabing in der Clemensstraße. Die Räume sind hell, haben vier Meter hohe Stuckdecken, Flügeltüren und Sprossenfenster. Es riecht immer nach Zitrone und Lavendel. Es ist still, und nirgends tickt eine Uhr oder vibriert ein Handy oder tropft ein Wasserhahn. Manchmal habe ich das Gefühl, ich muss zu schreien anfangen, so leise und kultiviert ist es dort.

Lindholm begrüßte mich mit diesem neutralen Gesichtsausdruck, den er immer aufsetzt, wenn er sich über mich geärgert hat. Das würde er natürlich nie zugeben. Schließlich ist er mein Therapeut. Ich würde ihm gerne einmal sagen, wie albern ich das finde. Kann er mich nicht einmal ordentlich anbrüllen?

»Catterberg.« Er streckte mir die Hand hin, drückte meine kurz und kräftig und tat so, als würde er Schröder nicht bemerken.

»Er kann so schlecht allein bleiben«, erklärte ich, während ich Lindholm in das Therapiezimmer folgte. »Heute Morgen hat er meine Prada-Stiefeletten gefressen. Und da war ich nur kurz beim Bäcker.«

Ich setzte mich in den grauen Schalensessel Lindholm gegenüber, und Schröder setzte sich hechelnd zwischen uns. Ich überlegte, worüber ich reden sollte, und zum ersten Mal seit fünf Jahren hatte ich keine Lust, irgendetwas von dem zu erzählen, was mich gerade belastete. Ich meine, was sollte ich sagen. Meine Tanten und Schwestern wollen, dass ich Mutters Urne nach der Beerdigung wieder ausgrabe? Irgendwelche hilfreichen Tipps? Und kann man dafür in den Knast kommen? Soll ich warten, bis es dunkel ist, oder einfach so tun, als wäre es normal, auf einem Friedhof herumzubuddeln? Soll ich Schröder mitnehmen? Ich biss mir auf die Unterlippe.

»Was geht in Ihnen vor?«

»Nichts.«

»Nichts.« Lindholm beugte sich nach vorne und stützte sich mit den Ellbogen auf den Knien ab. »Catterberg, Sie haben Ihre Mutter verloren. Sind Sie Ihrer Trauer nähergekommen?«

»Ich habe mit einem Mann geschlafen.«

Keine Ahnung, warum ich Lindholm anlog. Aber es tat irgendwie gut, diesen resignierten Ausdruck in seinen Augen zu sehen. »Es ist einfach so passiert. Wahrscheinlich war es eine Übersprunghandlung.«

»Wer war es?«

»Keine Ahnung. Lucinda Beckett hat ihn mit nach Hause gebracht. Es hat sich so ergeben.« Ich zuckte mit den Schultern. »Wahrscheinlich habe ich Nähe gebraucht.«

Ich konnte sehen, was in seinem Kopf vorging.

Mein Gott, Catterberg! Können Sie sich nicht einmal zusammenreißen? Können Sie nicht einmal das Richtige tun und nicht überreagieren?

Ich bin mir sicher, irgendwann bringe ich Lindholm dazu, dass er so richtig ausflippt. Auf seinem Gesicht spiegelte sich davon natürlich nichts. Nicht mal sein Augenlid zuckte. Aber er atmete zumindest tief durch. Und er nahm meine Hände in seine Hände. Das hatte er noch nie getan.

»Sie sind jetzt seit fünf Jahren bei mir in Behandlung. Als Sie damals zu mir kamen, waren Sie in einem desaströsen Zustand. Ihr Vater war kurz vorher gestorben. Sie hatten ständig intime Beziehungen zu wechselnden Partnern.«

»Puh. Ich dachte schon, Sie werfen mich raus«, sagte ich. Und was sollte ich ohne Lindholm tun. Ich würde jeglichen Halt verlieren. Mein Leben hätte keinen Sinn mehr. Ich habe gehört, dass man die Therapie abbrechen muss, sobald man sich in seinen Therapeuten verliebt. Deswegen würde ich nie etwas davon zu Lindholm sagen. Schließlich bin ich nicht völlig bescheuert.

»Ich bin kurz davor, Catterberg.« Wir sahen uns tief

in die Augen, und mein Herz klopfte bis zum Hals. »Sie machen mich wirklich ratlos.«

»Das verstehe ich.«

»Ich habe viele Patienten. Aber niemanden, der so therapieresistent ist wie Sie. In all den Jahren machen Sie immer einen Schritt vor und zwei zurück.«

»Ich fühle mich schrecklich.«

Er seufzte und ließ meine Hände los.

»Wie alt sind Sie jetzt?«

»Ich werde bald einunddreißig.«

»Sie sind kein kleines Kind mehr. Na gut. Werden Sie den Mann wiedersehen?«

»Wahrscheinlich ist er weg, wenn ich nach Hause komme.«

Das Problem mit Lindholm ist seine Frau. Ihr Bild steht im Regal genau hinter mir, und sie sieht darauf furchtbar verkniffen aus. Ich glaube, ich bin am Viktualienmarkt in der Nymphenburg-Bar vor Kurzem neben ihr gesessen. Ich habe mit Phil diesen leckeren Spritz mit Holunderblütensirup getrunken und sie Weißwein mit einer Freundin. Sie haben sich über den Lago Maggiore unterhalten. Wie langweilig der Lago sei. Die Touristen. Dieses Pack. Und wenn sie kein Ferienhaus dort hätte, würde sie nie wieder hinfahren. Ich hätte ihr am liebsten eine geknallt. Dein Mann zieht sich den ganzen Tag diesen Quatsch rein, also meinen Quatsch, damit du am Nachmittag Wein trinken und deinen Hintern am Lago bräunen kannst.

»Und wenn er doch noch da ist?« Lindholm lehnte sich in seinem Sessel zurück und schlug die Beine übereinander. Ich bin mir sicher, er hat richtig muskulöse

Beine unter dieser schrecklichen weißen Leinenhose. Ich habe nie begriffen, warum Männer diese Art von Hosen tragen. Selbst Therapeuten sollten sich nicht kleiden wie Jesus auf dem Weg nach Nazareth. Außer natürlich sie sind Jesus.

»Dann …«, meine Gedanken drifteten ab. Schröder japste im Schlaf.

»Dann werden Sie was tun?«

»Ihm einen blasen. War ein Witz. Natürlich nicht.«

»Sie werfen ihn raus«, schlug Lindholm vor.

»Okay.«

»Schaffen Sie das?«

»Ich glaube nicht.«

Er sah zuerst mich streng an, dann ließ er seinen Blick zum Fenster schweifen. Draußen regnete es zum ersten Mal seit Tagen nicht mehr, und die Sonne brach zögernd durch die bleigrauen Wolken. Es tat mir leid, dass ich ihn immer so an seine Grenzen brachte. Aber ich war schließlich nicht zum Spaß hier. Ich bezahlte hart verdientes Geld dafür, dass er meine Probleme löste.

»Ich soll Mutters Bistro auflösen«, sagte ich in die Stille hinein.

»Bistro?« Er zog die Augen nach oben. »Davon haben Sie noch nie etwas erzählt, Catterberg.«

»Weil es schon ewig zu ist. Ewig. Es ist geschlossen, seit ich dreizehn bin.«

Und Mutter hatte es bis zu ihrem Tod nicht geschafft, ihre Sachen aus dem Laden zu holen. Sie hatte einfach irgendwann die Tür hinter sich zugemacht und getan, als würde sie das Evvie's nichts angehen. Ihre Schwestern behaupteten, nur um ihnen eins auszuwischen. Sie wollte den Laden nicht mehr, aber ihre Schwestern sollten ihn auch nicht bekommen.

»Ich bin praktisch darin aufgewachsen«, sagte ich.

Lindholm neigte sich nach vorne und sah mich interessiert an.

»Und dann hatte sie keine Lust mehr darauf. Das Bistro hatte meinen Großeltern gehört, und sie hat es geerbt. Deswegen konnte sie es einfach leer stehen lassen. Ihre Eltern hatten früher einen Milchladen da drin.«

»Dann haben Sie ja etwas Produktives vor sich«, freute sich Lindholm.

»Sie meinen, etwas, das mich von Männern ablenkt?« Ich musste grinsen. Er war wirklich süß. Und irgendwie zu naiv, um Therapeut zu sein. Vielleicht ist es überhaupt eine schlechte Idee, zu männlichen Therapeuten zu gehen. Männer blicken bei vielen Dingen einfach überhaupt nicht durch. Dazu sind sie von der Natur nicht gemacht.

»Wir versuchen es anders«, sagte er schließlich. »Konzentrieren Sie sich auf etwas, was Sie wirklich gerne möchten. Ein heimlicher Traum zum Beispiel. Etwas, was nichts mit einem Partner zu tun hat.«

»Vielleicht ein Pferd«, überlegte ich, »vielleicht ein weißes.«

»Gott, Catterberg. Denken Sie bis zur nächsten Sitzung darüber nach.«

Er brachte mich zur Tür. Ich hätte schwören können, dass er kurz davor war, mich zu umarmen. Aber er hat sich immer so schrecklich im Griff. Jedenfalls berührte er nur noch einmal kurz meinen Unterarm, dann schloss er die Tür hinter mir. Ich stellte mir vor, dass er die Tür wieder aufriss, mich hineinzog und mich übers Knie legte. Und ich war mir sicher, dass er mir durch den Türspion hinterhersah.

#emancipationofsweetwomen

Zu Hause war Mika immer noch da. Eine Weile rang ich damit, ihn rauszuwerfen, wie es Lindholm vorgeschlagen hatte. Aber ich brachte es nicht übers Herz. Vielleicht lag es an seinen nackten Füßen. Sie waren knubbelig und haarig wie bei einem Hobbit. Sie standen in einem seltsamen Gegensatz zu seinem restlichen gestählten Körper und rührten mich irgendwie. Als hätte ich seine verwundbarste Stelle gesehen. Wahrscheinlich wurde ich tatsächlich langsam alt. Mika stand in der Küche und briet sich mindestens zehn Spiegeleier. Ich sah ihm schlecht gelaunt dabei zu.

»Ich habe trainiert«, erklärte er.

Ich hatte ein schlechtes Gewissen Lindholm gegenüber. Wenn ich es mir recht überlegte, würde ich wahrscheinlich niemals mit Mika ins Bett gehen. Er war viel zu unkultiviert. Er trug anscheinend nie T-Shirts oder so etwas, und bestimmt hatte er in seinem ganzen Leben noch kein einziges Buch gelesen. Auf dem Küchentisch lag aufgeschlagen eine Sportzeitschrift. Andererseits, eine gewisse, diffuse, sehr unwahrscheinliche Wahrscheinlichkeit blieb. Ich sah vor meinem inneren Auge, wie Mika seine Trainingshose auszog und sich dann zu mir umdrehte. Den Kochlöffel noch in der einen Hand und vielleicht eine Flasche Rotwein in der anderen. So könnte es theoretisch passieren. Mit viel Alkohol.

»Hast du kein Zuhause?«, fragte ich und füllte neues Wasser in Schröders Schüssel.

»Lucinda meinte, ich könnte ein paar Tage bleiben, bis ich was Passendes gefunden habe. München ist wirklich der Horror.«

»Was gefunden«, wiederholte ich und riss den Kühlschrank auf. »Du hast alle meine Eier gebraten.«

»Meine Freundin hat mich rausgeworfen.«

»Entschuldige bitte. Ich heul gleich.«

»Es war schrecklich.« Er ließ die Eier auf seinen Teller gleiten und blieb an die Spüle gelehnt stehen.

»Das ist nicht mein Problem.«

»Du bist die hartherzigste Frau, die ich jemals getroffen habe. Außer natürlich meine Ex-Freundin. Und dabei hast du so süß ausgesehen. Schlafend auf dem Sofa. Ich verstehe gar nicht, was mit euch Frauen plötzlich los ist.«

»Das nennt man Emanzipation.« Ich zog mein iPhone aus meiner Handtasche und scrollte die Nachrichten durch. Die meisten waren von Eva, die sich darüber beschwerte, dass sie den Termin beim Bestattungsunternehmen alleine durchziehen musste. Sie schickte Fotos von verschiedenen Urnen und wollte, dass wir alle gemeinsam entschieden, welche sie nehmen sollte. Anna und Maggie stimmten für die Urne mit einer Taube aus Swarovski-Steinen. Bärbel und Violetta wollten eine schlichte Variante mit einem Palmzweig. Oder so etwas.

Ich konnte es auf dem Handybild nicht so genau erkennen. Ich enthielt mich der Stimme.

Mika begann schweigend zu essen.

»In unserer Wohnung ist kein Platz«, sagte ich. »Ich brauche total viel Freiraum, und wenn ständig irgendjemand in einer Ecke herumsteht und isst, wenn ich heimkomme, drehe ich irgendwann durch.«

Mika setzte sich schuldbewusst hin.

»Das macht es auch nicht besser.«

»Ich ziehe hartherzige Frauen an«, sagte er betrübt, »das ist ein schweres Schicksal.«

»Wie lange willst du bleiben?«

»Ich kann mich nützlich machen«, meinte er zwischen zwei Bissen Spiegelei, »abspülen, den Müll rausbringen, mit dem Hund Gassi gehen.«

Er überlegte, aber mehr fiel ihm nicht ein. Was sollte ich darauf erwidern? Dass er meine Gefühle zu Lindholm durcheinanderbrachte, wenn er hier wohnen blieb und unsere Wohnung mit seinem ganzen Testosteron vollpumpte? Ich hatte noch nie mit einem Mann zusammengelebt. Aus gutem Grund. Es würde nicht gut gehen.

Ich überlegte, ob mir Lindholm Asyl gewähren würde, wenn ich ihm steckte, dass ich Mika nicht rauswerfen konnte. Schließlich war er irgendwie für mich verantwortlich. Ich könnte übergangsweise in der Praxis wohnen. Es gab dort außer dem Raum, in dem unsere Sitzungen stattfanden, noch zwei weitere Zimmer. Lindholms Yogaraum und eine große Wohnküche, die aussah wie aus einem dieser stylishen Wohndesign-Magazine, die im Wartezimmer herumlagen. Ich schlug die Sportzeitschrift zu und starrte Mika böse an.

»Starr mich nicht so böse an«, sagte er, »das ist ganz schlecht für meinen Magen.«

Mein iPhone vibrierte auf dem Tisch. Eva hatte die WhatsApp-Gruppe umbenannt. Mutters/Beerdigung/Vorgehensweise/Cressi/beteilige/dich/gefälligst.

Ich ließ Mika in der Küche sitzen, ging in mein Zimmer, knallte die Tür zu und wählte Evas Nummer.

»Was soll das!«, fuhr ich sie an.

»Was soll was?«, fragte sie zurück. Ich kannte diesen pissigen Ton in ihrer Stimme. »Ich sitze in diesem Bestattungsunternehmen, und du ignorierst meine Nachrichten. Weißt du, wie ich mich fühle?«

Ich wollte es nicht wissen.

»Was ist mit Anna?«

»Die Kinder sind krank. Brechdurchfall. Ganz plötzlich.«

»Was ist mit Bärbel?«

Schweigen.

»Und Maggie?«

»Keine Zeit.«

»Such doch einfach selbst irgendetwas aus«, schlug ich vor. »Nimm die mit den Swarovski-Steinen.«

»Darum geht es doch nicht«, Eva senkte die Stimme. »Ich steh das psychisch nicht durch. Diese ganze Fragerei. Wie die mich ansehen. Als wäre ich selber fast tot. Ich halte das nicht aus, Cressi!«

»Du stehst das durch«, sagte ich zuversichtlich, »du stehst alles durch. Erinnere dich an deine letzten Vertragsverhandlungen.«

Am anderen Ende der Leitung blieb es still, ich konnte Eva eine Weile nur atmen hören.

»Eva?«

»Ich steh das eben nicht durch!«, brüllte Eva so unvermittelt in ihr Telefon, dass ich erschrocken zusammenfuhr. »Ich krieg hier einen Burn-out!«

Dann legte sie auf.

Okay.

Jemand klopfte vorsichtig an meiner Tür und öffnete sie einen Spalt. Mika streckte seinen Kopf herein.

»Spiegelei?«, fragte er und drückte sich mit Schröder in mein Zimmer. »Oder ein Glas Rotwein?«

Er holte eine Flasche Rotwein und zwei Gläser hinter seinem Rücken hervor. Ich bin wirklich anfällig für Versuchungen. Mehr als anfällig. Vor allem, wenn es sich um halb nackte, gut aussehende Männer mit Rotweinflaschen handelt. Sogar wenn sie Hobbitfüße haben. Darüber kann ich hinwegsehen. Jeder Mann hat Fehler. Füße sind da das geringste Problem.

#panicattacks #sisterinstateofemergency

Ich redete mir ein, dass es nachmittags um halb fünf sowieso zu früh für Rotwein gewesen wäre. Ich erwischte ein Taxi in der Ludwigstraße. Im Ernst. Ich durfte nicht daran denken, wie viel Geld ich für Taxifahrten ausgab. Vielleicht sollte ich mir ein Rad anschaffen. Oder doch lieber ein Pferd. Während sich das Taxi durch den beginnenden Berufsverkehr schlängelte, versuchte ich mich mental auf Eva vorzubereiten. Es ging nicht. Gott. Vielleicht musste ich sie sogar in den Arm nehmen. Das hatte ich zuletzt 2005 getan. Als ich durch die Führerscheinprüfung gerauscht war. Zum dritten Mal. Also zumindest hatte sie mich damals in den Arm genommen. So herum war es.

Ich wählte Lindholms Nummer.

»Catterberg. Zwei Stunden fünfundzwanzig. Was ist mit Ihnen los? Ist Ihnen der Hund weggelaufen?«

»Und wenn es so wäre?«

»Kommen Sie zur Sache.«

Ich versuchte, ihm die Situation zu beschreiben, aber

ich hatte das Gefühl, dass mir Lindholm gar nicht richtig zuhörte.

»... und jetzt bin ich auf dem Weg zu Eva ins Bestattungsinstitut und weiß gar nicht, was ich ihr sagen soll«, schloss ich meine Ausführungen.

»Vielleicht müssen Sie ihr gar nichts sagen.«

»Wie bitte?«

»Vielleicht ist das eine ganz hervorragende Situation, um Ihrer Trauer näherzukommen. Versuchen Sie einfach, sich fallen zu lassen.«

Ich hasste Lindholms Empfehlungen. Ich fragte mich, warum ich nicht schon vor Jahren den Therapeuten gewechselt hatte. Einer, der nur halb so viel dummes Zeug redete, wäre nicht schlecht. Und mit dem ich ab und zu ins Bett gehen konnte. Es müsste ja nichts Regelmäßiges sein.

»Das wird Ihnen guttun.«

»Ich glaube nicht, dass mir das guttut. Ich glaube, ich hätte lieber ein paar, sagen wir mal, Leitsätze ...«

»Eine Therapie ist kein Wunschkonzert, Catterberg.«

Er legte auf. Ich warf mein Handy wütend zurück in meine Handtasche, und der Taxifahrer hielt vor einem deprimierenden, grauen Gebäude. Es gab ein Schaufenster, das mit einigen Urnen, einem Sandhaufen und einem Stück schwarzem Stoff, das wie ein Halloween-Gespenst aussah, dekoriert war. Ich fragte mich, was in diesen Leuten vorging. Konnten sie aus Rücksicht auf die Menschen, denen es wirklich schlecht ging, ihr Schaufenster nicht etwas positiver gestalten? Ich gab dem Taxifahrer meinen letzten Zwanzigeuroschein und betrat das Bestattungsunternehmen.

»Sie hat sich in der Damentoilette eingesperrt«, sagte die Frau hinter dem Tresen anstelle einer Begrüßung, »Sie müssen wissen, wir sind geschulte Trauerbegleiter. Aber so einen Fall hatten wir noch nie.«

»Kein Problem. Ich weiß, wie man damit umgeht«, versuchte ich, sie zu beruhigen. In Wirklichkeit hatte ich keine Ahnung. Ich konnte mich nicht erinnern, dass Eva jemals anders als ruhig und überlegt gewesen wäre. Sie war praktisch darauf programmiert, die Vernünftige von uns dreien zu sein.

Ich klopfte vorsichtig an die Tür.

»Sie ist da jetzt schon seit einer Stunde drin. Wir waren kurz davor, die Feuerwehr zu verständigen.«

»Wozu denn das«, sagte ich ärgerlich. »Hat sie Streichhölzer dabei oder was?«

Wenn ich mit dieser Frau Urnen aussuchen müsste, hätte ich mich auch lieber in eine Toilette eingesperrt. Sie zog beleidigt eine Augenbraue nach oben und verkrümelte sich hinter den Tresen.

»Eva, lass mich rein. Ich bin's.«

Die Tür öffnete sich einen Spalt, und ich schlüpfte durch. Der Raum war verdammt eng für jemanden wie mich, der genetisch mit Klaustrophobie vorbelastet ist. Eva saß vor der Toilette auf dem Boden und atmete in eine McDonald's-Tüte. Ich weiß nicht, was mich mehr verstörte. Dass es Eva egal war, in einer fremden Toilette auf dem Boden zu sitzen, oder dass sie sich als McDonald's-Konsumentin outete. Ich ging vor ihr in die Hocke. Was kaum ging, ohne meine Beine zu verknoten.

»Ich habe Mama noch einmal gesehen. Sie haben mich gezwungen.«

»Ach du Scheiße.«

»Sie liegt unten aufgebahrt. Im Keller. Es war furchtbar.« Sie brach in dieses haltlose Schluchzen aus, das man sonst nur aus schlechten Filmen kennt.

»Ich bringe dich hier raus«, sagte ich energisch, »du musst dich jetzt nur kurz zusammenreißen.«

»Ich kann nicht.«

Es ist schwer, gefasst zu bleiben, wenn einem jemand wimmernd an den Beinen hängt. Vor allem, wenn es die eigene Schwester ist. Noch dazu die ältere.

»Mir wurde irgendwie zum ersten Mal richtig bewusst, dass ich sie niemals wiedersehen werde.«

»Gott, Eva, wie oft haben wir das in den letzten Jahren durchgekaut. Sie war eine durchgeknallte, manipulative Person. Sie hat nicht uns gesehen, sondern immer nur sich selbst. Wir hätten uns schon vor Jahren von ihr lösen müssen.«

Zumindest sagte Lindholm das. Er sagte auch, dass es höchst ungesund sei, Kontakt zu einer neurotischen, manipulativen, narzisstischen Persönlichkeit zu pflegen. Selbst wenn es die eigene Mutter war. Oder gerade dann. Ich hätte auf ihn hören sollen.

»Das ist mir egal!«

»Kannst du dich erinnern, wie sie nicht zu deiner Abiturfeier gegangen ist, weil ihr nicht danach war?« Ich wurde jetzt, Jahre danach, noch wütend.

»Man hat nur eine Mutter.«

»Sie war die schlechteste Mutter der Welt. Sie hat uns allein zu Hause gelassen, als wir noch ganz klein waren, und hat uns erzählt, die Polizei holt uns, wenn wir es jemandem stecken.«

»Und jetzt ist sie tot.«

»Wir hatten die ganze Nacht Angst. Vater hatte Nachtdienst. Und sie war irgendwo. Wir haben uns *King Kong* angesehen. Wahrscheinlich hatte sie einen Geliebten, den sie getroffen hat. Vielleicht einen Brasilianer.«

»Du hättest sie sehen sollen. Sie sah so verletzlich aus.«

Eva weinte so laut, dass die Dame vom Empfang gegen die Tür hämmerte.

»Es ist alles in Ordnung!«, brüllte ich. »Hör zu, Eva. Die holt die Feuerwehr. Die meint das ernst. Wenn wir nicht rauskommen, kommen die rein.«

Diese Frau war eine ganz perfide Person. Erst meiner Schwester die tote aufgebahrte Mutter zeigen und sich dann wundern, wenn sie einen Nervenzusammenbruch bekam. Ich klappte meine Tasche auf und wühlte darin herum. Ein großer Vorteil, unter psychischen Problemen zu leiden, besteht darin, dass man immer die passenden Medikamente zur Hand hat. Ich musste nur entscheiden, welches ich ihr geben sollte.

»Ich habe einfach keine Kraft mehr!«, heulte Eva.

»Du nimmst jetzt das«, ich schüttelte eine Tablette aus einem Röhrchen und hielt sie ihr hin. »Du wirst sehen, es geht dir sofort besser.«

Das Problem war, ich hatte nicht die richtigen Medikamente dabei. Vielleicht hätte ich besser die Dame am Empfang nach einem Schnaps fragen sollen. Stattdessen gab ich Eva ein Schlafmittel. Ich bin nicht tablettenabhängig. Es ist nur so, dass ich gerne das passende Equipment parat habe. Dieses Schlafmittel hatte ich zum Beispiel noch nie benutzt. Aber es konnte passieren, dass ich nach Mallorca fliegen musste, dort ein Shooting hatte und nicht schlafen konnte, weil ich Angst vor dem Rückflug hatte. Für solche Situationen schleppte ich diverse Röhrchen und Schächtelchen mit mir herum. Es gab nichts Schlimmeres, als irgendwo festzusitzen und nicht schlafen zu können.

»Was ist das?«

»Das hat mir mein Zahnarzt gegeben. Für den Fall, dass ich bei der Behandlung nervös werde«, log ich. »Das Wichtigste ist, dass wir jetzt hier rauskommen.«

In Wirklichkeit waren die Tabletten von Lindholm. Ich hatte sie auf der Toilette seiner Praxis auf dem Boden gefunden. Sie waren hinter den Mülleimer gerollt. Wahrscheinlich hatte sie eine andere Patientin dort verloren. Lindholm ist ein absoluter Gegner von Medikamenten. Eva nickte unter Tränen und schluckte brav die Tablette.

»Sie hat gesagt, wir sollen sie aufgebahrt lassen, bis sich alle von ihr verabschiedet haben.«

»Ich habe mich von ihr verabschiedet.«

Ungefähr zweihundert Mal. In den letzten drei Jahren. Irgendwann war dann auch gut.

»Ich kann das alles nicht fassen. Ich kann das nicht entscheiden. Verstehst du das?« Eva presste sich die Hände vor die Augen. Ich sah, wie sich Tränen durch die Ritzen quetschten.

»Das musst du auch nicht.«

»Aber ich muss immer alles entscheiden«, ihre Stimme hörte sich kraftlos an.

»Können wir jetzt raus?«

»Ich glaube schon.«

»Sicher?«

Wir rappelten uns auf. Meine Schwester lehnte schwer gegen meine Schulter. Ich muss zugeben, ich war positiv überrascht, wie schnell dieses Medikament wirkte. Es war unglaublich.

»Mit meinen Augen stimmt etwas nicht«, murmelte Eva, »der Fußboden ist so weit weg.«

»Das ist normal. Wir atmen jetzt einmal tief durch, und dann laufen wir raus. Gut?«

Eva nickte ernst. An laufen war nicht zu denken. Ich musste froh sein, wenn wir es bis auf die Straße hinaus schafften.

»Du bist die beste Schwester der Welt«, sagte sie überschwänglich.

»Schon gut.«

»Das habe ich dir noch nie gesagt. Aber es stimmt.«

»Tief durchatmen«, befahl ich ihr. Ich sah, wie Eva die Augen zufielen, drückte die Tür auf und schleppte sie am Tresen vorbei nach draußen.

»Wir nehmen die mit den Swarovski-Steinen«, sagte ich zu der Frau hinter dem Tresen.

#author
#Karlieklossbob

Glücklicherweise traf ich unten vor dem Haus Lucinda Beckett. Sie musste ihr Fahrrad schieben, da sie auf dem Gepäckträger ein riesiges Ölgemälde der Jungfrau Maria beförderte. Wann immer sie die Gelegenheit hatte, besuchte sie Wohnungsauflösungen und brachte von dort kistenweise Ramsch nach Hause.

»Ich liebe diesen deutschen Kitsch«, sagte sie und half mir, Eva aus dem Taxi zu zerren. »Ich habe sie auf dem Trödelmarkt um die Ecke gekauft.«

Wir hakten Eva links und rechts unter, schleiften sie zur Haustüre und zerrten sie dann die Treppen hoch zu unserer Wohnung. Eva murmelte irgendetwas von neunzehn Uhr und dass sie schon irrsinnig spät dran sei.

»Hoffentlich klaut mir niemand die Jungfrau vom Rad«, meine Lucinda. »Ich will sie über mein Bett hängen.«

Ich sperrte die Türe auf, wir zogen Eva in mein Zimmer und legten sie angezogen auf mein Bett. Sie rollte sich auf die Seite und zog die Beine an.

»Nur eine Minute«, sagte sie und verdrehte die Augen, »dann bin ich wieder fit.«

»Schlaf einfach«, ich breitete eine Wolldecke über sie, »morgen fühlst du dich wie neugeboren.«

Ich schnappte mir ihr Handy, das ihr aus der Tasche gerutscht war.

»Lass mal sehen, wann morgen dein erster Termin ist. Nicht dass du den verpennst.«

Eva schnarchte schon, und ich fragte mich, wo ich heute die Nacht verbringen würde, schließlich war ja mein Bett besetzt. Und Mika hatte die Couch im Wohnzimmer okkupiert. Langsam nervte es wirklich. Vielleicht musste ich doch bei den Chinesen unterkriechen. Ich hörte, wie Lucinda die Treppe wieder hinunterlief, um die Jungfrau zu holen.

Neunzehn Uhr, Der Grieche, Holger Schmidt

Verdammt. Da klingelte etwas. Was »Der Grieche« war, wusste ich. Den Griechen kannte jeder. Ein absolut hippes Lokal, wo man bis 23.00 Uhr essen konnte und ab 23.00 Uhr auf den Tischen tanzen. Mich wunderte diese Wahl für ein Treffen etwas, aber warum nicht.

»Wer ist Holger Schmidt?« Meine Schwester reagierte überhaupt nicht. Sie war völlig weggetreten. Ich setzte mich zu ihr aufs Bett und googelte Holger Schmidt. Der Name sagte mir etwas. Keine Frage. Dazu muss ich sagen, dass ich mich zwar mit Klamotten wirklich top auskenne. Aber von Literatur habe ich keinen Schimmer. Was nicht schlimm ist, ist ja nicht mein Job, etwas von Büchern zu verstehen, es reicht vollkommen, wenn ich eine Alberta Ferretti von einem Helmut Lang unterscheiden kann. Manchmal ist selbst das nicht nötig.

... Holger Schmidt, deutscher Autor, Gewinner des Deutschen Buchpreises ...

»Eva?« Ich rüttelte an ihrer Schulter. »Ich glaube, du hast einen echt wichtigen Termin.«

Eva gab keinen Mucks von sich. Wahrscheinlich hätte eine halbe Tablette ausgereicht. Vor allem in Evas Zustand. Wahrscheinlich hatte sie schon seit Tagen nicht mehr richtig geschlafen. Das passierte oft, wenn sie Stress hatte. Mama sagte immer, Eva führte das ungesündeste Leben, das man sich vorstellen kann. Das konnte sie nur sagen, weil sie über mein Leben so gut wie nichts wusste. Allein das Glutamat, das ich mit dem Essen aus dem Chinaimbiss konsumierte, würde mich früher oder später umbringen. Ich starrte immer noch auf das Handy, als Lucinda mit Maria unter dem Arm hereinkam. Ich drückte ihr wortlos das Handy in die Hand.

»Die kriegen wir bis um sieben nicht auf die Beine«, sagte sie trocken, nachdem sie Evas Terminkalender ausgiebig studiert hatte. »Aber ich bekomme es hin, dass du aussiehst wie sie.«

Ich hatte nicht vorausgesehen, dass Lucinda mir die Haare schneiden würde. Aber sie tat es. Und damit ist belegt, dass ein Bob, wie ihn Karlie Kloss trägt, völlig überbewertet ist. Jeder Idiot ist in der Lage, diesen Bob zu schneiden. Nur mit einem Google-Bild von Karlie Kloss als Vorlage. Ich konnte nicht behaupten, dass ich mich nach einer neuen Frisur gesehnt hatte. Ich war völlig zufrieden mit meinen Haaren, die ausgefranst und schulterlang waren und die ich, wenn sie mich nervten, zu einem Knödel mitten auf dem Kopf schnüren konnte.

»Ich habe eine Superidee. Ich mache dir einen Undercut. Dann siehst du aus wie Eva, nur etwas …«, Lucinda suchte nach Worten, »… kosmopolitischer.«

»Kosmopolitisch« gefiel mir.

»Unter uns«, sie setzte den Langhaarschneider an, »deine Schwester ist ja ganz in Ordnung, aber sie wirkt ein bisschen verklemmt.«

Ich zuckte mit den Schultern und sah zu Eva hinüber, die immer noch zu einer Kugel gerollt auf meinem Bett lag.

»Ich meine generell«, sagte Lucinda, die meinen Blick bemerkt hatte, »nicht gerade eben.«

»Sie führt ein wahnsinnig stressiges Leben«, sagte ich lahm.

»Das ist der Fehler. Sie sollte wirklich ab und zu Pillen einwerfen«, meinte Lucinda und nahm sich die andere Seite vor. Der Langhaarschneider surrte. Ich scrollte auf Evas Handy herum, ob ich irgendetwas über Holger Schmidt fand. Duzten sie sich? Worüber sollte ich mit ihm sprechen? Ich fand nichts, was jetzt geholfen hätte.

»Vielleicht hätte ich einfach im Verlag anrufen und sagen sollen, dass Eva krank ist«, sagte ich düster und steckte das Handy zurück in Evas Handtasche.

Lucinda zuckte mit den Schultern.

»Dafür ist es jetzt zu spät«, meinte sie.

#greekbluff #notenoughredwineforthesituation

Etwa 45 Minuten später stand ich vor dem »Griechen«. Ich hatte mir Evas Rock und ihren Longblazer angezogen und dazu eines meiner Lieblings-T-Shirts kombiniert. Das, auf dem »Relationshit« stand. Eigentlich mochte ich diese Mottoshirts nicht. Musste ja nicht jeder wissen, wie ich tickte, nur weil ich mir morgens irgendein T-Shirt über den Kopf gezogen hatte. Doch dieses »Relationshit«-Shirt war anders. Es war allumfassend. Es spiegelte nicht nur mein Problem wider, sondern das der ganzen Welt. Beziehungswelt.

Schröder hatte ich an der Leine. Langsam nervte es, dass er immer so ein Bohei machte, wenn ich die Wohnung verlassen wollte.

Die Bedienung am Eingang brachte mich zu meinem Tisch. Schon aus der Entfernung identifizierte ich den Mann, der dort saß und gepflegt an seinem Weinglas nippte, als Holger Schmidt. Er sah genauso aus wie auf dem Foto, das ich von ihm gegoogelt hatte. Groß, schlaksig, mit einer irgendwie seltsamen Tolle auf dem

Kopf und einem sehr akkurat gestutzten Bart. Anfang fünfzig, große Brille mit schwarzem Rand. Allein an der Brille hätte ich ihn sofort erkannt. Andererseits sehen alle Männer mit so einer Brille sich unheimlich ähnlich. Wie ein Stempel mitten im Gesicht: Ich bin fünfzig, aber voll hip. Die Sorte Männer, die ihre Frau verlassen und sich stattdessen ein Surfbrett kaufen, sich das Ding auf ihren SUV schnallen und damit in der Innenstadt parken.

Ich atmete tief durch.

»Hallo, Holger«, sagte ich und streckte ihm meine Hand hin.

Er sah mich überrascht an.

»Eva Catterberg?«, fragte er.

Ich schüttelte beherzt seine Hand, schubste Schröder unter den Tisch und setzte mich ihm gegenüber.

»Ich hatte Sie anders in Erinnerung«, er zögerte und ließ dann meine Hand los, »aber unser letztes Treffen auf der Buchmesse war auch sehr kurz.«

»Ja, die Buchmesse. Da ist man ein komplett anderer Mensch. Die vielen Termine. Der Stress!« Ich lächelte ihn breit an und winkte dem Kellner. Ich hatte unglaublichen Durst. Wenn ich Holger Schmidt so ansah, hätte ich eine ganze Flasche Rotwein auf ex leeren können. Kein Wunder, dass Eva kurz vor dem Burn-out war. Es lag ausschließlich an Männern wie ihm.

»Sie haben eine neue Frisur«, stellte Holger Schmidt fest. »Steht Ihnen gut, sieht irgendwie flippig aus. Ich muss an die Protagonistin meines ersten Buches denken, wenn ich Sie ansehe. Ausgesprochen flippige Person. Die Frau aus meinem Buch.«

Er beugte sich nach vorne und starrte mich erwartungsvoll an.

»Ich nehme einen Naoussa Tsantali und einen Ouzo«, sagte ich zum Kellner, der schon neben mir stand und ungeduldig auf sein Smartphone klopfte. Manchmal ist es von Vorteil, wenn man die Karte auswendig kennt. Man muss sich nicht mit langem Suchen aufhalten.

»Wollt ihr auch etwas zu essen bestellen?«

Ich schüttelte den Kopf. Ein weiteres Detail, das mich äußerst nervös machte, war, dass ich nicht mehr viel Bares hatte und mein Bankkonto am Limit war.

»Ich esse nie nach 18.00 Uhr«, sagte ich, »das ist ungesund.«

Holger Schmidt sah vom Kellner zu mir und zog die Augenbrauen nach oben. Er bestellte ein Souflaki und einen griechischen Salat. Mein Magen knurrte. Ich hätte vorher noch beim Chinaimbiss Station machen sollen. Es ist nie eine gute Idee, das Haus mit leerem Magen zu verlassen.

»Die Frau in meinem ersten Buch war eine ausgeflippte Emanze«, versetzte Holger Schmidt. »Getrieben von Männerhass.«

»Ich weiß. Ich kenne Ihr erstes Buch«, log ich. Es konnte nur ein Scheißbuch sein.

»Sie ist nicht in der Lage, sich auf die Liebe einzulassen, weil sie denkt, Männer seien schuld an ihrem persönlichen Unglück.«

»Ich habe nie verstanden, warum Sie dafür den Buchpreis bekommen haben«, sagte ich, »diese Thematik ist wirklich überschätzt. Männerhass. Männer nehmen sich in diesem Punkt viel zu wichtig.«

»Es ist verblüffend, wie sehr Sie mich an sie erinnern. Komisch, dass mir das bei unseren letzten Treffen nicht aufgefallen ist.«

Er sah mich sinnierend an und nippte noch einmal an seinem Wein.

»Kommen wir zum Punkt«, ich hatte beschlossen, die Flucht nach vorn zu wagen und nicht unnötig Zeit zu verlieren, »warum wollten Sie mich treffen?«

»Sie wollten mich treffen!«, gab Holger Schmidt zurück.

»Ach so. Ja, natürlich.« Ich begann zu schwitzen. Im »Griechen« ist es immer etwas zu warm. Das liegt am gut gebauten Personal. Zum einen. »Also, warum denken Sie, wollte ich Sie treffen?«

»Sie wollten mit mir über meinen neuen Text sprechen.«

»Legen Sie los!«

Der Kellner stellte den Rotwein und den Ouzo vor mich auf den Tisch, und ich kippte den Ouzo in einem Zug. Er brannte in meiner Kehle bis zum Magen, doch danach fühlte ich mich besser. Irgendwie klarer. Ruhiger. Ich hatte nicht mehr das starke Gefühl, ich müsste Holger Schmidt sofort eine knallen, wenn er den Mund aufmacht. Das war ein gutes Zeichen. Ich atmete tief durch.

»Was halten Sie davon?«, wollte Holger Schmidt wissen.

»Von was?«

»Von meinem Text«, wieder sah er mich intensiv an und beugte sich so weit nach vorne, dass ich mich zurücklehnen musste, damit sich unsere Nasenspitzen nicht berührten. »Wie finden Sie das Setting?«

»Sehr passend und modern. Frisch. Ich finde es sehr frisch!« Mit Settings kannte ich mich aus. Da machte mir niemand etwas vor. Als Stylistin klingen einem die Ohren von all den frischen, modernen, urbanen Settings, an denen Fotos gemacht wurden. Wenn ein Setting nicht frisch war, konnte man das gesamte Shooting vergessen.

»Und urban«, fügte ich enthusiastisch hinzu.

Holger Schmidt kratzte sich am Kopf.

»Ich dachte, die Idee mit der Alm wäre etwas zu oldschool.«

»Ach was!« Ich winkte ab. »Machen Sie sich darüber keinen Kopf. Wichtig ist doch etwas ganz anderes.«

Ich nahm einen beherzten Schluck Naoussa Tsantali und setzte ein geheimnisvolles Gesicht auf. Der Kellner kam an unseren Tisch, stellte den griechischen Salat vor Holger Schmidt und vor mich einen Teller mit gemischten Vorspeisen.

»Den habe ich nicht bestellt«, sagte ich.

Der Kellner nickte.

»Den schickt Mika. Er sagt, du solltest etwas essen, sonst fällst du vom Stuhl.«

Ich fuhr herum. Mika! Ich entdeckte ihn hinter der Bar. Er winkte mir zu und grinste. Ich warf ihm einen bitterbösen Blick zu. Herrgott, konnte ich nicht einmal unbeobachtet sein? Ich fragte mich, seit wann Mika hier arbeitete. Nie hätte ich erwartet, ihn ausgerechnet im Griechen zu treffen. Andererseits, woher sollte ich wissen, womit er sein Geld verdiente. Schließlich wohnte er erst seit vorgestern bei uns. Aber ich musste zugeben, dass er sehr gut hinter die Bar passte. Er trug ein weißes Hemd, das bis zum Bauchnabel aufgeknöpft war.

Ich sollte wirklich ein ernstes Wort mit Lucinda reden. So konnte es nicht weitergehen. Ich musste eindeutig WG-Regeln einführen. Keine One-Night-Stands mehr mit nach Hause bringen. Regel Nummer eins.

»Was meinen Sie mit wichtig?«, wollte Holger Schmidt wissen. Mein Telefon klingelte in Evas Longblazer, und ich hob die Hand, um Holger Schmidt zu bedeuten, dass er einen Moment warten sollte.

»Catterberg!« Es war Lindholm. »Sie sitzen mit einem fremden Mann am Tisch.«

Ich sah mich vorsichtig um.

»Das bin nicht ich«, sagte ich, »das ist meine Schwester. Wir sehen uns sehr ähnlich.«

»Reden Sie keinen Unsinn. Ich erkenne Sie. Trotz der neuen Frisur. Was treiben Sie da?«

»Das ist eine Verwechslung!«, flüsterte ich in mein Telefon. »Ich bin zu Hause und gucke *Friends*.«

»Ich bin im Griechen. Und Sie sind auch im Griechen. Wie erklären Sie sich, dass Ihre Schwester just in diesem Moment telefoniert?«

Lindholm, das Superbrain.

»Reiner Zufall.«

»Und gehetzt um sich blickt?«

»Vielleicht hat sie Stress!«

Holger Schmidt stocherte in seinem griechischen Salat und sortierte die Oliven aus. Wenn mich eines nervt, dann Menschen, die Essen aussortieren. Ich meine, kann man nicht auch etwas essen, was einem nicht optimal schmeckt? Muss man so eine Zicke sein?

»Ich hatte Ihnen eine Aufgabe gegeben, und Sie daten den nächsten Mann, der Ihnen über den Weg läuft.«

»Das ist kein Date!«, zischte ich. »Das ist eine Mission!«

»Dann geben Sie zu, dass Sie mit einem fremden Mann am Tisch sitzen?«

»Lindholm, es reicht!«

Ich legte auf und wischte mir den Schweiß von der Stirn.

»Wo waren wir?«

»Sie sagten eben, dass andere Dinge wichtiger sind.«

Ich sah mich vorsichtig um, konnte Lindholm aber nirgends entdecken. Was kein Wunder war, der Grieche war ein stark frequentiertes Lokal. Überall wimmelte es von Menschen, die hinein- oder hinausgingen, sich einen Tisch suchten oder einfach herumstanden und quatschten. Ich konnte mir kaum vorstellen, dass sich Lindholm hier wohlfühlte. Mein Lindholm, der Jesus gleich durch seine stillen Therapieräume glitt. Wahrscheinlich hatte er mich nur durchs Fenster gesehen.

»Ja, das sagte ich. Zum Beispiel Inspiration. Finde ich ganz wichtig«, redete ich ins Blaue hinein. »Ein Autor ohne Inspiration ist quasi wie ein Koch ohne Zutaten. Das kann nichts werden. Alles, was er zu Papier bringt, ist der reine Müll. Kann man komplett in die Tonne kloppen. Damit identifiziert sich kein Mensch. Verstehen Sie? Schmeckt der Salat nicht?«

Holger Schmidt hatte sein Besteck zur Seite gelegt.

»Ich persönlich finde das Essen hier ja ganz fantastisch« – war schließlich auch nicht mein Chinaimbiss –, »griechisches Essen ist der Knaller. Warum essen Sie denn Ihre Oliven nicht? Stimmt was nicht damit?«

Ich steckte mir einen Bissen Dolmades in den Mund

und kaute ausgiebig. Ich hatte mir diesen Vorspeisenteller verdient. Schließlich musste ich Mika ertragen. Wer wusste, wie lange noch. Ich nahm einen Schluck Rotwein dazu und streichelte Schröder die Schnauze. Er hatte mir seinen schweren Kopf auf den Schoß gelegt. Wahrscheinlich hatte er auch Hunger.

»Sie haben mich durchschaut«, sagte Holger Schmidt und setzte ein unglückliches Gesicht auf.

Der Kellner brachte das Souflaki und noch zwei Ouzo. Mika war schon ein toller Kerl, dachte ich. Zumindest nicht so übel, wie ich angenommen hatte.

»Sprechen Sie immer in Rätseln?«, wollte ich wissen.

»Meine Inspiration ist weg«, sagte Holger Schmidt bestürzt. »Einfach weg. Und Sie haben es bei Lektüre der Leseprobe sofort erkannt. Mein Gott. Ich bin am Ende.«

»So schlimm war es nun auch wieder nicht«, versuchte ich ihn zu beruhigen.

»Doch. Ist es. Ich schreibe nur noch leeres Blabla. Schon lange.«

Himmel. Der Mann hatte den Deutschen Buchpreis gewonnen. Aber wenn ich an die Bücher dachte, die mir Eva im Laufe ihrer Lektorinnenkarriere zugeschustert hatte, war mir das meiste wie leeres Blabla vorgekommen.

»Ich habe alles im Leben erreicht. Ich habe Erfolg. Ich habe Geld. Ich habe mich von meiner Frau getrennt wegen einer Jüngeren. Und jetzt ist meine Inspiration weg. Ich schreibe kaum noch. Und wenn, dann …«

Seine Stimme brach.

Ich runzelte die Stirn.

»Sehe ich da Tränen in Ihren Augen?« Ich beugte mich nach vorne. »Jetzt reißen Sie sich zusammen. Rumjammern hilft doch auch nichts. Essen Sie Ihr Souflaki. Ist doch schade drum.«

Er schüttelte den Kopf und raufte sich die Haare.

»Ich gehe mir die Nase pudern. Wenn ich zurück bin, haben Sie sich wieder unter Kontrolle. Und passen Sie auf Schröder auf.«

Ich drückte ihm die Leine in die Hand und klopfte ihm kurz aufmunternd die Schulter. Ich fand, der Termin entwickelte sich prima. Er glaubte wirklich, ich wäre Eva. Wunderbar. Besser konnte es nicht laufen. Ich schlenderte zur Bar hinüber. Zugegebenermaßen fühlte ich mich etwas angeschickert. Was nicht optimal war. Aber ich hatte einen harten Tag hinter mir. Und ich war schließlich nicht perfekt.

Ich stellte mich auf die Zehenspitzen und stütze mich am Tresen ab. Mika grinste mich an.

»Was tust du hier?«, fragte ich. »Du bist kein Grieche.«

»Oh doch!«

Ich hob eine Augenbraue.

»Mikail Demetriou.«

Er bedeutete mir zu warten und begann, Wein einzuschenken und die Gläser auf ein Tablett zu stellen. Ein Grieche.

»Du siehst nicht griechisch aus«, stellte ich fest. Mika lachte nur.

»Wie läuft dein Date?«

»Das. Ist. Kein. Date!«

»Du triffst dich freiwillig mit alten Knackern«, Mika

stellte noch einen Ouzo vor mich. »Lucinda hatte recht, als sie sagte, dass man auf dich aufpassen muss. Wer sich mit alten Knackern trifft, muss wirklich verzweifelt sein.«

»Du denkst also, ich bin verzweifelt?«

»Keine Ahnung. Manchmal siehst du verzweifelt aus. Im Schlaf. Letztens hast du im Schlaf sogar geweint.«

»Erzähl keinen Bullshit! Ich weine nie. Vor allem nicht im Schlaf.«

Mika zuckte mit den Schultern und sah mir zu, wie ich meinen Ouzo leerte.

»Mein Leben ist momentan einfach etwas aus dem Ruder. Nichts, was man nicht in den Griff bekommen könnte. Prost.«

»Wir könnten mal reden. Über deine Probleme. Und über dein T-Shirt. Wer so ein T-Shirt trägt, hat mehr als ein Problem.«

Ein Kellner kam hinter die Bar und schnappte sich das Tablett mit den Gläsern. Anscheinend hatten es alle eilig außer Mika. Ich verschränkte die Arme vor der Brust.

»Ich habe einen sehr guten Therapeuten«, gab ich zurück.

»Alle Therapeuten sind Psychopathen«, sagte Mika und schenkte mir nach, »wusstest du das? Therapeuten sind unheimlich. Trau niemals einem Therapeuten.«

Ich warf ihm einen tödlichen Blick zu.

»Ich muss zurück zu meinem Date«, sagte ich.

»Wo ist Ihr Souflaki?«, fragte ich, als ich zum Tisch zurückkam.

»Das hat der Hund gefressen. Ich konnte ihn nicht davon abhalten.« Holger Schmidt sah immer noch sehr niedergeschlagen aus.

Ich warf Schröder einen strengen Blick zu. Er lag wieder brav unter dem Tisch und putzte sich die Pfoten.

»Vielleicht sollten Sie den Beruf wechseln«, schlug ich vor. »Können Sie noch etwas anderes außer Bücher schreiben?«

Holger Schmidts Gesichtsausdruck wechselte von niedergeschlagen zu entsetzt.

»Manchmal muss man sich neu sortieren. Darüber nachdenken, ob das Lebenskonzept noch so passt. Vielleicht würden Sie lieber gärtnern. Oder alte Menschen pflegen. Altenpfleger werden doch händeringend gesucht.«

»Ich werde das Manuskript vernichten«, sagte Holger Schmidt dumpf.

»Besser ist es.«

»Ich werde versuchen, neue Inspiration zu finden!«

»Das ist doch ein guter Ansatz! Vielleicht sollten Sie sich ein Surfbrett kaufen.«

Holger Schmidts Gesicht hellte sich etwas auf. Das war der Moment, als die Kellner im Griechen begannen, die Servietten zu werfen, und die Musik auf ohrenbetäubend gedreht wurde. Das war Tradition im Griechen und bedeutete, dass nun kein Essen mehr serviert, sondern getanzt wurde. Ich war schon ewig nicht mehr ausgegangen und fragte mich, warum eigentlich. Tatsache war, dass ich die meisten Männer in Bars traf. Und Tatsache war, dass Lindholm mir nahegelegt hatte, Bars bis auf Weiteres zu meiden. Doch was hatte das aus meinem Leben gemacht? Es war öde und leer geworden.

»Ich glaube, Holger, Sie nehmen Ihren Beruf zu ernst«, sagte ich, »wir sind hier schließlich nicht bei *Ärzte ohne Grenzen*. Machen Sie sich locker!«

An den restlichen Abend habe ich zwei ziemlich genaue Erinnerungen. Ich stand mit Holger Schmidt auf den langen Tischreihen. Das machte jeder so im Griechen. Wer nicht auf den Tischen tanzte, musste ein absoluter Langweiler sein. Ich hatte mich auf der einen Seite bei Holger Schmidt untergehakt und auf der anderen bei einer sehr dicken Griechin, die trotz ihrer Leibesfülle erstaunlich gut Sirtaki tanzen konnte. Vielleicht auch gerade deswegen. Ich hatte das Gefühl, den Spaß meines Lebens zu haben. Tatsächlich gibt es dieses seltsame Phänomen, das einen zuweilen beim Ausgehen befällt. Man gerät in einen geradezu euphorischen Zustand und fragt sich, warum man eigentlich nicht öfter auf Tischen tanzt und mit wildfremden Menschen Bruderschaft trinkt. Was zum Teufel hält einen davon ab? Man hat nicht das Gefühl, peinlich zu sein. Im Gegenteil. Man sprüht vor Charme, Witz und Energie. Im Nachhinein stellt sich oft heraus, dass man nur ziemlich betrunken war und anderen Menschen Müll ins Ohr gelallt hat. Dass man nicht halb so gut tanzen konnte, wie man dachte, und dass man mit Männern geknutscht hat, die man sonst nicht mit Gummihandschuhen anfassen würde.

Nach der Sache mit den Tischen und dem Sirtaki verließ mich meine Erinnerung.

#sexwithstrangers

Ich wachte auf, weil irgendwo ein Handywecker penetrant piepste. Mein Kopf drehte sich, und ich presste die Augen zu. Mir fiel Schröder ein. Hatte ich ihn irgendwo vergessen? Im Griechen? Verdammt, meine Mutter würde mich posthum umbringen. Sie hatte Schröder geliebt. Wahrscheinlich mehr als mich und meine Schwestern. Die letzten Jahre waren die Befindlichkeiten dieses Hundes wichtiger gewesen als unsere. Sie hatte ihm Hühnchen gekocht und Reis mit Karotten, und nun bekam er bei mir nur noch Trockenfutter. Was schlimm genug war. Andererseits war ein Lebensabend im Griechen vermutlich ganz erstrebenswert, wenn man ein alter, tauber Setter war.

Ich öffnete die Augen vorsichtig. Wo war ich überhaupt. Langsam setzte ich mich auf. Das Drehen verschlimmerte sich. Nie wieder Rotwein und Ouzo, nahm ich mir vor. Zumindest nicht unmittelbar hintereinander. Aber der ausschweifende Abend hatte mich anscheinend in ein Boxspringbett de luxe katapultiert. Was mir spontan Sorgen bereitete. Es war nie ein gutes Zeichen, wenn man in einer völlig fremden Umgebung aufwachte. Wobei es natürlich besser war, in einem Boxspringbett de luxe aufzuwachen als unter einer Brücke an der Isar.

Als ich mich umsah, entdeckte ich Schröder am Fußende des Bettes. Er lag quer über dessen gesamte Breite, und da er ein sehr langer Setter war, hing sein Kopf entspannt über die Kante. Er sah aus, als hätte er einen draufgemacht und nicht ich. Oberhalb von Schröder lag zusammengekauert Holger Schmidt. Wenn man schwarze Pumasocken nicht mitzählte, war er ziemlich nackt. Und ich im Übrigen auch. Mein Herz setzte für einen sehr langen Moment aus. Dann fing es sich.

Ich fand es immer wieder faszinierend, wie gut mein Organismus in Extremsituationen arbeitete. Das Drehen verschwand augenblicklich, und ich scannte die Umgebung. Mein Rock, der Longblazer und mein T-Shirt lagen auf einem Haufen vor der Tür zum Badezimmer. Ich musste in einem Hotelzimmer sein, denn die Tür war aus Glas. Direkt dahinter befand sich die Dusche, und ich konnte einen Whirlpool sehen. Meinen Slip hatte ich erfreulicherweise an. Was aber nichts hieß. Man kann auch mit Slip Sex haben. Ich atmete einmal tief durch.

Bitte nicht mit Holger Schmidt, dachte ich, bitte lass es nicht Holger Schmidt gewesen sein. Wenn ich nach der langen Zeit der Abstinenz mit jemandem Sex hatte, dann musste er etwas Besonderes sein. So wie Lindholm. Aber wahrscheinlich hielt sich Holger Schmidt selbst durchaus für etwas Besonderes. Schließlich war er Autor und hatte einen grau melierten Bart. Ich betrachtete sein schlafendes Gesicht. Ohne diese riesige schwarze Brille war er kaum wiederzuerkennen. Verdammt, vielleicht war es gar nicht Holger, sondern irgendein Wildfremder. Mir wurde ganz heiß. Doch dann entdeckte ich die Brille neben Holgers Kopfkissen. Meinen BH konnte ich dagegen nirgends sehen.

Ich muss zugeben, ich hatte Erfahrung mit dieser Art von Situation, und in neun von zehn Fällen schaffte ich es, unbemerkt den Raum zu verlassen. Leise schwang ich meine Beine über den Bettrand und schlich zu meinen Klamotten. Schröder zuckte im Schlaf, wachte dann auf und beobachtete aus einem Auge, wie ich in meine Sachen schlüpfte. Ich beschloss, den BH aufzugeben. Der war von H&M, also kein herber Verlust, und ich befürchtete, dass er irgendwo unter Holger Schmidt zu finden war. Ich würde einen neuen kaufen, sobald ich wieder Geld hatte. Meine Schuhe nahm ich in die Hand, schnappte mir die Leine von Schröder, der sich nur widerwillig vom Bett plumpsen ließ, und drückte mich nach einem letzten Blick zurück durch die Türe nach draußen.

Schon als Teenager hatte ich mir angewöhnt, meine Probleme in »sehr dringlich«, »dringlich« und »scheiß drauf« zu unterteilen. Lindholm meinte, das wäre nicht normal, nicht jeder würde eine Liste über seine Probleme führen. Vor allem nicht, wenn man ein Teenager war. Was mich sehr überraschte. Bis dahin hatte ich geglaubt, alle hätten dieses System. Während ich mit Schröder zur nächsten Bushaltestelle lief – ein Taxi war wirklich nicht mehr drin –, ging ich im Geiste meine Liste durch.

Erstens: Geld. Ich hatte keines mehr und musste dringend Phil anrufen, damit er einen Job für mich an Land zog.

Zweitens: Eva. Ich musste ihr beibringen, dass ich eventuell Sex mit ihrem Autor gehabt hatte. Ich war mir ziemlich sicher, dass sie das nicht so locker aufnehmen würde.

Drittens: die Beerdigung. Ich schob den Gedanken daran in die hinterste Ecke meines Bewusstseins.

Viertens: Mika.

Was mich etwas verunsicherte, war, dass ich Mika auf meiner Liste fand. Er hatte dort nichts zu suchen. Man sollte Männern nie zu viel Aufmerksamkeit zugestehen. Zumindest nicht Männern, die One-Night-Stands von Mitbewohnerinnen waren.

Scheiß drauf.

Ich legte einen Zahn zu, wer wusste, ob Eva schon aufgewacht war und wutentbrannt in meiner Wohnung auf mich wartete. Schröder trabte hinter mir her. An der nächsten Straßenecke stoppte ich, um mich zu orientieren. Ich war schon ewig nicht mehr in dieser Gegend gewesen. Hier war Mutters Bistro. Und seit sie es geschlossen hatte, hatte ich das Viertel gemieden. Manchmal muss man sich seinen Erinnerungen nicht stellen. Fand ich. Lindholm würde vermutlich das Gegenteil erzählen. Aus diesem Grund hatte ich ihm das Bistro bislang vorenthalten. Er musste schließlich nicht alles über mich wissen. Jede Frau hat Geheimnisse. Und meines war meine Kindheit im Evvie's.

Ich zog mein iPhone aus der Tasche. 9.30 Uhr. Dann bog ich in die nächste Straße ein. Hier hatten Eva, Anna und ich Fahrrad fahren gelernt. An der Bordsteinkante hatte ich mir die kleine Narbe über dem linken Auge geholt, und vorne bei dem Treppenabgang hatte unser Eisdealer Ed von Schlecks aus seinem Keller verkauft. Jetzt war die Kellertüre verschlossen, und alte Zeitungen stapelten sich auf der Treppe. Gegenüber war das Evvie's. Ich hielt die Luft an. Fast konnte ich meine Mutter hinter der Fensterfront sehen. Wie sie mit der roten Schürze um ihre Hüften hinter dem Tresen stand. Drei mannshohe Fenster und eine wackelige Holztüre. Über den Fenstern die verblasste Schrift *Evvie's Bistro*.

Irgendetwas passierte in mir, was ich gar nicht gut fand. Ich schleppte Schröder über die Straße und tastete auf dem Türrahmen nach dem Schlüssel. Meine Mutter war eine zutiefst liederliche Person. Tante Violetta hatte einmal gesagt, Mutter lebe nach dem Motto »nach mir die Sintflut«. Und deswegen hatte sie das Bistro eines Tages einfach Hals über Kopf verlassen und den Schlüssel auf den Türrahmen gelegt, wo ihn jeder Blödmann finden konnte.

Ich steckte ihn ins Schloss und drehte ihn herum. Schröder wedelte vorfreudig und zog mich hinter sich her, obwohl er das Bistro gar nicht kennen konnte. Als er geboren wurde, war das Evvie's schon längst geschlossen. Die Fenster waren blind vor Staub. Und es war so kalt, als würde der Winter hier noch irgendwo in einer Ecke sitzen. Auf dem Tresen stapelten sich ungewaschene Gläser. Oh Mann.

Mein Telefon klingelte, und ich hätte es beinahe vor Schreck gegen die Wand geworfen. Durch das Lebenszeichen des Handys wirkte das Bistro noch verlassener.

»Cressi, gut, dass ich dich erwische!« Es war Anna. Sie klang gehetzt. Was aber nichts Besonderes war. Wenn man wie sie drei schreckliche Kinder hatte, klang man immer, als wäre man auf der Flucht.

»Ich habe nicht lange Zeit«, flüsterte sie ins Telefon, »die Jungs sind krank und nicht in der Schule. Sie denken, ich bin auf der Toilette.«

Sie machte eine Pause, in der ich sie nur atmen hörte.

»Tatsächlich sitze ich hinter dem Küchenblock. Ich habe eine ganze Packung Kinderriegel aufgegessen. Heimlich.«

»Deswegen rufst du mich an?«, fragte ich.

»Nein. Es ist wegen unserer Väter.«

»Unserer Väter«, echote ich.

»Ich werde ihn suchen.«

»Den Mexikaner?«, wollte ich wissen.

»Seit ich weiß, dass Papa nicht unser Vater war, fühle ich mich so haltlos.«

Lindholm würde Hurra schreien. Er liebt solche Formulierungen. Ich nahm mir vor, nachher diesen Satz zu notieren. Ich fühle mich so haltlos! Das konnte praktisch alles bedeuten. Von: Ich springe von der nächsten Brücke, bis zu: Ich brauche dringend jemanden, der mich festhält und mit mir Sex auf dem Fußboden hat.

»Und wie willst du ihn finden? Der könnte überall sein.«

Zum Beispiel in Mexiko.

»Ich habe Tante Maggie das Foto gezeigt, und sie meint ihn erkannt zu haben.«

»Das muss nichts heißen. Maggie hat ständig Visionen. Sie hat behauptet, den Dalai-Lama im Olympia

Einkaufszentrum getroffen zu haben. Vergiss das nicht.« Ich wollte meine Schwester nicht entmutigen. Aber Tante Maggie war keine zuverlässige Quelle. »Wo hat sie ihn denn erkannt.«

»Er soll in einem mexikanischen Restaurant arbeiten.«

»Hmm.«

»Im Olympia Einkaufszentrum«, sagte Anna kleinlaut.

Ich seufzte.

»Ich komme einfach nicht damit klar, dass Mutter nicht mehr da ist. Und die Kinder könnten außerdem auch einen Großvater gebrauchen. Einen, der ihnen Grenzen setzt, wenn ich es nicht schaffe. Während ich heimlich Kinderriegel hinter dem Küchenblock esse, bringen sie sich wahrscheinlich im ersten Stock um. Und weißt du was, meine einzige Hoffnung ist, dass sie es leise tun.«

Ich wollte Anna nicht darauf hinweisen, dass ihr Vater vermutlich sofort nach Mexiko abhauen würde, wenn er ihre Kinder treffen würde.

»Anna, du bist kein Kind mehr«, sagte ich stattdessen.

»Sei doch mal ein bisschen loyal. Was ist eigentlich mit deinem Vater. Willst du ihn nicht suchen?«

»Mein Vater ist ein toter Paketfahrer«, fauchte ich sie an, »ich bin quasi Vollwaise.«

Meinen Vater zu finden rangierte auf meiner Dringlichkeitsliste irgendwo im Bodenschlamm. Wozu sollte ich einen Mann finden, der nur mein Erzeuger gewesen war.

»Tut mir leid«, flüsterte Anna, »das hatte ich vergessen. Mein Gott, du bist Vollwaise! Wie konnte ich nur so unsensibel sein!«

Sie brach in Tränen aus. Ich legte auf und stopfte das Handy zurück in Evas Blazer. Gott, ich musste noch einen Platz für das Problem »Ich muss das Bistro auflösen« finden. Ich ließ meinen Blick durch das Evvie's schweifen. Überall lag eine dicke Staubschicht. Mit der Fingerspitze strich ich über den Tresen. In dem Moment klopfte es so laut an der Tür, dass selbst Schröder zusammenzuckte. Sie wurde aufgerissen, und Herr Wischnewski von gegenüber stand im Türrahmen. Sein rundes Gesicht schien zu glühen, und ich erinnerte mich daran, dass er damals schon an so starkem Bluthochdruck gelitten hatte, dass Mutter uns Kinder immer wieder ermahnt hatte, nicht zu stürmisch bei ihm zu klingeln, wenn wir uns ein Eis holen wollten.

»Mensch, Mädchen!«, schrie er mich an. Herr Wischnewski schrie gewohnheitsmäßig. Er konnte gar nicht normal sprechen. »Wenn das mal nicht die kleine Cressida ist. Dich habe ich ja ewig nicht gesehen!«

»Herr Wischnewski«, sagte ich und ließ mich von ihm drücken.

»Wie gehts deiner Mutter?«, wollte er wissen.

»Gut«, sagte ich, »sehr gut!«

»Lüg mich nicht an, Mädchen!«, sagte er und hielt mich auf Armeslänge von sich weg. »Deiner Mutter ist es doch nie gut gegangen. Immer halb am Durchdrehen, die Gute. War vollends überfordert mit euch Gören! Was treibt sie denn so?«

Ich zuckte mit den Schultern.

»So dies und das«, sagte ich unbestimmt.

»So dies und das.« Er legte den Kopf schief. »Und keine Zeit, hier vorbeizuschauen. Guck dir das an. Das kommt ja alles runter. Da fehlt Leben in der Bude. Seit das Bistro zu ist, ist praktisch die ganze Straße tot.«

»Das kommt Ihnen nur so vor«, meinte ich.

Das kam ihm so vor, weil Anna, Eva und ich die Einzigen gewesen waren, die sein Eis aus dem Keller gekauft hatten. Alle anderen wussten wahrscheinlich, dass das Nucki Nuss schon seit den Achtzigerjahren in der Truhe vor sich hin gammelte. Ich folgte seinem Blick, der über die roten Samtstühle glitt, über die Bilder an den Wänden – meine Mutter hatte Jugendstil und Schwarz-Weiß-Fotografien geliebt – zu den Spinnweben an den Decken und den Goldlüstern.

»Nee, nee«, machte er und schnäuzte sich geräuschvoll in ein riesiges kariertes Taschentuch. »Damals war immer was los. Deine Mutter hat hinter der Bar gestanden und gleichzeitig gekocht, und manchmal hat sie auch gesungen. Das stell dir mal vor. Hier auf der Straße, wenn sie gute Laune hatte. Hatte sie fast nie. Meistens hat sie nur gejammert.«

Ich weiß. Und wir Mädchen sind im Sommer auf den Bierbänken vor dem Bistro eingeschlafen, bis uns Mutter auf der Rückbank unseres Autos übereinandergestapelt nach Hause fuhr.

»Und dann ist sie durchgedreht. Hat irgendwas Psychisches gekriegt und ist nicht mehr wiedergekommen. Was Psychisches. Was soll das denn sein?«

»Herr Wischnewski, ich muss los. Ich wollte nur kurz ...«, ich sah mich im Schankraum um, »... etwas abholen.«

»Was Psychisches. Da hab ich deine Mutter mal gefunden. Hinten zwischen den Mülltonnen. Und ihr Mädchen wart vorne und habt Wein ausgeschenkt. Verrücktes Huhn, deine Mutter. Was wolltest du denn holen?«

Ich lief hinter den Tresen, Schröder und Herr Wischnewski folgten mir.

»Es ist nur dieses …« Ich blickte mich suchend um.

Herr Wischnewski kratzte sich am Kopf.

»Dieses alte Kochbuch!«, beendete ich übertrieben fröhlich meinen Satz und zog ein zerfleddertes Kochbuch zwischen leeren Weinflaschen hervor. »Mutter braucht es. Dringend. Und deswegen bin ich auch schon wieder weg!«

Das Kochbuch passte kaum in meine Handtasche. Und es schien zehn Kilo zu wiegen. Ich schob Schröder und Herrn Wischnewski vor mir her auf die Straße.

»Noch ein Nucki Nuss?«, fragte er mich verschwörerisch, während ich wieder absperrte. Den Schlüssel ließ ich zu meinem Handy in die Jackentasche gleiten.

»Sie wollen mir jetzt nicht erzählen, dass Sie immer noch Nucki Nuss in Ihrer Kühltruhe haben!«

»Ah«, machte er, »keine Sorge. Vor Kurzem habe ich gelesen, dass Eis jahrelang haltbar ist. Jahrzehnte! Das Haltbarkeitsdatum auf Eispackungen hat null Bedeutung! Null!«

#lifewithoutmoney

Ich entdeckte Tante Maggies Bus in unserer Straße. Es war ein alter gelber Postbus und nicht zu übersehen. Deswegen bog ich in eine Seitenstraße ab und machte einen Abstecher zu meinem Chinaimbiss. Schröder musste draußen warten. Zu seiner eigenen Sicherheit, erklärte ich ihm. Jeder wusste, dass Chinesen Hunde aßen. Es war 11.00 Uhr und nichts los. Mein Magen knurrte. Die alte Chinesin löste Kreuzworträtsel auf ihrem Platz hinter dem Tresen. Von dort aus tyrannisierte sie auch ihre Mitarbeiter. Die Chinesen sind ein hartes Volk. Die dicke Köchin klapperte in der Küche mit den Töpfen. Sie lächelte mich durch die offene Tür kurz an, dann zog sie den Kopf ein, als wollte ihr die Alte eine verpassen.

»Kann ich anschreiben lassen?«, fragte ich.

Die Köchin verkrümelte sich in den Hinterhof.

»Schon wieder?« Die Alte blickte nicht auf und kritzelte irgendetwas in ihr Heft.

»Ich befinde mich in einer finanziellen Notlage«, sagte ich automatisch.

»Jeden Monat einmal finanzielle Notlage. Du musst über dein Leben nachdenken«, antwortete sie weise.

Darüber musste ich nicht nachdenken. Ich wusste genau, warum ich im Schlamassel steckte. Lindholm, die Taxifahrten, Phil, der mir den nächsten Job besorgen musste.

»Das wird schon wieder. Ich bringe das Geld später vorbei. Ich hätte gerne die Glücksente.«

Die Alte sah von ihrem Rätsel auf und kniff die Augen zusammen.

»Dein Hund?« Sie hatte Schröder vor der Tür entdeckt. Er drückte sich an der Tür die Nase platt und leckte über das Glas. Ich glaube, Schröder hat nie wirklich kapiert, dass er nicht durch Glastüren laufen konnte. Es passierte immer wieder, dass er an einer Scheibe hängen blieb.

»Vergessen Sie es!«, sagte ich schnell. »Den nehme ich wieder mit.«

Sie zuckte nur mit den Schultern.

»Musst mehr Geld verdienen«, schlug sie vor, ohne sich von ihrem Stuhl zu rühren, »Frau ohne Geld ist nichts wert.«

Das erzählte mir eine alte Chinesin aus dem Chinaimbiss. Ich versuchte, ihren Rat nicht persönlich zu nehmen. Ich konnte es nicht leiden, wenn jemand versuchte, mir die Welt zu erklären. Ich bin reflektiert. Aber ich habe Fehler, derer ich mir bewusst bin und mit denen zu leben sehr schwer ist. Andere in meiner Situation hätten wahrscheinlich schon das Handtuch geschmissen. Ich konnte mit Recht stolz darauf sein, dass ich es schon so lange mit mir aushielt.

»Was ist jetzt mit der Ente?«, fragte ich, ohne auf ihre Weisheiten einzugehen.

»Ist ungesund«, sagte sie knapp. »Zu viel Glutamat. Fleisch macht krank. Ich esse nie etwas mit Glutamat oder Fleisch.«

»Wie bitte?«

»Frau ohne Geld sollte wenigstens gesund sein«, sagte sie listig und beugte sich wieder über ihr Kreuzworträtsel.

»Sie wollen mir ernsthaft erzählen, was ich essen soll?«, wollte ich wissen. »Wir sind hier in einem Chinaimbiss!«

»Ich esse nie, was hier gekocht. Ich will nicht krank sterben.«

Einen Moment starrte ich sie unschlüssig an. Dann wandte ich mich um und ging zur Tür.

»He«, rief sie mir nach, »was ist da in deiner Tasche?«

»Ein Kochbuch«, sagte ich, ohne mich noch einmal umzudrehen.

Sie kicherte.

»Kluges Mädchen!«

Ich musste mich an Mikas Anblick auf unserer Couch erst gewöhnen. Er lag auf dem Bauch, den Kopf in die Kissen vergraben, und schnarchte. Ich nahm Schröder Halsband und Leine ab und begann im Kühlschrank nach Essbarem zu suchen. Aus meinem Zimmer drangen die Stimmen von Eva und Tante Maggie. Ich konnte nicht verstehen, was sie sagten. Die Lage im Kühlschrank war katastrophal. Ich fand ein Glas Senf, einen Rest Butter und Essiggurken. Mein Leben war auf dem Tiefpunkt angelangt. Selbst die Kaffeedose war leer.

Die Tür von meinem Zimmer wurde aufgerissen.

»Das ist aber auch ein geiler Typ!«, hörte ich Tante Maggie sagen. »Ein Jammer, dass ich nicht zehn Jahre jünger bin.«

Sie meinte Mika. Ich verdrehte die Augen. Zehn Jahre?

Maggie und meine Schwester kamen in die Küche.

»Da bist du ja endlich!«, stellte Tante Maggie fest. »Du solltest dir unbedingt den Typen auf deiner Couch aufreißen. Scheint Grieche zu sein. Ich hatte mal Sex mit einem Griechen. 1985.«

Eva sah immer noch furchtbar aus. Sie trug ein T-Shirt von mir und eine Jogginghose, und ihr Karlie-Kloss-Bob war völlig derangiert. Sie ließ sich wortlos und mit leerem Blick auf einen Stuhl sinken. Wahrscheinlich hatte sie einen tierischen Hangover. Wenn man Beruhigungsmittel nicht gewohnt ist, kann einen das ganz schön mitnehmen. Ich hatte mir völlig umsonst Sorgen gemacht. Wahrscheinlich würde sie nie von der Sache mit Holger Schmidt erfahren. Was auch immer es gewesen war. Ich atmete innerlich auf.

»Wie geht es dir, Schätzchen«, wollte Tante Maggie wissen und legte mir ihre Hand auf den Arm.

Bis auf den Umstand, dass ich beinahe vor Hunger umkam, prima.

»Der Verlust der Mutter ist das Schlimmste, was man erleben kann.« Sie sah mir tief in die Augen. »Ich sehe schwarze Flecken auf deinem Herzchakra.«

Hätte ich Lucinda Beckett gefragt, sie hätte gesagt, ihr schlimmster Verlust sei ihr Mauswiesel gewesen. Da sieht man, wie relativ das Empfinden sein kann.

»Tante Maggie, mir geht es prima.« Noch besser

würde es mir gehen, wenn Mika nicht alle Eier und meinen Joghurt aufgegessen hätte. Wahrscheinlich hatte er letzte Nacht den kompletten Kühlschrank leer geräumt, nachdem er vom Griechen heimgekommen war. Männer sind so. Völlig rücksichtslos. Denken immer nur an sich.

»Du hast keinen Zugang zu deinen Gefühlen«, stellte Tante Maggie fest.

Eva gähnte und versuchte, die Augen offen zu halten. »Irgendwie geht es mir heute nicht so gut«, murmelte sie. »Und warum hast du meinen Blazer an?«

Ich antwortete darauf nicht, sondern verschränkte die Arme vor der Brust. Ich wollte nicht, dass Tante Maggie irgendwelche Flecken auf meinem Herzchakra sah.

»Wann hast du zuletzt geweint?«, wollte sie wissen.

Ich überlegte scharf. Das musste in Lindholms Praxis gewesen sein. Lindholm brachte mich immer wieder mal zum Weinen. Meist tat ich es, um ihm eine Freude zu machen.

»Vor zwei Wochen. Das muss vor zwei Wochen gewesen sein«, sagte ich schließlich, woraufhin mich Tante Maggie in die Arme schloss.

»Du hattest eine Vorahnung. Du armes Ding!«, sagte sie mitfühlend.

Über Tante Maggies Schulter sah ich, wie sich Mika auf der Couch aufsetzte. Sein Haar war zerzaust. Wieder trug er kein T-Shirt. Wahrscheinlich war das eine Griechen-typische Angewohnheit. Immer oberkörperfrei irgendwo abhängen. Ich überlegte, ob das nicht schon nahe an der sexuellen Belästigung entlangschrammte.

Jedenfalls war es nicht in Ordnung, sich mit so einem Oberkörper derartig aufzudrängen. Er hätte wenigstens scheußlich behaart sein können. Er rieb sich die Augen und zwinkerte mir zu.

»Du hast eine neue Frisur«, stellte Eva scharfsinnig fest. »Sieht aus wie meine.«

»Wir Frauen aus dem Catterberg-Clan haben den Hang zu Vorahnungen!« Tante Maggie hielt mich ein Stück von sich weg. »Deine Mutter wollte davon nie etwas wissen. Aber es ist nicht zu leugnen!«

»Ich hatte keine Vorahnung!«, sagte ich. »Ich habe nie Vorahnungen.«

»Du bist wie deine Mutter!«

Ich schüttelte Tante Maggies Hände ab, griff mir Lucindas Cornflakespackung und stopfte mir eine Handvoll Flakes in den Mund.

»Oh nein«, sagte Eva hinter mir, »meine Erinnerung kommt zurück!«

»Es ist nicht so schlimm, wie du denkst!«

»Ich erinnere mich an das Beerdigungsinstitut«, sagte Eva dumpf. »Ich erinnere mich an die Tablette, die du mir gegeben hast.«

»Du hast deiner Schwester Drogen gegeben?«, fragte Tante Maggie sensationslüstern.

»Ein leichtes Beruhigungsmittel. Sie war völlig außer sich.«

»Ich habe früher auch Drogen genommen. LSD. 1988. Mit Drogen kommt man seinen Gefühlen viel näher. Vielleicht solltest du Drogen nehmen, Schätzchen. Es ist nicht normal, wie du mit dem Verlust deiner Mutter umgehst.«

Das Problem meiner Familie war, dass grundsätzlich nicht akzeptiert wurde, wie man mit irgendetwas umging. Es gab immer mindestens zehn Frauen, die einem unter die Nase rieben, was man alles falsch machte.

»Oh mein Gott, du hast dich mit Holger Schmidt getroffen!« Eva ließ ihren Kopf auf die Tischplatte knallen.

Tatsächlich verwunderte es mich enorm, was sie trotz ihres Deliriums alles mitbekommen hatte. Diese Medikamente waren schon der Hammer.

»Es ist alles super gelaufen!«, sagte ich. »Wirklich super! Er wird ein neues Buch schreiben und das alte Manuskript auf den Müll werfen.«

»Was!«

»Auf den Müll«, wiederholte ich.

»Ich fand den Text gut«, sagte Eva mit schwacher Stimme.

»Unsinn. Niemand kann etwas gut finden, was dieser Typ zu Papier bringt.« Ich klopfte ihr beruhigend auf die Schulter.

Tante Maggie sah zwischen uns hin und her.

»Cressi, warst du denn schon im Evvie's?«, fragte sie schließlich.

Ich schob meine Handtasche mit dem Kochbuch unauffällig hinter meinen Rücken und zuckte mit den Schultern.

»Du solltest möglichst bald mit der Auflösung des Bistros anfangen, damit wir die Bude endlich verkaufen können«, meinte sie.

»Ich habe momentan ganz schlecht Zeit für solche Aktionen«, sagte ich.

»Aber du hast keinen Job, Schätzchen, du hast jede Menge Zeit!«, behauptete Tante Maggie.

Ich starrte sie böse an. Was sie vollkommen ignorierte.

Evas Handy summte.

»Eine WhatsApp von Holger Schmidt!«, sagte Eva. »›*Guten Morgen, du Muse!*‹«

Ich zog den Kopf ein.

»Was hat das zu bedeuten?«

»Nichts!«

Ich klemmte mir die Handtasche unter den Arm und drückte mich an Maggie und Mika vorbei in Richtung meines Zimmers.

»Warum bin ich seine Muse!«, schrie mir Eva nach.

Ich knallte die Tür hinter mir zu und drehte den Schlüssel herum.

#jobwithmodels #lifeinafantasyworld

Zum Glück hatte Phil wieder einen Job für mich an Land gezogen. Nicht so hip wie bei der Cosmo, aber immerhin war es Geld. Wir fotografierten labbrige Klamotten für einen Discounter. Phil hatte am Telefon gesagt, dass er den ganzen Scheiß, den C-Promis für Billigläden designten, nicht mehr sehen konnte und dass ich der einzige Lichtblick in dem ganzen Elend wäre. Er hatte recht. Was bedeutete, dass der Job wirklich deprimierend war. Wenn selbst ich mich und mein Leben als Lichtblick empfand. Er hatte mir eingebläut, niemandem zu erzählen, dass er für Discounter arbeitete, sonst könne er in der Modebranche nie richtig Fuß fassen. Darauf war ich auch nicht scharf. Deshalb schworen wir uns gegenseitig, kein Wort über dieses Intermezzo zu verlieren. Wir shooteten im Münchner Westen in einer Lagerhalle, die zu einem Studio ausgebaut war. Es war kalt und zugig, und die Models motzten ständig herum, weil sie froren und die Klamotten nicht mochten. Kein Mensch mochte diese Klamotten.

Außer man lebte von Hartz IV in einer Plattenbausiedlung. Dann vielleicht.

Während der ersten Einstellung verkrümelte ich mich aufs Klo. Ich hatte Schröder an einem Heizungsrohr festgebunden und hörte ihn bis zu den Toiletten winseln. Der Hund trieb mich noch in den Wahnsinn. Wie sollte man sich da auf irgendetwas konzentrieren können. Ich hatte ein paar Bilder mit den Models im Hintergrund gemacht. Die wollte ich posten. Bilder mit Models kamen immer gut an. Es musste ja niemand wissen, dass es Discounter-Models waren. Die Bademäntel, die sie zwischen den Aufnahmen trugen, sahen immerhin ziemlich edel aus.

Ich hatte mich kaum mit angezogenen Beinen auf den Klodeckel gesetzt, da summte mein Handy. Es war Lindholm.

»Mein Gott, Lindholm«, sagte ich, »wir haben Rollen getauscht. Sie rufen mich öfter an als ich Sie. Muss ich mir Sorgen machen?«

Lindholm räusperte sich.

»Wo sind Sie? Sie verpassen gerade Ihre Sitzung.« Er hatte seine betont geschäftsmäßige Stimme aufgesetzt. Das tat er immer, wenn ich irgendetwas verbockte.

»Fuck!«, sagte ich. »Ich arbeite!«

Wieder achtzig Euro in den Sand gesetzt.

»Ich poliere gerade meinen Insta-Account auf. Ich dachte mir, es wäre langsam Zeit, da etwas richtig vorwärtszubringen. Ich habe mir vorgenommen, jeden Tag ein Bild von mir zu posten. Man muss klein anfangen. Vielleicht poste ich morgen ein Bild von Schröder und mir. Es gibt Hunde, die haben richtige Fangemeinden.«

»Catterberg.«

»Das hat sich jetzt irgendwie resigniert angehört. Sie glauben ja gar nicht, wie viel man als Influencer verdienen kann. Millionen. Es gibt sogar Hunde, die verdienen Millionen.«

»Werden Sie erwachsen!«

»Wollen Sie damit sagen, dass Sie in mir keine Qualitäten als Influencerin sehen?«, wollte ich wissen.

Für einen Moment konnte ich Lindholm nur atmen hören und war mir nicht sicher, ob er nur überlegte oder ob er mit der Fassung rang.

»Wenn ich nur einen Funken des Erbguts meiner Mutter in mir trage, werde ich eine fantastische Influencerin. Meine Mutter konnte von den Leuten alles bekommen und es am Schluss auch noch so aussehen lassen, als wäre es deren eigene Idee gewesen. Das nenne ich High-End-Influencer.«

»Ich nenne das manipulativ«, sagte Lindholm.

»Oder so. Jedenfalls habe ich beschlossen, dass mein Leben finanziell eine Wendung nehmen muss. So wie jetzt kann es nicht weitergehen. Nicht mal die Alte vom Chinaimbiss will mir mit einer Glücksente aushelfen. Können Sie sich vorstellen, wie sich das anfühlt? Ich bin ganz unten angekommen. Gefühlt ganz unten. Ich brauche Sponsoren.«

»Sponsoren?«

»Ja, Menschen, die mir Klamotten und Kosmetikartikel zuschicken. Im Moment könnte ich auch Hundefutter brauchen. Schröder frisst mir noch die Haare vom Kopf.«

»Sie leben in einer Fantasiewelt, Catterberg«, sagte

Lindholm sanft. Ich war froh, dass er nicht »Wolkenkuckucksheim« gesagt hatte. »Es wird Zeit, dass Sie auf den Boden der Tatsachen kommen. Wie lief Ihr Date.«

»Fantastisch. Er schreibt meiner Schwester seitdem ständig Nachrichten. Und es war kein Date.«

Tatsächlich machte mir diese Entwicklung etwas Sorgen. Ich hatte gehofft, dass seine Erinnerung genauso lückenhaft war wie meine. Anscheinend konnte er sich aber sehr gut erinnern. Anna hatte mir WhatsApp-Nachrichten von Eva weitergeleitet. Allesamt von Holger Schmidt. Anna hatte geschrieben, Eva wolle mich nach dieser Aktion nie wiedersehen.

»Werden Sie ihn wiedersehen?«, wollte Lindholm wissen.

»Sind Sie verrückt. Ich treffe Männer grundsätzlich nur einmal. Alles andere ist gegen meine Prinzipien.«

Das war nur die halbe Wahrheit. Aber ich hatte das Gefühl, Lindholm vertrug generell nur halbe Wahrheiten. Für alles andere war er zu zartbesaitet.

»Vielleicht sollten wir es mit einer anderen Strategie versuchen«, meinte er jetzt. »Vielleicht sollten Sie diesen Mann doch wieder treffen und sehen, ob Sie sich gefühlsmäßig auf ihn einlassen können.«

Mir blieb fast die Luft weg. Noch nie hatte er etwas so Schreckliches vorgeschlagen. Das konnte nur bedeuten, dass ihm nichts an mir lag. Er konnte mich doch nicht dazu auffordern, einen anderen Mann zu treffen!

»Wie fühlt sich das für Sie an?«

»Grauenhaft. Sie können doch nicht ernsthaft denken, dass mir Holger Schmidt gefällt und ich ein Date mit ihm will. Der Mann ist über fünfzig.«

»Holger Schmidt? Der Autor?«

»Der einzige Mann, den ich regelmäßig treffe, sind Sie, Lindholm.«

»Vielleicht ist das ein Fehler«, überlegte er.

»Meine Schwester will mich nie wiedersehen.«

»Wie fühlt sich das für Sie an.«

Langsam nervte diese »Wie-fühlt-sich-das-für-Sie-an-Nummer«.

»Können Sie mich auch mal etwas anderes fragen?«, blaffte ich.

Mir tat es immer sofort leid, wenn ich so schroff zu Lindholm war. Therapeuten können einfach nicht anders. Sie sind total gehirngewaschen. Was sie in ihrem Studium durchmachen, kann sich kein normaler Mensch vorstellen. Ich habe mal gelesen, alle Psychotherapeuten hätten selbst einen an der Klatsche. Sie werden überhaupt nur Psychotherapeuten, weil sie selbst ganz dringend eine Therapie brauchen. Das halte ich für eine realistische Einschätzung. Vielleicht würde Lindholm ja nicht mich retten, sondern ich ihn.

»Mit welcher Frage würden Sie sich denn wohler fühlen?«

»Keine Ahnung. Zum Beispiel: Was machen Sie heute Abend? Lust auf ein Gläschen Wein in Pauls Boutique?«

Ich konnte hören, wie Phil nach mir rief. Wahrscheinlich steckte eines der Models in einem Discounter-Badeanzug fest.

»Ich muss jetzt los«, sagte ich.

»Der nächste freie Termin ist Mittwoch. 10.00 Uhr.«

»Prima!« Ich legte auf.

Diese Shootings machten mich völlig kaputt. Ich war nicht der Mensch, der andere gerne zwang, Scheißklamotten zu tragen. Im Gegenteil. Es machte mich fertig, eigentlich ganz hübsche Mädchen in schlecht geschnittenen Badeanzügen mit floralem Druck zu sehen. Mindestens zwei von ihnen heulten schon wieder, was Phil zur Weißglut trieb. Er versuchte, das Make-up der beiden zu retten, und schimpfte dabei ständig vor sich hin.

»Wir sollten einfach damit aufhören«, sagte er, während er mit einem Wattestäbchen Wimperntusche von der Wange einer jungen Russin tupfte. Ich mochte Phils Style unheimlich gern. Er trug immer diese furchtbar hässlichen Plateauschuhe, die in den Neunzigern hip gewesen waren, und dazu knallenge helle Jeans, Lederjacke und lange Haare, die er zu einem Dutt schlang. Er mochte Männer mehr als Frauen, was ihn nicht davon abhielt, mir ab und zu den Hof zu machen, wenn er gerade keinen Neuen am Start hatte. Wir nahmen das beide sportlich. Ich knutschte ab und zu mit ihm, aber nur frühmorgens in irgendwelchen abgeranzten Clubs. Er war eben mein bester Freund. Zumindest war er der einzige neben Lucinda Beckett.

»Mit was aufhören?«, wollte ich wissen.

»Mit diesem Job. Wir verdienen kaum etwas und haben nur den Ärger.«

Er meinte die heulenden Models, die Fotografen, denen man es nie recht machen konnte, und die hässlichen Klamotten. Ich fand, es gab Schlimmeres. Zum Beispiel Berufe, bei denen man früh aus dem Bett musste.

»Ich bin jetzt fünfunddreißig, Cressi. Es gibt Make-up-Artists, die sind ganz oben und könnten meine Kinder sein.«

»Du bist total talentiert«, versuchte ich ihn zu beruhigen.

»Du nicht«, gab er zurück und suchte, ohne hinzusehen, in seinem riesigen Pinseltäschchen nach dem richtigen Werkzeug, »aber ich arbeite gerne mit dir. Du nervst nicht so wie die anderen.«

»Danke, Phil, das bedeutet mir wirklich viel.«

»Und ich mag deinen Hund.«

Wir sahen beide gleichzeitig zu Schröder, der sich endlich auf einem Haufen Klamotten zusammengerollt hatte und schlief. Sofort hatte ich ein schlechtes Gewissen, weil ich Schröder so viel zumutete, nachdem er die letzten Jahre bei meiner Mutter nur auf der Couch herumgelegen war. Ich nahm mir vor, mit meinem Honorar für das Shooting als Allererstes anständiges Futter für Schröder zu besorgen. Nicht den Mist, den man bei Aldi bekam.

»Du solltest dir endlich einen anderen Job suchen«, sagte Phil und begann das Gesicht der Russin abzupudern. »Du musst endlich dein Leben auf die Reihe kriegen.«

»Ich bin schon froh, wenn ich die Männer auf die Reihe kriege«, seufzte ich.

»Wie lange hattest du keinen Sex mehr?«, wollte Phil wissen.

Ich überlegte. Ich wusste ja nicht, ob ich Holger Schmidt mitzählen musste oder nicht. Ich beschloss, wenn ich mich an Sex nicht erinnerte, zählte er auch nicht.

»Sieben Monate«, sagte ich schließlich.

»Mein Gott, du musst ja schon völlig vertrocknet sein!« Phil riss entsetzt die Augen auf. »Sprechen wir von Sex oder von allem?«

»Von allem«, gab ich zu.

»Oral. Anal. Mit der Hand?« Mittlerweile starrte mich auch die Russin entsetzt an.

»Lass gut sein, Phil!«, zischte ich. »Lindholm meint, das wäre alles schlecht für mich. Für meine Entwicklung.«

»Ich kann den Namen Lindholm nicht mehr hören. Der Typ ist nicht gut für dich. Nicht der Sex. Sex ist immer gut. Sex ist wie Pizza …«

»Ich weiß«, beendete ich seinen Satz, »selbst wenn er schlecht ist, ist er immer noch richtig gut.«

»Lindholm!«, schnaubte er. »Was weiß der schon, was gut für dich ist, Süße!«

Kurz kam mir der Gedanke, ob ich Phil von Mika erzählen sollte. Nur so. Nur damit Phil sah, dass ich noch nicht hoffnungslos verloren war. Wer mit einem gut gebauten Griechen zusammenlebte, bei dem war quasi noch alles offen. Dann verwarf ich den Gedanken wieder, weil Phil bei der Beschreibung von schönen Männern immer komplett durchdrehte. Außerdem hatte ich das Gefühl, dass sich Phil und Mika prächtig verstehen würden. Auch wenn der eine hetero und der andere homo war.

Ich zuckte mit den Schultern. Ich brockte mir immer Männer ein, die mir nicht guttaten. Und keinen von ihnen hatte ich je so geliebt wie Lindholm. Wenn ich also alles gegenrechnete, kam ich bei Lindholm noch richtig gut weg. Er bewahrte mich davor, ständig mit anderen Männern ins Bett zu hüpfen – zumindest bis gestern –, und meine Gefühle für ihn waren so stark wie für niemand anders bisher.

»Jedenfalls sollten wir den Job an den Nagel hängen. Zumindest du, Cressi«, kam Phil auf unser eigentliches Thema zurück. »Und wenn dir was Nettes einfällt, lass es mich wissen.«

#familymeeting

Als ich abends aus dem Studio kam, hatte ich gefühlt hundert Nachrichten von Anna und meinen Tanten auf der Mailbox. Dieses Mal wollten sie sich bei Violetta treffen. Ich sparte mir, alle Nachrichten abzuhören, sondern schnappte mir an der nächsten Ecke ein Taxi. Ich hatte Phil gebeten, mir zweihundert Euro Vorschuss auf das Honorar zu geben, deswegen war ich nicht auf die Öffentlichen angewiesen. Ich hatte fast kein schlechtes Gewissen, weil ich mir einredete, nur aus Rücksicht auf Schröder mit dem Taxi zu fahren, weil er im Bus immer durchdrehte. Der Taxifahrer hievte Schröder in den Kofferraum, während ich mich auf der Rückbank ausstreckte und mir vorstellte, wie mein Leben als Instagram-Model aussehen würde. Phil hatte völlig recht. Wir sollten diesen Job an den Nagel hängen. Ich scrollte mich durch mein Profil und hatte tatsächlich 150 Likes auf das Bild mit den Models bekommen. Es ging bergauf.

Tante Violetta bewohnte eine kleine Mansardenwohnung in Schwabing, die noch exakt so eingerichtet war wie in den Siebzigerjahren. Mich deprimierte das. Anna nannte es retro. Eva sagte, Violetta habe einen Knall. Man konnte nicht annähernd fünfzig Jahre in derselben Wohnung verbringen, ohne ein einziges neues Möbelstück zu kaufen. Der meiste Krempel stammte sogar noch von meinen Großeltern.

Als der Taxifahrer hörte, wohin die Reise ging, schlug er gleich noch mal fünf Euro auf den Fahrpreis. Ich war schon daran gewöhnt, von Taxifahrern übers Ohr gehauen zu werden, und dieses Mal war es mir egal. Lindholm würde sagen, das sei genau der Grund, warum mir das Geld wie Sand durch die Finger rann. Sobald ich mehr als zehn Euro in der Tasche hatte, gab ich alles mit vollen Händen aus.

Die anderen warteten schon auf mich. Eva saß mit zusammengekniffenen Lippen auf Violettas Eckbank und würdigte mich keines Blickes. Sie scrollte auf ihrem Smartphone hin und her und nippte an ihrem stillen Wasser. Annas Jungs schikanierten Suki im Treppenhaus, während Anna in Violettas Küche Butterbrote für die drei schmierte. Und meine Tanten saßen mit dem obligatorischen Tee mit Rum an Violettas Küchentisch. Ich beschloss, dieses Mal auf den Tee zu verzichten und auch nur Wasser zu trinken.

»Liebes!« Maggie drückte mich an ihren Busen. Bärbel und Violetta tätschelten meine Wange. »Du siehst blass aus! Geht es dir nicht gut?«

»Wer mit Autoren vögelt, dem geht es verdammt zu gut!«, schnauzte mich Eva an.

Mir platzte der Kragen.

»Nicht mal ich weiß, ob ich mit ihm gevögelt habe! Wie kannst du es dann wissen!«, schnauzte ich zurück.

»Das liegt doch auf der Hand! Nach dem, was mir der Kerl schreibt!«

Ich verdrehte die Augen. Anna kam mit den Butterbroten herein.

»Dass ihr mir nicht vor den Kindern über Sex redet!«, schärfte sie uns ein.

»Wir sollten uns erst alle an den Händen fassen, ein Gebet sprechen und uns beruhigen!«, schlug Tante Bärbel vor. Sie nickte uns aufmunternd zu.

Anna und ich setzten uns und fassten uns an den Händen.

»Jetzt gib schon deine Hand her!«, fauchte ich Eva an.

»Die Suppe löffelst du selber wieder aus!«, zischte sie zurück.

»Gott. Wir haben uns hier versammelt, um die Beerdigung unserer lieben Schwester und Mutter Eveline zu planen. Gib uns hierfür deinen Segen!«

»Amen!« Eva riss mir ihre Hand weg.

»Ich war noch gar nicht fertig!«, sagte Bärbel beleidigt.

Die Kinder rannten herein und stürzten sich auf die Butterbrote. Mein Magen knurrte. Ich hatte eine verdammt schlechte Grundlage für Treffen dieser Art. Beim Shooting hatte es nur kleine Päckchen mit Erdnussflips gegeben. Und jeder wusste, dass man aggro wurde, wenn man Hunger hatte. Ich knöpfte Benno ein Stück von seinem Butterbrot ab, stopfte es mir in den Mund und scheuchte die Kinder wieder aus der Küche. Sie verschwanden mit lautem Getöse und Gemaule. Tante Violetta klappte ein Notizbuch auf. Ganz oben stand:

Ich spürte, wie mein Kopf seltsam leicht wurde. Ein ernst zu nehmendes Zeichen, dass mich eine Situation überforderte. Lindholm hatte mir eingetrichtert, ich solle mich, wenn sich dieses Gefühl einstellte, aus der Situation nehmen. Ich liebte diesen Ausdruck. Er klang, als könnte ich tatsächlich einfach so verschwinden, wenn ich wollte. Lindholm hatte in Wahrheit natürlich keine Ahnung, wie man sich in meiner Familie aus einer Situation nahm. Es war quasi vollkommen unmöglich. Genauso gut hätte ich versuchen können, mithilfe einer Nagelfeile aus Alcatraz auszubrechen.

»Wir haben jetzt den Termin für die Beerdigung«, begann Maggie. »Dienstag in zwei Wochen.«

»Warum erst Dienstag in zwei Wochen«, wollte Violetta wissen. »Soll Eveline bis dahin in diesem Kühlraum herumliegen?«

»Sprecht bloß nicht davon«, sagte Eva dumpf und presste sich die Finger gegen die Schläfen, »ich will nicht daran denken!«

»Denkt an ihre Klaustrophobie«, gab Violetta zu bedenken.

»Genau daran will ich nicht denken!«, versetzte Eva.

Bärbel wand sich.

»Wir wollen doch schließlich gut vorbereitet sein«, sagte sie, »und Eveline bekommt davon ja gar nichts mehr mit. Sie wird es aushalten.«

»Bärbel will bis zur Beerdigung noch ein paar Kilo abnehmen«, klärte uns Tante Maggie auf.

»Ihr könnt euch nicht vorstellen, wie viele Leute sich für die Beerdigung angekündigt haben. Denen kann ich unmöglich mit dieser Kleidergröße unter die Augen treten!«, sagte Tante Bärbel unglücklich. »Ich werde Low Carb fasten. Das geht am schnellsten.«

»War nicht Mutters Plan, dass niemand außer uns zu der Beerdigung kommt?«, warf ich ein. Ich rempelte Anna an. »Kannst du noch ein paar Butterbrote schmieren?«, fragte ich. »Die Kinder sehen immer noch hungrig aus.«

Tante Bärbel winkte ab.

»Es hat sich eben herumgesprochen. Und die Leute lieben Beerdigungen. Für Menschen in unserem Alter gibt es ja kaum noch Aktivitäten.«

»So ein Unsinn! Tantra-Sex kann man in jedem Alter praktizieren!«

Anna und Violetta warfen Tante Maggie gleichzeitig einen bösen Blick zu.

»Was?« Maggie zuckte mit den Schultern. »Man muss ja nicht dieses krasse Zeug treiben, das in Pornos zu sehen ist.«

»Und du glaubst, dir reichen zwei Wochen für die Diät?«, fragte Violetta.

»Ich halte eine Diät einfach nie länger als zwei Wochen durch«, gab Tante Bärbel zu.

»*Bärbels Diät*« schrieb Violetta ordentlich mit Rotstift in ihr Notizbuch und machte einen Haken dahinter.

»Die Einäscherung ist nächste Woche Freitag. Wer ist dabei?«, wollte Maggie wissen.

»Tante Maggie, du bist wirklich geschmacklos!«, sagte Eva. Sie sah schon wieder ganz blass aus.

»Ich habe eben keine Berührungsängste mit dem

Tod. Das wirst du erst verstehen, wenn du in meinem Alter bist, Liebes. Man muss sich mit dem Tod auseinandersetzen.«

»Mir reicht vollkommen, dass ich mich im Bestattungsinstitut mit Mutters Tod auseinandersetzen musste«, sagte Eva und schauderte. »Ich war die Einzige, die sie dort gesehen hat. Seitdem träume ich schlecht und muss abends einen Schnaps trinken, damit ich überhaupt einschlafen kann.«

Wenn es weiter nichts war. Mit einem Schnaps konnte man leben.

»Ich würde es für richtig halten, wenn wir alle dabei wären«, sagte Violetta und kritzelte das Wort »Einäscherung« in das Notizbuch.

»Ja, finde ich auch«, nickte Maggie. »Das ist bestimmt eine wunderbare Erfahrung.«

Ich konnte mir nicht vorstellen, was an einer Einäscherung eine wunderbare Erfahrung sein sollte. Aber mittlerweile hatte ich das Gefühl, dass ich mir ganz viel nicht vorstellen konnte.

»Dann treffen wir uns Freitag kurz vor drei vor dem Krematorium«, schloss Violetta geschäftsmäßig und setzte einen weiteren roten Haken hinter das Wort »Einäscherung«.

Die Kids kamen wieder in die Küche gerannt, und Suki knallte eine leere Proteinpulverdose zwischen uns auf den Küchentisch.

»Warum hast du Papas Milchshake dabei?«, fragte sie Anna.

»Ach ja stimmt!« Anna schob mir die Dose zu. »Das ist die Dose für Mutters Grab. Ich dachte, es schadet nichts, wenn du sie frühzeitig bekommst. Dann bist du vorbereitet.«

Es war eine schwarze Dose mit goldener Schrift. Im Prinzip gar nicht so unpassend. Ich konnte nicht behaupten, dass ich die Urne mit den Swarovski-Steinen wesentlich hübscher fand.

»Ich weiß nicht«, sagte ich zögernd und drehte die Dose in die Hand. *WOW-Protein.* »Warum können wir das Grab nicht einfach wieder zuschütten? Ohne Dose?«

»Das geht nicht. Dann ist das Grab ja vollkommen leer!«, meinte Tante Bärbel. »Das wäre bestimmt Grabraub. Oder etwas Ähnliches.«

»Das stimmt, ein Grab darf nicht leer sein«, nickte Violetta.

»Das könnte Unglück bringen«, überlegte Tante Maggie.

»Und warum muss ich …«, setzte ich an.

»Schätzchen! Fang jetzt nicht wieder damit an. Du bist einfach perfekt für den Job. Deine Mutter hätte sich gewünscht, dass du es tust!« Tante Maggie legte ihre Hände auf meine. »Außerdem. Wo sollte denn Anna mit den Kindern hin, sie kann sie schließlich nicht mitnehmen? Und deine Tanten sind zu alt. Die haben für so etwas keine Nerven mehr.«

»Und Eva?«

Eva sah mich bitterböse an.

»Eva dreht ja schon im Bestattungsunternehmen durch.« Tante Maggie drückte noch einmal kurz meine Hände, dann schenkte sie sich Tee mit Rum nach. »Wie soll sie dann auf dem Friedhof die Nerven behalten?«

#sistersarebitches

Eva fing mich im Treppenhaus ab. Sie zog hinter uns die Tür ins Schloss und hielt mich am Ärmel fest.

»Ich dachte, du sprichst nicht mehr mit mir«, erinnerte ich sie an ihr Versprechen.

Sie sah mich nur böse an.

»Und zwar bis in alle Ewigkeit, hat Anna behauptet. Soll das ›alle Ewigkeit‹ sein?«

»Er hat um ein Treffen gebeten!«

»Wer?« Ich stellte mich dumm.

»Holger Schmidt. Er will mich sehen. Also dich.«

»Dann triff dich mit ihm«, sagte ich genervt. »Hör mal, Eva, ich habe das nur für dich getan. Du warst völlig weggetreten. Schau dir meine Frisur an. Glaubst du, ich renne freiwillig so herum?«

»Meinetwegen?« Eva unterdrückte ein Kreischen. »Du bist meinetwegen mit ihm in die Kiste gestiegen?«

»Woher willst du das wissen. Schreibt er, dass wir Sex hatten?«, bohrte ich.

»Nicht so direkt. Dass er dich wiedersehen muss, sonst bekommt er eine Schreibblockade.«

Ich muss sagen, das ging runter wie Öl. Ich kann mich

nicht erinnern, dass irgendjemand meinetwegen jemals eine Blockade hatte. Noch nicht einmal im Rücken. Vielleicht sollte Eva Holger Schmidts Nachrichten direkt an mich weiterleiten, damit ich mir ein paar davon durchlesen konnte, wenn ich einen Durchhänger hatte. Das waren quasi positive Affirmationen.

»Eva, ich habe keine Ahnung, was passiert ist«, gab ich mit einem Schulterzucken zu. »Ich habe einen Filmriss. Oder alles verdrängt, weil es so scheußlich war. Das kann ich jetzt so nicht sagen.«

»Du musst dich mit ihm treffen.«

»Unsinn. Triff dich doch selbst mit ihm. Er wird denken, du wärst ich. Im Griechen war das Licht total schummrig. Und er war betrunken.«

»Das wird er nicht. Sieh dich an, und sieh mich an!«, versetzte Eva.

»Was willst du jetzt damit sagen?«, wollte ich wissen.

Langsam bekam ich schlechte Laune. Das kam dabei heraus, wenn man nur helfen wollte. Lindholm würde sagen, in Familien gelten andere Gesetzmäßigkeiten. Man kann sich auf nichts verlassen. In meinem Fall: Eigentlich hatte ich Dank verdient, stattdessen bekam ich auch noch Evas Frust ab.

»Ich bin die Tochter eines gut aussehenden Schweden und du …«

»… bist die Tochter eines depressiven Paketfahrers«, beendete ich Evas Satz. »Danke schön!«

»Das soll jetzt keine Beleidigung sein.«

»Es fühlt sich aber so an.« Lindholm wäre stolz auf mich. Es war ein großer Schritt für mich, meine Gefühle zu äußern. Also meine wahren Gefühle. Vor Lindholm wegen irgendeiner Kleinigkeit in Tränen auszubrechen war überhaupt kein Problem.

»Was ist hier draußen los?« Anna riss die Wohnungstür auf. »Habt ihr Geheimnisse?«

»Wir sprechen über unsere Väter«, erklärte ich bissig. »Eva meinte eben, ihrer wäre besser als meiner. Wahrscheinlich ist er auch besser als deiner.«

»Aber Eva kennt ihren Vater doch gar nicht«, Anna blickte zwischen uns beiden hin und her, »oder?«

»Nein, tut sie nicht. Er könnte ein Serienkiller sein. Meiner ist wenigstens tot und richtet keinen Schaden mehr an.«

»Er lebt in Stockholm«, sagte Eva, »und arbeitet dort an der Uni. Als Professor für Literatur.«

»Ach was«, brachte ich hervor.

Das war ja jetzt so was von klar. Madame bekam natürlich den Jackpot. Ich musste mich wirklich zusammenreißen, um nicht auszuflippen. Ein Literaturprofessor, wie passend! Auch in Annas Augen schwammen Tränen.

»Du hast ihn gefunden?«, fragte sie mit zitternder Stimme.

»Bildersuche rückwärts«, sagte Eva.

»Das habe ich auch versucht, aber ich habe nichts gefunden. Alles, was mir bleibt, sind Tante Maggies Visionen.«

»Tante Maggie hat keine Visionen«, sagten Eva und ich gleichzeitig.

»Sie ist eine notorische Lügnerin«, behauptete Eva, »sie hat uns schon angelogen, als wir noch Kinder waren.«

»Ihr meint also, mein Vater arbeitet nicht als Kellner im Olympia Einkaufszentrum?«

»Mach dir nichts draus«, versuchte ich sie zu trösten, »er ist bestimmt irgendwo da draußen, und irgendwann findest du ihn.«

Oder auch nicht. Was hatte man schon davon, wenn man seinen Vater fand. Außer er war stinkend reich. Ansonsten konnte ich auf Väter aller Art verzichten. Die Beziehung zu dem Mann, von dem ich dachte, er sei mein Vater, war schon kompliziert genug gewesen. Ich konnte gut und gerne auf noch so eine Aktion verzichten.

»Holger Schmidt kommt am Mittwoch in mein Büro«, wechselte Eva das Thema.

»Ich würde die Rollläden runterlassen«, empfahl ich ihr, »und einen Undercut schneiden. Haare wachsen im Leben nicht so schnell nach. Das wird ihn misstrauisch machen.«

»Ich werde mich, während er in meinem Büro ist, im Klo einsperren.«

»Ob das eine gute Idee ist?«, bezweifelte Anna.

»Das ist eine Bombenidee! Weil stattdessen du in meinem Büro sein wirst, Cressi!« Eva deutete mit dem Zeigefinger auf meine Brust.

»Und was soll ich mit Holger Schmidt dort tun?«, wollte ich wissen.

»Das ist mir egal, solange er glaubt, du wärst ich, und du ihn von der bescheuerten Idee abbringst, sein Manuskript in die Tonne zu hauen.«

»Du musst zugeben, die Idee mit der Alm ist wirklich etwas schräg«, gab ich zu bedenken.

»Er hat in zwei Wochen Abgabetermin. Das Ding muss in Druck. Erscheinungstermin ist im Herbst, und wir haben schon fast Mai. Nie im Leben wird er rechtzeitig einen komplett neuen Roman schreiben, auch nicht mit dir als seiner Muse!«

Wir schwiegen einen Moment. Schröder hechelte zu meinen Füßen und trat von einer Pfote auf die andere. Wahrscheinlich musste er dringend Pipi. Seine Blase hielt nicht mehr ganz so lange durch wie früher.

»Mein Chef bringt mich um, wenn Holger Schmidt jetzt Zicken macht. Weil ich ihm gesagt habe, sein Roman sei Schrott. Also du hast es ihm gesagt!«

Dieses Argument konnte ich nicht von der Hand weisen.

»Wann ist er genau da?«, seufzte ich.

»Um elf.«

Das konnte knapp werden. Mein Termin bei Lindholm war um zehn.

»Meinetwegen«, knickte ich ein.

Irgendwie lief mein Leben nicht so ganz in die Richtung, in die ich wollte.

#noonenightstand

Weil ich nicht mehr in irgendeinem Supermarkt herumstehen wollte, kaufte ich für Schröder und mich zwei Portionen Glücksente beim Chinaimbiss. Für Schröder natürlich ohne Soße, wegen des Glutamats. Die alte Chinesin sah mich mit hochgezogenen Augenbrauen an, während sie unser Essen in Tüten verpackte.

»Nächstes Mal bringst du Topf mit. Plastik nicht gut für Umwelt«, sagte sie.

Zu Hause setzte ich mich mit meinem Essen auf die Couch, erfreulicherweise konnte ich Mika nirgends entdecken. Schröders Ente stellte ich auf den Boden. Er inhalierte sie so schnell, dass ich Angst hatte, er würde die Aluschale gleich mitfressen. Gerade als ich mir die erste Gabel Glücksente in den Mund schieben wollte, kam Mika mit einem Handtuch um die Hüften aus dem Badezimmer. Er hatte geduscht, sein Haar kringelte sich dunkel. Ich runzelte die Stirn.

»Ich will nicht nerven«, sagte ich ohne Umschweife, »und ich weiß, wir hatten dieses Gespräch schon, aber wie lange willst du noch bleiben?«

Mika ließ sich neben mich auf die Couch fallen, nahm

mir den Teller aus der Hand und steckte sich ein Stück Glücksente in den Mund.

»Lecker!«, sagte er.

»Hast du meine Frage nicht verstanden?« Ich riss ihm die Ente weg. »Ich meine, du bist Lucindas One-Night-Stand. Ich verstehe, dass du über Nacht bleibst. Einmal. Das sagt schon der Begriff One-Night-Stand.«

Mika grinste mich an. Ich fing an, meine Glücksente zu essen. Vielleicht etwas zu hastig. Aber man konnte nicht wissen, was dieser Grieche im Schilde führte.

»Eine Wohnung in München zu finden ist unglaublich schwierig«, erklärte er.

Ich stocherte in meiner Ente herum. Wenn man das mit dem Glutamat wusste, war sie nicht mehr halb so lecker. Vielleicht sollte ich demnächst auf die Soße verzichten. So wie Schröder.

»Ich könnte jetzt dein One-Night-Stand sein«, schlug Mika vor, und ich verschluckte mich fast an einer Gabel Reis.

»Wie stellst du dir das vor?«, fragte ich fassungslos.

»Super. Wir haben hemmungslosen, versauten Sex!«

»Ich meinte damit, wie du dir diese Regelung vorstellst.« Ich hätte ihm beinahe die Ente über seine Locken gekippt.

»Na ja, wir haben Sex, und dafür schlafe ich weiter auf der Couch. Das ist eine Win-win-Situation.«

Ich starrte ihn nur ungläubig an.

»Du weißt nicht, was eine Win-win-Situation ist?«, wollte Mika wissen. »Also das bedeutet in diesem Fall, dass wir beide Spaß miteinander haben und ich zusätzlich ein Dach über dem Kopf …«, setzte er an.

»Mann, ich weiß, was eine Win-win-Situation ist«, fuhr ich ihn an, »aber das wäre nur eine Win-Situation für dich! Verstehst du?«

»Magst du keinen Sex?« Mika streckte seine Hand nach der Ente aus, aber ich brachte sie rechtzeitig außer Reichweite.

»Das habe ich nicht gesagt.«

»Du hast gesagt, nur ich würde von diesem Arrangement profitieren. Daraus schließe ich, dass du kein Interesse an Sex hast.«

Mir wurde etwas schwindelig, was ich auf das Glutamat in der süßsauren Soße zurückführte. Die alte Chinesin hatte recht. Ich musste meine Essgewohnheiten umkrempeln. Es würde nicht reichen, nur auf die Soße zu verzichten. Gleich nach dieser Ente würde ich nie wieder Ente essen.

»Ist dir nicht gut?«

»Mir geht es fantastisch«, sagte ich bockig.

»Deutsche Frauen sind oft wahnsinnig verkopft«, sinnierte Mika, »dabei haben sie so tolle, sinnliche Körper.«

Ich atmete sehr kontrolliert aus. Das war womöglich eine dieser Situationen, vor denen mich Lindholm gewarnt hatte. Er hatte mich davor gewarnt, allein in Bars und Kneipen zu gehen, und er hatte mich gebeten, mein Tinder-Profil zu deaktivieren. Er hatte gesagt, ich müsse mit meinem Sexproblem umgehen wie ein Alkoholiker mit Alkohol. Wenn ich allerdings davon ausging, dass ich mit Holger Schmidt Sex gehabt hatte, würde es wohl kaum noch ins Gewicht fallen, wenn ich auch mit Mika Sex hatte. Ich könnte zum Beispiel einmal mit ihm ins Bett gehen und danach die Therapie frisch beginnen. Oder ich verdrängte einfach, dass es passiert war. Funktioniert über einen gewissen Zeitraum ganz hervorragend. Außerdem hatte mich Lindholm ja genau genommen nicht davor gewarnt, mit einem Griechen in meiner eigenen Wohnung auf der Couch zu sitzen.

»Diese Körper schreien nach Sex«, behauptete er.

»Ach was.«

»Aber euer Kopf macht euch einen Strich durch die Rechnung.«

Lindholm machte mir einen Strich durch die Rechnung. Nur Lindholm. Ich kam zu dem Schluss, dass ich ihm das nicht antun konnte. Er würde es nicht verkraften, wenn ich erst Sex mit Holger Schmidt und dann auch noch mit Mika hatte. Das würde die ganze Therapie infrage stellen. Als Therapeut konnte man sich nach so einem Tiefschlag doch den Strick nehmen.

»An was denkst du?« Mika sah mich forschend an, und ich zuckte schuldbewusst zusammen.

Er schaffte es, mir meine Ente aus der Hand zu schnappen, und steckte sich eine Gabel davon in den Mund.

Mir war ohnehin der Appetit vergangen.

»Nichts. Ich denke an gar nichts«, sagte ich. »Immer wenn mich Männer mit ihrem Müll zulabern, klinke ich mich aus und meditiere.«

Wir sahen uns einen Moment direkt in die Augen. Ich muss zugeben, dass ich nicht meditierte, sondern genau vor mir sah, wie mich Mika auf mein Bett warf und mich auf den Bauch drehte. Ich liebe Männer, die wissen, wo es langgeht. Und ich hatte das starke Gefühl, dass Mika genau so ein Mann war.

»Interessant. Weißt du, wie man es griechisch macht?«, wollte Mika wissen.

Oh ja. Das wusste ich.

»Also, wann ziehst du aus?«, bohrte ich nach.

»Wenn ich dein One-Night-Stand bin …«

»Du bist nicht mein One-Night-Stand!«, schnauzte ich ihn an. »Vergiss es einfach. Das ist eine Scheißidee!«

Mika legte den Kopf schief. Er war wirklich süß. Er sah aus wie ein Retriever, wenn er seine Stirn so in Falten legte. Ein ziemlich gut gebauter.

»Du überlegst, ob du mit mir ins Bett gehen sollst«, stellte er scharfsinnig fest.

»Falsch. Ich überlege, welches Ultimatum ich dir stelle«, sagte ich beherrscht.

»Ihr Frauen seid grausam.«

»Zwei Wochen«, sagte ich, »und keinen Tag länger.«

#recipesforlife

Ich hatte Mutters Kochbuch neben mein Bett gelegt. Als ich am nächsten Morgen aufwachte, hatte Schröder seine Schnauze im Schlaf darauf abgelegt, als könne er noch ein paar winzige Geruchsfragmente meiner Mutter aus den Seiten saugen. Der Anblick rührte mich. Eine Weile lag ich nur da, sah den Hund an und ließ meine Hand über den Bettrand baumeln.

Ich konnte mich an das Kochbuch nicht erinnern. Auf dem Deckel stand in Mutters schräger Schrift: »Rezepte für das Leben«. Was typisch für sie war. Sie hätte niemals nur »Rezepte« auf das Buch geschrieben. Es musste immer etwas irgendwie Melodramatisches sein. Wahrscheinlich hatte sie beim Rezepte Aufschreiben bitterlich geweint, weil sie mit ihrem eigenen Leben nie klarkam. Ich strich diesen Gedanken sofort wieder. Es war nicht fair, so über seine tote Mutter zu denken.

Das Buch sah so abgegriffen aus, als wäre es ständig in Gebrauch gewesen. Obwohl ich mich nicht daran erinnerte.

Vorsichtig zog ich es unter Schröders Schnauze weg. Er seufzte und streckte sich, dann rollte er sich so klein wie möglich zusammen und versteckte die Schnauze zwischen seinen Hinterbeinen.

Ich drehte mich auf den Bauch und schlug das Buch auf.

Mutters Schrift. Ich roch an den Seiten. Nein, da war nichts von Mutters Geruch. Aber es roch nach dem Evvie's. Ein bisschen nach Gin und ein bisschen nach Kaffee.

Grießbreiauflauf mit Himbeeren.

Mein Atem stockte, und mein Kopf begann sich zu drehen. Diesen Zustand kannte ich zu gut. Ich klappte das Buch zu und sprang aus dem Bett. Bevor ich Lindholm gefunden hatte, war das mein Normalzustand gewesen. Ich riss das Fenster auf und atmete hektisch den Aprilwind ein. Trotzdem schnürte es mir die Kehle zu.

»He, Sie wollen doch wohl nicht aus dem Fenster springen!«, brüllte jemand herauf. Es war ein alter Mann in einem weiten schlammfarbenen Mantel. Er sah aus wie ein Zeuge Jehovas.

»Haben Sie heute schon gebetet?«, wollte er wissen.

»Ich glaube nicht an Gott!«, schrie ich zurück. Leute wie er machten mich wütend. Leute wie er waren schuld am schlechten Ruf von Leuten wie ihm.

»Dann ist es kein Wunder, dass Sie aus dem Fenster springen wollen. An Ihrer Stelle hätte ich keine Hoffnung mehr!« Er stemmte seine Hände in die Seiten. »Sie sollten zu Gott finden.«

Hinter mir brummte mein iPhone, und ich schlug das Fenster wieder zu.

Es war Anna.

»Gott sei Dank rufst du an«, sagte ich, »ich habe eben in Mutters Rezeptbuch gelesen.«

»Was stand drin?«

»Grießbreiauflauf.«

Wir schwiegen beide bestürzt.

»Das macht mich völlig fertig«, sagte ich.

»Glaubst du an Voodoo?«, fragte Anna.

Ich ließ mich rückwärts aufs Bett fallen und schob das Buch unter mein Kopfkissen.

»Glaubst du, ich könnte Mutter umgebracht haben?« Sie flüsterte jetzt. Was wahrscheinlich an Suki lag, die ich im Hintergrund singen hörte.

»Wie kommst du denn auf die Idee?« Das Drehen hörte langsam auf. Mein Herzschlag beruhigte sich. Vielleicht sollte ich nie wieder zu Lindholm gehen und stattdessen Anna anrufen. Die erzählte kostenlos so viel Quatsch, dass einem jede Panikattacke verging.

Lindholm sagte, ich würde diese Panikattacken selbst einladen. Für diesen Satz hätte ich ihn damals am Anfang meiner Therapie am liebsten erwürgt.

»Du kannst dich doch an letztes Weihnachten erinnern. Als sie uns den Weihnachtsurlaub in den Bergen versaut hat, weil es ihr so schlecht ging.«

»Ihr ging es nicht schlecht. Sie wollte nur mit den Kindern Weihnachten feiern«, sagte ich. »Sie konnte einfach nicht allein sein. Vor allem nicht an Weihnachten.«

»Genau. Das war nicht in Ordnung. Wir hatten uns so auf diese Ferien gefreut. Julius hätte sich nach der Aktion beinahe scheiden lassen. Er hatte den ganzen Urlaub schon bezahlt.«

»Du hättest trotzdem fahren können«, wandte ich ein.

»Sie hat gesagt, wenn wir fahren und sie stirbt genau an Weihnachten, dann ist Weihnachten bis zum Nimmerleinstag mit ihrem Tod belastet.«

Ein grässlicher Gedanke.

»Und da habe ich dann über Weihnachten die Wäsche aufgehängt.«

Ich konnte ihr nicht folgen.

»Verstehst du? Das darf man unter keinen Umständen tun. Es bringt Unglück. Es bedeutet, dass jemand im nächsten Jahr stirbt.«

Ich hatte das starke Gefühl, dass die Panik gleich zurückkommen würde.

»Es ist unverzeihlich, über Weihnachten Wäsche aufzuhängen!«, flüsterte Anna. »Ich meine, es hätte jeden treffen können.«

»Warum hast du sie nicht in den Trockner gesteckt?«

»Das frage ich mich auch. Ich erinnere mich, dass ich vor dem Trockner gestanden habe, und dann habe ich den Wäscheständer aufgeklappt. Einfach so. Vielleicht wollte ich unterbewusst, dass sie stirbt. Verstehst du?«

»Nein. Ich verstehe nicht.«

»Ich war so schrecklich wütend auf sie. Und da habe ich mich daran erinnert, dass vor Jahren, als ich über Weihnachten die Wäsche hängen ließ, unser Kater gestorben ist.«

»Der war schon uralt«, sagte ich verzweifelt.

»Aber er starb dann doch ganz plötzlich. Mir hat das jahrelang leidgetan!«

Wieder schwiegen wir beide einige Sekunden, in

denen ich vom Bett aufstand und das Fenster noch einmal aufriss. Der Mann war immer noch draußen.

»Sie werden doch nichts Unüberlegtes tun?«, schrie er zu mir herauf.

»Kümmern Sie sich um Ihren eigenen Scheiß!«, brüllte ich zurück. Der Kerl kam mir irgendwie bekannt vor. Irgendwo ganz hinten klingelte etwas.

»Wie bitte?«, flüsterte Anna ins Telefon.

»Hör mal, so bringt man niemanden um.« Ich versuchte, möglichst ruhig zu klingen. Was mir extrem schwerfiel.

»Aber vielleicht habe ich von meinem Vater einen Hang zu Voodoo geerbt.«

Ich konnte diesen Mexikaner-Scheiß nicht mehr hören.

»Hast du irgendwelche Nadeln verwendet?«, fragte ich beherrscht.

»Nein.«

»Puppen genäht?« Ich beobachtete, wie sich der Typ zu den Müllcontainern trollte. Von dort aus starrte er mich an. Ich starrte demonstrativ zurück.

»Nein. Warum fragst du so was?«

»Weil es dann kein Voodoo ist!«, zischte ich ungeduldig.

Ich hörte, wie Anna am anderen Ende der Leitung durchatmete. Suki brabbelte irgendetwas. Ich wischte mir den Schweiß von der Stirn. Ich fühlte mich wirklich nicht gut.

»Danke, Cressi«, sagte sie. »Ich muss jetzt Suki zum Kindergarten bringen. Wir sehen uns!«

#dontcookifyouwanttobeaemanze

Ich führte meinen schlechten Zustand auf das Kochbuch zurück. Offenbar konnte ich die Anwesenheit meiner Mutter selbst in Form eines handgeschriebenen Kochbuches nur schwer ertragen. Ich hatte ständig das Gefühl, nicht genügend Luft zu bekommen. Deswegen klemmte ich mir das Buch unter den Arm, stupste Schröder mit dem Fuß an und lief dann im Schlafanzug und in Lucinda Becketts Birkenstocks – ich selbst besaß keine Schuhe, die nicht mit Riemchen oder Bändchen oder irgendetwas Ähnlichem zu schließen waren – hinunter zu den Müllcontainern.

Ein frischer Wind blies mir Gänsehaut auf die Arme und machte meinen Kopf etwas freier. Der alte Mann in dem schlammfarbenen Mantel war immer noch da. Er schien Kronkorken vor dem Flaschencontainer zu sammeln. Schröder lief zu ihm und beteiligte sich begeistert an der Suche. Ich blieb in einiger Entfernung stehen, zog mein iPhone aus dem Bund meiner Schlafanzughose und tippte auf Lindholm. Er ging ran. Lindholm ging immer ran, wenn er meine Nummer sah.

»Catterberg«, sagte er. »Was ist mit den vier Fragen?«

Er hörte sich verschlafen an. Was ich süß fand. Ich meine, der Typ lag wahrscheinlich im Bett und war derart auf Zack, dass ihm sofort die Fragen einfielen. Er war ein wirklich guter Therapeut.

»Zu allen Punkten Ja«, antwortete ich.

»Nicht alle Fragen sind mit Ja zu beantworten«, sagte Lindholm scharfsinnig.

»Es ist dringend. Glauben Sie mir. Ich fühle mich schlecht. Wirklich schlecht.« Schröder stand schwanzwedelnd neben dem Mann bei den Containern, und der Mann erzählte dem Hund irgendetwas. Wahrscheinlich fragte er ihn, ob er heute schon gebetet hatte.

Ich erläuterte Lindholm mein Problem und endete mit den Worten: »Und jetzt stehe ich im Schlafanzug bei den Müllcontainern und trage Lucinda Becketts Birkenstocks. Ich habe in meinem Leben noch nie irgendwelche Schlappen getragen. Ich glaube, ich bin dabei, die Kontrolle zu verlieren.«

»Warum hat Sie das Kochbuch so durcheinandergebracht.«

»Sie finden, es hat mich durcheinandergebracht?«, überlegte ich.

Schröder hatte eine alte Pizza gefunden und fraß sie vor den Containern liegend, während der Mann weiter auf ihn eintextete. Wahrscheinlich hatte er nicht begriffen, dass Schröder nichts von dem verstand, was er ihm erzählte.

»Ganz offensichtlich hat das Buch etwas in Ihnen ausgelöst«, sagte Lindholm sanft.

Ich liebte diese Tonlage. Sie machte mir ein wohliges Gefühl im Bauch. Es fühlte sich wie streicheln an. Kurz schloss ich die Augen und stellte mir vor, wie Lindholm mir sanft über den Kopf strich.

»Ja, es hat eine Panikattacke ausgelöst«, stimmte ich ihm zu.

»Das habe ich nicht gemeint«, Lindholm behielt seine Tonlage bei, und ich ging in Gedanken durch, was ich am Mittwoch bei unserer Sitzung anziehen könnte. Ich hatte seit Längerem das Gefühl, dass Lindholm eher auf einen alternativen Look stand. Ich starrte auf Lucindas Birkenstocks an meinen Füßen. Vielleicht sollte ich mir die am Mittwoch ausleihen.

»Das Buch scheint einen Zugang zu Ihren Gefühlen aufgebrochen zu haben«, meinte Lindholm.

»Sie meinen, ich habe normalerweise keinen Zugang zu meinen Gefühlen?«, fragte ich fassungslos.

»Catterberg, worüber haben wir die letzten Jahre gesprochen?«

»Ja stimmt. Da war was«, gab ich zu.

Lucinda Beckett kam mit ihrem Rad in den Hinterhof geradelt. Ihr kurzes Haar war zerzaust. Sie hatte bestimmt schon wieder einen One-Night-Stand. Ich hätte vor Neid platzen können. Zumindest hatte sie den Typen nicht im Schlepptau.

»Was haben Sie nun mit dem Buch vor?«, fragte Lindholm.

»Ich werfe es in den Papiercontainer«, sagte ich. »Oder soll ich es lieber verbrennen?«

»Was willst du verbrennen?« Lucinda stoppte vor mir, und ich drückte ihr das Kochbuch in die Hand.

»Darüber sollten Sie in Ruhe nachdenken, Catterberg. Überstürzen Sie nichts. Begrüßen Sie jedes Gefühl, das durch dieses Buch befreit wird. Es wird Sie weiterbringen.«

»Wenn ich es mit in die Wohnung nehme, starrt es mich an. Meine Mutter spricht durch das Buch zu mir.«

Ja, das hörte sich jetzt sehr melodramatisch an. Aber manchmal musste ich bei Lindholm schwere Geschütze auffahren. Nach jahrelanger Arbeit mit beknackten Patienten wäre wohl jeder etwas abgestumpft, da konnte ein bisschen Theatralik nicht schaden. Womöglich döste er bei seinen Sitzungen innerlich weg. Außer bei meinen natürlich. Ich bin überzeugt, dass Typen wie er mit offenen Augen schlafen können und trotzdem in der Lage sind, adäquat auf irgendwelchen Nonsens von Patienten zu antworten. Vielleicht ist das wie ein Programm, das automatisch durchläuft.

»Deine Mutter spricht zu dir? Durch das Buch?« Lucinda Beckett schlug es ungläubig auf und blätterte darin herum. »Was sagt sie denn?«, wollte sie wissen.

»Sie macht mir ein schlechtes Gewissen«, sagte ich.

»Im Ernst?« Sie riss ihre Augen auf. Wahrscheinlich hatte sie noch Restalkohol intus.

»Sie schafft es wirklich, mir jetzt noch ein schlechtes Gewissen zu machen. Obwohl sie tot ist!«

Lindholm räusperte sich am anderen Ende der Leitung. Das tat er immer, wenn er nicht weiterwusste. Der alte Mann mit dem Mantel und Schröder trotteten auf uns zu. Schröder leckte sich zufrieden die Lefzen. Ich hatte den Eindruck, dass er gar keine Lust mehr auf Hundefutter hatte. Pizza und die Ente vom Chinaimbiss mochte er viel lieber.

»Sie wollten doch eben noch aus dem Fenster springen«, sagte der Mann zu mir.

»Sie wollten was?«, fragte Lindholm entsetzt.

»Ich wollte das Buch in den Container werfen. Vergessen Sie, was Sie eben gehört haben«, versuchte ich, ihn zu beruhigen.

»Es ist eine Sünde, Bücher wegzuwerfen«, sagte der Mann streng, »Sie sollten sich schämen.«

»Kümmern Sie sich um Ihren eigenen Mist. Wer bei Containern nach Kronkorken sucht, hat ein ernsthaftes Problem«, blaffte ich ihn an.

»Wer Bücher wegwirft, kommt in die Hölle!«, prophezeite er mir.

»Ich glaube nicht an die Hölle!« Das hörte sich selbst in meinen Ohren etwas lahm an. Ich schob es auf meinen wirklich beschissenen Allgemeinzustand. Normalerweise werde ich mit solchen Typen mit links fertig.

»Pfannkuchen mit Karamellsoße. Lecker!«, las Lucinda vor. »Arme Ritter. Was soll das sein?«

»Das ist Weißbrot mit Ei und Milch und Zucker in der Pfanne gebacken«, erklärte ich entnervt.

Mutter hatte das immer gemacht, wenn Eva und Anna und ich stritten. Wir stritten verdammt oft. Wobei Eva immer handgreiflich wurde, Anna heulte und ich das Ganze petzte. Versöhnungsessen mit einer Prise Zimt und Apfelmus. Nach diesem Essen konnte man nicht mehr böse sein. Wahrscheinlich hatte Mutter nicht nur schlechte Eigenschaften gehabt. Sie konnte zum Beispiel kochen.

»Oh mein Gott, kannst du das kochen? Für mich?«, fragte Lucinda. »Das hört sich unglaublich an!«

Der Mann sah ihr interessiert über die Schulter.

»Kochbücher wegzuwerfen ist eine noch größere Sünde, als normale Bücher wegzuwerfen«, behauptete er. »Gott wird Sie strafen.«

Ich drehte mich von den beiden weg. Schröder leckte über meine nackten Zehen in den Birkenstockschlappen. Plötzlich war ich kurz davor, in Tränen auszubrechen. Ich atmete tief durch. Was nichts brachte.

»Lassen Sie Ihre Gefühle zu«, sagte Lindholm eindringlich. Er war wirklich ein ganz wunderbarer Therapeut. Er spürte sofort, wie es mir ging. Er hatte für meine Stimmung einen siebten Sinn. Redete ich mir ein. »Das ist Ihre Chance! Und werfen Sie das Buch nicht weg.«

Ich nickte und sah zu, wie eine einzelne Träne auf Schröders rotbraunen Kopf tropfte.

#Tinder
#frustrated

Ich hatte Lucinda Beckett noch nie so nervig erlebt. Was vielleicht an ihrem Restalkohol oder der After-One-Night-Stand-Euphorie lag. Um beides beneidete ich sie gnadenlos. Ich selbst fühlte mich deprimiert und ausgelaugt. Auf dem Weg nach oben versuchte ich, Phil anzurufen. Er munterte mich in solchen Fällen oft auf, aber ich konnte ihn nicht erreichen. Daraufhin schnappte ich mir mein iPhone und aktivierte meinen Tinder-Account. Es hatte mich Tage, nein Wochen gekostet, ihn stillzulegen. Und mit einem Touch war er wieder da. Ich spürte, wie der Stress etwas von mir abfiel, setzte mich an den Küchentisch und starrte auf mein Display.

»Wir haben Toastbrot, zwei Eier und Haferdrink«, sagte Lucinda Beckett. »Funktioniert Haferdrink auch?«

Ich wischte einen Typ nach dem anderen zur Seite. Es war, wie in einem Katalog zu blättern. Lauter schnuckelige Jungs.

»Cressi, ich hab dich was gefragt!« Sie stellte sich vor mich, die Arme in die Seiten gestemmt.

»Ich hab zu tun«, brummelte ich.

»Was hast du zu tun?«

»Ich mache einen One-Night-Stand klar.«

»Aha«, sagte sie, »also ich hatte noch nie einen One-Night-Stand über Tinder.«

»Ich schon.« Verbissen wischte ich mindestens fünf Jungs hintereinander nach rechts. Auch welche, die wirklich nicht mein Fall waren.

»Ich hatte verdammt guten Sex mit einem Tinder-Date.«

Ich konnte mich zwar an den Kerl nicht mehr vernünftig erinnern, aber es war Sex gewesen. Und nur einmal. Also, was wollte man mehr.

»Ich lerne Männer immer in Bars kennen. Oder auf der Straße. Oder im Bus. Oder in der U-Bahn. Park. Waschsalon. Café … oldschool eben.«

»Ich hab's verstanden!«, unterbrach ich sie. Ich fragte mich, wo sie Mika aufgegabelt hatte. Ein Ort, den man meiden musste.

»Tinder ist der letzte Scheiß!«

Darauf warf ich ihr nur einen bösen Blick zu.

»Was ist jetzt mit der Hafermilch?« Sie schüttelte die Milchtüte vor meinem Gesicht.

»Geht bestimmt auch«, sagte ich und starrte wieder auf mein Handy. *»Marvin 25. Nur zum Vögeln hier.«* Na bitte. Lief doch wie am Schnürchen. Ich wischte ihn nach rechts. Ich war mir sicher, dass er mir schreiben würde. 99 Prozent der Männer, die ich nach rechts wischte, schrieben mir eine Nachricht. Der mickrige Rest hatte sein Handy verloren, alle Finger gebrochen oder auch so einen spaßbefreiten Therapeuten wie ich.

»Wie viel davon?«

»Mein Gott, Lucinda, lass mich mit deiner Hafermilch in Ruhe! Ich arbeite!«

An meiner seelischen Gesundheit. Was hatte ich die letzten Jahre Zeit auf Tinder verbracht. Tindern ist eine abendfüllende Beschäftigung. Schließlich konnte nach dem Vollpfosten, den man gerade weggewischt hatte, der absolute Traumtyp kommen. Man durfte nur die Hoffnung nicht aufgeben.

Lucinda riss mir das Handy aus der Hand und warf es einmal quer durch unsere Wohnung auf die Couch.

»Hey!«, fuhr ich sie an.

»Arme Ritter«, sagte sie, »jetzt sofort!«

»Über was redet ihr?« Mika kam aus Lucindas Zimmer, in jeder Hand eine Hantel.

»Sag bloß, du hast jetzt schon deine Fitnessartikel zu uns umgezogen«, sagte ich angepisst.

»Meine Ex hat sie auf die Straße gestellt. Ich konnte sie im letzten Moment retten, bevor ein paar Rumänen den ganzen Kram mitgenommen hätten. Meine Ex ist wirklich die Pest. Außerdem muss ich trainieren.«

»Vielleicht sollte ich mich mit ihr anfreunden«, überlegte ich, »ich habe das Gefühl, wir sind auf derselben Wellenlänge.«

»Ihr seid beide grausam«, meinte Mika, »das ist schon mal eine gute Basis.«

»Warum gehst du nicht ins Fitnessstudio?«, fragte ich. »Dann bist du wenigstens außer Haus. Dort kann man auch duschen. Und sie haben Ruheräume, falls man ein Nickerchen machen will.«

»Ja das wäre praktisch«, gab Mika zu, »aber ich habe momentan kein Geld fürs Fitnessstudio.«

»Warum das denn?«, wollte ich wissen.

Damit hatte er sich eindeutig disqualifiziert. Männer ohne Geld kamen überhaupt nicht infrage. Wenn dein Vater ein depressiver Paketfahrer war, musste man wenigstens bei der Partnerwahl auf gewisse Kriterien achten. Gutes Aussehen und Liquidität. Was den ersten Punkt betraf, konnte man nicht meckern. Das musste ich zugeben. Ein hässlicher Mann konnte deine eigenen guten Gene total plattmachen. Das war bei Mika eindeutig nicht der Fall.

»Familienangelegenheit«, sagte Mika knapp.

»Musst du deinen Opa aus dem Knast auslösen?« Ich zog eine Augenbraue nach oben.

»Cressi, du bist wirklich ein Schätzchen.«

»Cressi hat sich wieder bei Tinder angemeldet«, brachte Lucinda Mika auf den neusten Stand.

»Aha«, Mika grinste mich unverhohlen an, »aber dafür bin doch ich da, ich dachte, wir hätten das geklärt.«

»Allerdings. Ich bin nicht darauf angewiesen, mit dir ins Bett zu gehen. Es gibt Hunderte von anderen Männern!«

»Aber es könnte dir Spaß machen. Griechen sind gut im Bett«, gab Mika zu bedenken, »außerdem ist es sicherer. Du gerätst nicht an einen Psycho. Das Netz ist voll von Psychopathen.«

Ich schloss kurz die Augen und beschwor Lindholms Bild vor meinem inneren Auge. Das gab mir Sicherheit. Für jemanden, der ein notorischer In-die-Betten-Hüpfer war wie ich, waren solche Angebote die absolute Katastrophe. Deswegen dachte ich an Lindholm. Er lächelte milde und küsste mich sanft auf den Scheitel. Dabei murmelte er meinen Namen. Ein erotischer Schauer lief mir über den Rücken, und ich riss meine Augen sofort wieder auf.

»Sie will bestimmt nur ihrem Therapeuten eins auswischen, und außerdem macht sie gleich arme Ritter für uns!«, sagte Lucinda zufrieden.

Sie knallte das Kochbuch vor mir auf den Tisch. Arme Ritter, das hatte ich seit Jahren nicht mehr gegessen. Seit das Evvie's geschlossen war, hatte meine Mutter nicht mehr gekocht. Wir Mädchen hatten uns Fertigpizza in den Ofen geschoben oder Chips mit Nutella gegessen oder uns bei der Dönerbude ein paar Straßen weiter etwas geholt. Das hört sich jetzt tragischer an, als es ist. Der Döner war nicht schlecht. Wir waren oft dort, bis Anna Vegetarierin wurde. Man kann auch ohne von Mutti Selbstgekochtes ein glücklicher Teenager sein.

Meine Hand schwebte unentschlossen über den Seiten. Ich strich über das Papier und blätterte bis zu der Arme-Ritter-Seite. An der Stelle war ein riesiger Fettfleck. Sah aus wie ein Wal. Oder wie eine Insel mit mehreren Buchten. Wahrscheinlich hatte meine Mutter Bratöl über die Seite gekippt.

»Was starrt ihr mich so an«, sagte ich, ohne den Blick zu heben. »Ich kann nicht kochen, wenn ihr mich so anstarrt.«

»Du hast gerade so weggetreten ausgesehen«, sagte Lucinda, »als hättest du Pillen eingeworfen. Ich hatte mal eine Mitbewohnerin, die hat genauso ausgesehen, wenn sie auf Drogen war.«

Ich runzelte die Stirn und strich noch mal über das Buch.

»Ich hasse kochen«, sagte ich. Was nicht so ganz der Wahrheit entsprach. Ich hatte es nur schon ewig nicht mehr getan. Im Evvie's hatten wir Mutter oft geholfen. Gemüse schneiden. Teig rühren. So etwas. Es hatte sich immer gut angefühlt. Wir Mädels zusammen am Tisch in der Küche. Draußen die Geräusche aus dem Bistro.

»Weil du emanzipiert bist«, sagte Lucinda. »Jede emanzipierte Frau hasst kochen. Ich wäre enttäuscht von dir, wenn es nicht so wäre.«

»Unsinn«, meinte Mika, »Frauen lieben kochen!«

»Pass auf, was du sagst!«, sagten Lucinda und ich gleichzeitig. »Sonst fliegst du raus!«

Mika zog den Kopf ein.

Langsam stand ich auf, holte die Hafermilch und die Eier aus dem Kühlschrank. Nach einer Schüssel musste ich eine Weile suchen. Schließlich fand ich eine zerbeulte aus Plastik. Ich musste daran denken, wie ordentlich Mutter ihre Schüsseln, Töpfe und Pfannen im Evvie's aufgereiht hatte. Zumindest, als es ihr noch gut ging.

Ich schüttete die Milch in die Schüssel, ließ die Eier dazugleiten. Eine Prise Salz. Zucker. Viel Zucker. Vielleicht zu viel. Nein. Zu viel Zucker gab es nicht.

Am Ende saßen wir zu dritt auf der Couch mit den armen Rittern auf dem Schoß. Es roch in der ganzen Wohnung nach Zimt, und Schröder leckte die Teigschüssel leer. Ich saß in der Mitte. Mikas Bein an meinem Bein. Ich versuchte, diesen Umstand zu ignorieren, was mir nur gelang, weil die armen Ritter wirklich so unglaublich gut schmeckten.

»Du solltest öfter kochen!«, sagte Lucinda.

Mika nickte.

Darauf sagte ich nichts. Schließlich war ich emanzipiert.

Ich spürte, wie Mika seinen Arm über die Couchlehne über meine Schultern schob. Dort blieb der Arm wie zufällig liegen.

»Netter Versuch«, sagte ich träge.

Die armen Ritter machten mich matt und wehrlos.

»Du sollst nicht so eklig zu Mika sein«, sagte Lucinda und gähnte, »schließlich hat er auch Gefühle.«

»Ja. Erotische Gefühle«, behauptete ich.

»Mehr kann man von Männern nicht erwarten. Die sind gefühlsmäßig degeneriert.« Sie schob sich ihren letzten Bissen arme Ritter in den Mund.

»Aber trotzdem verletzlich«, fügte sie hinzu. »Das hört sich jetzt widersprüchlich an, ist es aber im Grunde nicht.«

Ich nickte zustimmend. Ein interessanter Gedanke.

»Ihr wisst schon, dass ich euch hören kann«, sagte Mika.

Sein Arm fühlte sich seltsam gut an, und für einen Moment sah ich uns drei im Evvie's. Mika hinter der Bar. Ich in der Küche. Und Lucinda … hm. Lucinda könnte DJane sein. Ich war mir sicher, dass sie eine grauenhafte Bedienung abgeben würde.

Wir wären eine schreckliche Chaos-Combo.

#secondhand #dressedfordeath

Irgendwie hatte Anna es nicht auf die Reihe gekriegt, das grüne Kleid für Mutters Einäscherung zu besorgen. Anna hatte immer die besten Ausreden für Versäumnisse aller Art. Kinder Brechdurchfall. Kinder Schnupfen und Fieber, wahlweise Halsschmerzen. Kinder durch Glasscheiben gerannt: Schnittverletzung. Schlafmangel aus den vorher genannten Gründen.

Dagegen konnte man nur schwer argumentieren, vor allem, wenn man selbst keine Kinder hatte und deswegen nicht mitreden durfte.

Ich traf mich mit ihr im Einkaufszentrum, weil sie Suki an der Backe hatte. Im Kindergarten kursierten Läuse, und Anna war schon komplett mit den Nerven durch, weil sie das ganze Läuseprogramm schon drei Mal durchgemacht hatte. Also musste ich mit, damit jemand Suki im Auge behalten konnte, während sie die Sache mit dem Kleid regelte. Ich hatte außerdem Phil Bescheid gegeben, weil ich das Gefühl hatte, jemand mit Stil könnte nützlich sein. Also jemand, der sich in den Stil älterer Damen hineinversetzen konnte, die zum Beispiel Harald Glööckler toll fanden.

Wir hatten uns vor dem H&M verabredet. Ich hatte Schröder sein Geschirr angezogen, weil er in stressigem Umfeld zu Panikreaktionen neigte und dann und wann sogar aus seinem Halsband schlüpfte. Phil kam wie immer zu spät, dafür trug er ein wirklich umwerfendes Outfit aus Lackleder mit passenden Stiefeln bis zu den Knien. Er sah aus, als wäre er auf dem Weg zu einer Fetischparty. Anna hatte ein Foto meiner Mutter in ihrem Brautjungfernkleid auf dem Handy. Als Vorlage sozusagen.

»Ich dachte, du hast das Kleid längst besorgt!«, sagte ich etwas vorwurfsvoll zu Anna. Den Kommentar hätte ich mir natürlich sparen können.

»Du weißt doch, was bei mir immer los ist.« Anna schlang sich ihr schwarzes, beneidenswert mexikanisches Haar zu einem Knoten. »Vor allem, seit Julius auf den Trichter mit dem achtsamen S E X gekommen ist.«

»Achtsamen was?«, fragten Phil und ich unisono.

»Ihr habt es schon verstanden«, sagte Anna mit einem Seitenblick auf Suki. »Wir sind seitdem nur noch am Streiten.«

Sie verdrehte die Augen.

»Es dauert ewig seitdem. Wirklich ewig. Manchmal frage ich mich währenddessen, ob er eingeschlafen ist? Könnt ihr euch vorstellen, was das für mich bedeutet. Die Abende sind vollkommen im Eimer. Ich komme nie vor halb zwölf zum Schlafen. Und ab drei ist dann Suki wieder da.«

Anscheinend sahen Phil und ich aus wie zwei lebendige Fragezeichen.

»Julius arbeitet gerade daran, trocken zu E J A K U …«, setzte Anna zur Erklärung an. Sie sah aus, als würde sie gleich heulen.

»Okay, okay, wir sind nicht blöd«, unterbrach ich sie.

»Wozu soll das gut sein?«, wollte Phil interessiert wissen.

»Man soll dadurch zu göttlicher Ekstase gelangen. Sagt Julius' Yogalehrerin. Ich hasse sie.«

»Ich dachte immer, Julius ist mehr so die Fraktion Muckibude«, überlegte ich, »seit wann geht er zum Yoga?«

Anna antwortete nicht und wischte sich kurz über die Augen.

»Midlife-Crisis«, sagte Phil. »wer trocken ejakulieren will, ist eindeutig in der Midlife-Crisis. Andere Gründe kann es für solchen Schweinkram nicht geben.«

Wir betraten den H&M. Suki hopste voraus und verschwand zwischen den Kleiderständern.

»Besser, als wenn er fremdgehen würde«, gab ich zu bedenken.

»Manchmal wünsche ich mir, er würde fremdgehen. Er könnte mit seiner Yogalehrerin erleuchteten Sex praktizieren. Und ich könnte in Ruhe durchschlafen. Das könnte unsere Ehe retten.«

»Sieht sie gut aus?«, fragte Phil.

Anna zuckte nur mit den Schultern.

»Sie ist unglaublich gelenkig.«

»Darauf stehen Männer«, sagte ich. »Du kannst also darauf hoffen, dass er früher oder später mit ihr ins

Bett geht. Was tust du, während er versucht, trocken zu eja…«

Ich verkniff mir den Rest, weil Suki eben aus der Wäscheabteilung gerannt kam. Schröder hechelte schon wieder wie wild und zerrte an der Leine. Das Problem mit Settern war ihre Nase. Sobald sie irgendetwas rochen, drehten sie durch.

»Ich denke an meine Einkaufsliste für den nächsten Tag.«

»Ich finde es gut, wenn du die Zeit produktiv nutzt«, ich klopfte ihr aufmunternd auf den Rücken.

»Du solltest mehr ausgehen«, meinte Phil, »vielleicht lernst du einen Kerl kennen, der Lust hat ganz normal abzuspri…«

»Phil!«

»Ich meine ja nur!«

»Vielleicht wäre das wirklich eine Alternative«, meinte ich.

Anna warf mir einen bösen Blick zu.

»Hab du erst mal Kinder, da vergeht dir der Spaß am Sex.«

»Oh, muss nicht sein …«

Wir steuerten auf die Damenabteilung zu. Schröder fand ein Stück Breze und inhalierte es, bevor ich es ihm abknöpfen konnte. Ich hatte irgendwie im Kopf, dass Mutter mal gesagt hatte, dass Schröder Laugengebäck nicht so gut vertrug.

»Hier hing es!« Anna deutete auf einen Kleiderständer mit Restposten.

Sie schob die Kleider auseinander.

»Und jetzt ist es nicht mehr da.«

Das war typisch für meine Schwester.

»Mann, Anna! Wenn du das Kleid gleich besorgt hättest, wäre das nicht passiert!« Ich muss zugeben, dass mein Tonfall ziemlich ruppig war. Anna brach in Tränen aus.

»Ist ja gut, ist ja gut! Wir finden etwas anderes. Es sollte nur grün sein.«

Ich schob die Kleiderbügel hin und her. Auf dem Ständer hing kein einziges grünes Kleid. Phil schlug vor, wir sollten uns aufteilen und getrennt nach einem möglichen Ersatz suchen, was mir gerade recht kam. Ich konnte es nicht ertragen, wenn Anna rumheulte. Sie heulte immer. Es war ihre einzige Strategie zur Problemlösung. So konnte man nicht arbeiten. Ich zog Schröder durch die Damenabteilung. Mein iPhone vibrierte.

Eine WhatsApp mit unbekannter Nummer.

»Ich hätte gerne ein Date!«

Ich sah mir das Profilbild genauer an und erkannte Mika.

»Woher hast du meine Nummer!«, schrieb ich zurück.

»Ich habe Kontakte.«

Das konnte nur Lucinda gewesen sein.

»Ich halte das für keine gute Idee.«

»Warum nicht. Besser als ein Tinder-Date. Denk an die Psychos.«

»Ich habe das im Griff.«

Ich schob mein Handy zurück in meine Jeanstasche. Ich hatte alle Tinder-Nachrichten sortiert in Dickpics, Typen, die nicht infrage kamen, Typen, die vielleicht infrage kamen, und welche, die ich daten würde. Ich muss zugeben, dass nur ein Typ übrig geblieben war, den ich wirklich daten würde, und selbst bei diesem einen war ich mir nicht zu hundert Prozent sicher. Tinder war auch nicht mehr das, was es mal war.

Das Handy vibrierte in meiner Tasche.

»*Wir sollten uns treffen.*«

»*Oh nein, das sollten wir nicht!*«, schrieb ich zurück. Es war schon schlimm genug, dass ich ihn ständig zu Hause sehen musste. Wenn wir ein echtes Date hätten, würde es mit Sicherheit zu irgendwelchen seltsamen Situationen kommen. Ich dachte an knutschen in schummrigen Clubs und spontanen Sex in Aufzügen. Es könnte auch auf einer Motorhaube passieren.

Mein Handy vibrierte wieder, doch ich ignorierte es.

Fünfzehn Minuten später trafen wir uns mit leeren Händen am Ausgang. Anna heulte immer noch, und Suki hing ziemlich mitgenommen an ihrem Arm. Schröder sah mittlerweile etwas hysterisch aus. Wir beschlossen, zu dem Secondhandladen in der Schellingstraße zu fahren, wo man Klamotten kiloweise kaufen konnte. Außerdem gab es in der Nähe ein fantastisches Deli. Die Idee kam von Phil. Wir quetschten uns in Annas Kombi, der mit Kindersitzen, Einkaufskörben und anderem Familienkram vollgestopft war.

Das war einer der Gründe, warum mir Beziehungen solche Beklemmungen verursachten. Am Anfang war ja alles noch ganz nett mit verliebt sein und so. Aber kaum passte man einmal nicht auf, fuhr man einen völlig verdreckten Kombi mit Kindersitzen und musste erleuchteten Sex praktizieren, während die Kinder durch Glasscheiben rannten.

Ich quetschte mich mit Schröder und Suki auf die

Rückbank, weil Anna den Kofferraum voller Leergut hatte. Suki schlief ein, sobald ihr Gurt festgeschnallt war. Ich fühlte mich ungefähr genauso und beneidete sie um das Privileg, einfach wegzupennen.

»Tut mir leid«, sagte Anna, »Julius hätte das Leergut schon vor zwei Wochen zurückbringen müssen. Das ist eine Erziehungsmaßnahme.«

»Ich würde den erleuchteten Sex streichen«, sagte Phil. »Sobald Männer keinen Sex mehr haben dürfen, erledigen sie solche Dinge ganz flott.«

»Glaub ihm, Phil spricht aus Erfahrung«, riet ich Anna. »Und so schlägst du zwei Fliegen mit einer Klappe.«

»Außerdem geht er dann zu der Yogatante. Die meisten Männer gehen fremd, wenn sie zu Hause nicht mehr randürfen«, meinte Phil.

»Es gibt also Hoffnung für dein Schlafpensum«, sagte ich.

»Manchmal stelle ich mich einfach an den Straßenrand, wenn Suki im Kindersitz schläft, und mache ein Nickerchen«, gestand Anna. »Ich lege einfach meinen Kopf auf das Lenkrad. Einmal hat eine alte Frau ans Fenster geklopft. Sie dachte, ich hätte einen Schlaganfall gehabt, weil mein Mund offen stand.«

Das hörte sich wirklich grauenvoll an. Wir parkten direkt vor dem Secondhand im Halteverbot, damit Anna Suki im Auto lassen konnte. Damit sie nicht so allein war, ließen wir Schröder bei ihr. Er rollte sich auf dem Rücksitz zusammen.

Beim Betreten des Ladens checkte ich noch mal meine WhatsApp-Nachrichten.

»*Was hast du eigentlich in der Fallmerayerstraße gemacht?*«

Mika.

Woher wusste er, dass ich im Evvie's war. Der Kerl war wirklich mein Untergang. Ich musste dieses Problem in meiner nächsten Sitzung ansprechen. Mika stellte einen einzigen erotischen Übergriff dar. Lindholm würde davon nicht begeistert sein.

»Was ist mit dem hier?« Anna hielt mir ein giftgrünes Kleid im Toga-Style vor die Nase.

»Spinnst du? Mutter würde im Leben nicht so etwas Grässliches anziehen.« Ich war mir zwar nicht ganz sicher, aber dieser griechische Touch war mir einfach zu viel.

»Ich fand ihre Glööckler-Outfits auch sehr speziell«, meinte Anna. »Allein der rote Samtjogginganzug mit den goldenen Stickereien.«

»Wir sollten ihren Stil respektieren«, sagte ich. Das hörte sich jetzt selbst für mich komisch an. Schließlich war mein Verhältnis zu ihr, na ja, sagen wir mal, sehr gestört gewesen. Ich jedenfalls würde ausflippen, wenn ich so eine Scheißklamotte anziehen müsste, selbst auf meiner eigenen Beerdigung.

»So etwas aus deinem Mund?«, fragte Anna ungläubig. »Ich dachte, Mutter ist dir egal?«

»Sie kann einem nicht egal sein. Dazu nimmt sie viel zu viel Raum ein.«

»Sie ist tot.« Sie warf einen Blick über meine Schulter zu ihrem geparkten Auto, in dem Suki noch immer schlief.

»Das ist genau, was ich meine. Sie ist tot und nimmt

immer noch so viel Raum ein. Allein das ganze Bohei um ihre Beerdigung. Verstehst du?«, sagte ich.

Wir suchten gerade ein Kleid aus, nur um es mit ihr zusammen zu verbrennen. Ich fand das ziemlich viel Bohei auf einmal.

»Die Sache mit der Urne?«, wollte Anna wissen.

Ich seufzte nur. Es war nicht nur die Urne. Oder das Kleid. Es war einfach alles. Ich fragte mich, wann das alles vorbei wäre, oder ob es vielleicht nie vorbei war, weil Mutter noch aus dem Jenseits Anweisungen gab. Und weil wir vielleicht selbst irgendwann wurden wie sie und aus Angst vor Tornados nicht mehr aus dem Haus gingen.

»Das mit der Urne nimmst du viel zu ernst.«

»Das kannst du nur sagen, weil du sie nicht ausgraben musst«, sagte ich sauer.

»Mädels!« Phil kam mit mindestens zehn grünen Kleidern zurück.

»Ich habe sogar eines von Harald Glööckler! Genialer Typ! Wenn ihr das Kleid nicht wollt, nehme ich es!«, strahlte er.

#nodate

Ich hatte vor, auf dem Rückweg noch beim Evvie's vorbeizuschauen. Ich brauchte einen Plan. Wahrscheinlich würde ich mich besser fühlen, wenn ich Mutters Angelegenheiten der Reihe nach abarbeiten würde. So stellte ich mir das vor. Ich hatte mal einen Artikel über Trauerarbeit gelesen. Meine Trauerarbeit gestaltete sich zwar etwas schwierig, aber es war sicher machbar. Sobald ich alle Punkte abgehakt hätte, könnte ich mich um mein eigenes Leben kümmern. Ich könnte Lotto spielen und mit dem Geld eine Weltreise machen oder ein Yoga-Retreat in Indien besuchen. Der Gedanke daran baute mich spontan auf. Nicht die ganze Welt war düster und grau.

Wir aßen ein Curry in dem fantastischen Deli. Anna bezahlte, weil sie ein schlechtes Gewissen wegen des Kleides hatte, außerdem hatte sie eine Haushaltsgelderhöhung bekommen, die sie auf den Kopf hauen wollte. Dann ließ ich Phil und Anna mit den grünen Kleidern nach Hause fahren – wir hatten zur Vorsicht drei gekauft – und machte mich mit Schröder zu Fuß auf den Weg. Beim Gehen checkte ich noch mal meine Nachrichten und postete ein Foto von mir und Schröder auf Insta. Der Wind ließ unser Haar wehen, was zugegebenermaßen bei Schröder besser aussah als bei mir. Circa zwanzig Minuten später bog ich in die Fallmerayerstraße ein. Auf den Stufen vor dem Evvie's saß Mika. Er sah mich, bevor ich kehrtmachen konnte.

Schröder begrüßte Mika überschwänglich. So viel zu der viel gelobten Treue von Hunden. Er sprang an Mika hoch, als wäre er ein totgeglaubter alter Freund. In diesem Moment hätte ich mir wirklich mehr Loyalität von Schröder gewünscht.

Es überraschte mich, dass Mika einen Hoodie trug, bis jetzt hatte ich ihn tatsächlich nur mit nacktem Oberkörper gesehen. Ich wusste gar nicht, dass er etwas besaß, das man obenrum anziehen konnte.

»Verfolgst du mich?«, wollte ich wissen.

»Du hattest noch nicht wirklich auf meine Date-Anfrage geantwortet.«

»Oh doch. Ich habe Nein gesagt.«

»Es hat sich nicht wie ein Nein angefühlt.«

»Gehörst du wirklich zu den Männern, mit denen man diese Diskussion führen muss?« Ich schob ihn zur Seite, holte den Schlüssel vom Türrahmen und sperrte das Evvie's auf. Mika trat von einem Fuß auf den anderen.

»Komm schon mit rein«, sagte ich, ohne mich umzudrehen, »aber lass bloß deinen Hoodie an.«

»Woher weißt du, wo der Schlüssel liegt?«, wollte er wissen.

»Das war der Laden meiner Mutter«, sagte ich und ließ Schröder von der Leine. Er trollte sich zielsicher

Richtung Küche, obwohl da nach all den Jahren mit Sicherheit nichts Essbares mehr herumlag.

»Und jetzt?«

»Soll ich das Bistro auflösen.«

»Schade drum«, meinte Mika. Er schlenderte hinter die Bar und strich mit der flachen Hand über den Tresen.

»Wie meinst du das?«, fragte ich.

»Man könnte was Nettes draus machen.« Er zuckte mit den Schultern.

»Was Nettes!«

Ich sah ihn schon mit nacktem Oberkörper hinter der Bar herumstehen und Cocktails mixen. Mein Adrenalinspiegel schoss schlagartig nach oben. Überhaupt. Der Tresen hatte genau die richtige Höhe …

»Cressi?« Mika sah mich fragend an.

Nur über meine Leiche. Wenn ich hier irgendetwas Nettes machen würde, dann vielleicht einen Lesben-Club. Etwas anderes käme gar nicht infrage. Nicht mit meiner Disposition zu wechselnden Geschlechtspartnern.

»Woher wusstest du, dass ich hier bin?«, fragte ich ihn.

»Dein letztes Bild auf Insta war mit Ortsangabe.«

»Stalkst du mich?« Ich kniff die Augen zusammen, sah ihn streng an und nahm mir vor, in Zukunft mehr auf die Sicherheit meines Profils zu achten. Konnte ja nicht sein, dass jeder Idiot wusste, wo ich bin.

»Wie kommst du denn darauf?« Wieder grinste er mich an. »So etwas würde ich nie tun.«

Ich wollte gerade zu einer längeren Rede ansetzen

über Penetranz und fehlende Distanz und wie mich diese beiden Dinge an Männern nervten, da klopfte jemand an die Glasscheibe der Eingangstüre. Herr Wischnewski. Auch das noch.

»Kommen Sie doch rein«, sagte ich, als er schon mit ausgebreiteten Armen mitten im Raum stand.

»Die kleine Cressida!«, schrie er mich an. »Und ihr Freund!«

Er umarmte zuerst mich und dann Mika.

»Supertyp!« Er zwinkerte mir über Mikas Schulter zu.

»Das ist nicht mein …«, sagte ich, doch Herr Wischnewski unterbrach mich sofort.

»Was macht ihr beiden Hübschen denn hier!«

Schröder kam durch das Gebrüll angelockt aus der Küche gelaufen und setzte sich brav neben Mika.

»Cressi hat mir eben erzählt, dass sie das Evvie's wieder eröffnen will!«, sagte Mika.

Ich starrte ihn fassungslos an.

»Ich will das Evvie's gar nicht …«

Herr Wischnewski umarmte mich noch einmal und drückte mich so fest, dass ich kaum Luft bekam.

»Mädchen!«, brüllte er so nah an meinem Ohr, dass ich Angst hatte, einen Gehörsturz zu bekommen. »Dass ich das noch erleben darf! Du hast das Herz am rechten Fleck! Deine Mutter muss wirklich stolz auf dich sein!«

Ich wand mich aus seiner Umarmung und rieb mir das rechte Ohr. Es summte ganz komisch. Wahrscheinlich bekam ich wirklich einen Gehörsturz von all dem Stress. Und dann war ich arbeitsunfähig und landete auf der Straße. Mir wurde kurz ganz heiß vor Schreck. Lindholm hatte mal gemeint, ich sei zu allem Überfluss auch noch hypochondrisch veranlagt. Damit hatte er ausnahmsweise recht.

»Das ist sie, aber …«, setzte ich an.

»Wisst ihr was, ich lasse eine Runde Nucki Nuss springen! Zur Feier des Tages!« Er schlug die Tür hinter sich zu und rannte über die Straße.

»Er weiß nicht, dass deine Mutter tot ist? «, fragte Mika interessiert.

»Nein. Dafür weiß er jetzt, dass ich das Evvie's wieder aufmache«, fauchte ich ihn an. »Was sollte das! Ich werde gar nichts eröffnen!«

»Du solltest darüber nachdenken.«

»Werde ich nicht. Ich habe zu tun. Ich werde den ganzen Krempel abholen lassen, und dann können meine Tanten den Laden verkaufen«, sagte ich. Mein Ohr summte immer noch. Ich rieb vorsichtig darüber.

»Du könntest arme Ritter backen!«, schlug Mika vor. Er ging gar nicht auf das ein, was ich gesagt hatte. Warum hatte ich immer mit Männern zu tun, die meinten, sie wüssten, was das Beste für mich sei.

»Könnte ich nicht«, sagte ich bockig.

»Die waren fantastisch. Ich wette, du könntest kochen, was du willst, es würde alles fantastisch schmecken.«

Ich schüttelte nur den Kopf. Wobei mich diese Behauptung insgeheim schon ein wenig stolz machte.

»Kannst du auch Pizza?« Mika sah mich erwartungsvoll an.

»Keine Ahnung! Habe ich noch nie ausprobiert.«

»Du könntest einen Pizzaladen eröffnen. Oder Sandwiches«, überlegte Mika. »Oder du kochst alle Rezepte aus dem Buch deiner Mutter.«

»Du spinnst!«

Die Tür knallte, und Herr Wischnewski stand mit drei Nucki Nuss hinter uns.

»Kinder, für jeden eins!«, brüllte er und drückte jedem ein Eis in die Hand. »So wie früher. Endlich ist hier wieder was los!«

»Iss das bloß nicht, das ist ungefähr hundert Jahre alt!«, zischte ich Mika zu, doch der hatte das Papier schon abgerissen.

»Du musst wissen, mein Junge, die Mutter von unserer kleinen Cressi, die hatte es faustdick hinter den Ohren!« Herr Wischnewski stopfte sich das Eis in den Mund. Ich verschwand hinter dem Tresen und steckte mein Nucki Nuss Schröder zu. Ich konnte jetzt nicht auch noch eine Salmonellenvergiftung riskieren. Es war schon alles schwierig genug.

»Hat einen Verehrer nach dem anderen gehabt. So hübsch, wie sie war.«

»Dann hast du die Gene wohl von deiner Mutter?«, grinste Mika.

Ich hielt seinen Blick fest und hob eine Augenbraue. Was wollte er eigentlich von mir? War es dieser typische Effekt, dass er mich haben wollte, weil ich ihn abblitzen ließ?

»Nur schade, dass sie dann so auf den Hund gekommen ist. Aber jetzt geht es ihr gut, Cressida, oder?«

»Super! Ihr geht es super!«, sagte ich hastig. Mir fiel es schwer, in Mikas Gegenwart zu lügen.

»Und wann machst du den Schuppen wieder auf, Mädchen?«, wollte Herr Wischnewski wissen.

»Gar …«, Mika legte mir seinen Arm um die Schultern.

»Sie hat noch gar keine Ahnung, wollte sie sagen!«

»Na ja, ist auch einiges zu tun!«

»Wobei ich das Inventar behalten würde«, überlegte Mika. »Ich würde nur die Wände neu streichen und …«

Ich räusperte mich nachdrücklich und streifte Mikas Arm ab.

»Ja, ja, Mädchen, das ist natürlich deine Entscheidung«, meinte Herr Wischnewski, »wobei der Junge einen guten Blick hat. Die dunklen Tische sind der Knaller und das Kronleuchterzeug, die Bilder … Jetzt lass ich euch beiden Turteltäubchen aber allein.«

»Turteltäubchen«, sagte ich böse.

Die Tür fiel hinter Herrn Wischnewski ins Schloss. Wir sahen ihm nach, bis er wieder in seinem Kelleraufgang verschwunden war.

»Du weißt schon, dass du dir heute noch die Seele aus dem Leib kotzen wirst«, klärte ich Mika auf. »Das Eis wird dich umbringen.«

»Wir wollten noch über dein Relationshit-T-Shirt sprechen«, erinnerte mich Mika an unsere Begegnung im Griechen.

»Da gibt es nicht viel zu sagen. Es ist ein Statement.«

»Das glaube ich dir nicht.«

»Ich bin nicht der klassische Beziehungstyp.«

Ich bin eher der Typ, der morgens aus Hotelzimmern verschwindet und unter falschem Namen falsche Telefonnummern verteilt. Gib nie einem Mann deine Nummer. Niemals. Er wird dich damit festnageln, und am Schluss musst du dir ein neues Handy besorgen. Nicht dass ich das schon mal erlebt hätte. Ich war immer vorsichtig genug gewesen.

Nun zog Mika eine Augenbraue nach oben.

»Aha. Und was bist du dann?«

»Ich bin zufrieden mit meinem derzeitigen Beziehungsstatus. Und der ist Single.«

War auch immer Single gewesen, bis auf ein kleines Intermezzo in der siebten Klasse mit einem Typ, auf den alle Mädchen standen. Ich war irgendwie unter Zugzwang gewesen. Wäre ich nicht wenigstens kurz mit ihm zusammen gewesen, hätte ich mein Gesicht verloren. Mädchen können so grausam sein. Zumindest waren es nur vier Tage gewesen, bis ich wieder Schluss gemacht hatte.

»Alle Frauen wollen in eine Beziehung«, behauptete Mika, »das gibt ihnen das Gefühl von Geborgenheit.«

»Wie kommst du denn auf solchen Bullshit!«, fragte ich gereizt.

»Lebenserfahrung. Frauen, die keine Beziehung wollen, haben nur noch nicht den richtigen Typ getroffen.«

»Und du bist der richtige Typ?« Mein Gott, wie konnte man mit einem so überbordenden Selbstbewusstsein gesegnet sein. Oder so krass danebenliegen. Oder beides. Es machte mich immer wieder fassungslos, was in Männerköpfen so vorging. Kein Wunder, dass die Welt heute an dem Punkt war, an dem sie war, wenn man bedenkt, dass bis vor Kurzem noch ausschließlich Männer das Sagen gehabt hatten.

»Ich bin Grieche. Mit einem Griechen kannst du

nichts falsch machen. Außerdem muss es nicht gleich eine Beziehung sein. Wir könnten auch nur mal zusammen Enten füttern.«

Wir starrten uns einen Moment in die Augen.

»Okay«, sagte ich dann.

#underdressed #forgetyourtinderaccount

Ich traf mit einem etwas ungutem Gefühl bei Lindholm ein. Vielleicht hatte ich es übertrieben, und er hatte nun wirklich genug von mir. Ich trug Lucindas Birkenstocksandalen und hatte mir außerdem ein gebatiktes Flatterkleid von ihr geliehen. Phil würde mich in dem Outfit killen, und ich musste zugeben, dass ich mich auch irgendwie verkleidet fühlte. Schröder hatte einen schlechten Tag. Wahrscheinlich hatte er das Nucki Nuss nicht vertragen. Er trottelte mit gesenktem Kopf hinter mir her und hechelte im Bus so laut, dass mich andere Fahrgäste strafend ansehen. Womöglich musste ich auf dem Weg zu Eva in den Verlag doch wieder auf ein Taxi umsteigen.

»Oh«, sagte Lindholm, als er mir die Tür öffnete, »neues Outfit. Steht Ihnen!«

Jackpot. Ich strahlte innerlich. So etwas hatte er noch nie zu mir gesagt. Äußerlich ließ ich mir natürlich nichts anmerken. Ich nickte nur und folgte ihm in den Therapieraum. Die hohen Fenster standen offen, und die weißen Vorhänge blähten sich im erstaunlich warmen Frühlingswind.

»Ich mache mir Sorgen um Sie«, eröffnete Lindholm das Gespräch, nachdem wir uns hingesetzt hatten.

Mein innerliches Strahlen wurde noch leuchtender. Ich war die schwierigste Patientin, die er je hatte. Jeder seiner sorgenvollen Gedanken war absolut berechtigt. Ich überschlug kurz, wie viele Stunden ich bis zu diesem Satz gebraucht hatte. Es mussten über zweihundert gewesen sein. Ich verzichtete darauf, mir auszurechnen, was sie mich gekostet hatten. Das hätte meine gute Laune schlagartig zunichtegemacht.

»Haben Sie Ihren Tinder-Account wieder aktiviert«, wollte er wissen.

Ich zuckte zusammen.

»Wie kommen Sie denn darauf?«

»Sie durchleben eine schwierige Phase. Es liegt nahe, dass Sie in alte Verhaltensmuster zurückfallen.«

»Ich hatte schon öfter schwierige Phasen.«

»Sie haben Ihre Mutter verloren.«

Ja, gut. Das stimmte schon. Aber ich kam klar. Hatte keine Depression oder so. Von den Panikattacken mal abgesehen. Und bis jetzt hatte ich noch niemanden aus meinem Tinder-Chat wirklich getroffen. Das Date mit dem Tinder-Typ war erst nach der Einäscherung am Freitag. Vorher hatte ich beim besten Willen kein Zeitfenster mehr gefunden.

»Sie meinen wahrscheinlich meinen Instagram-Account«, sagte ich.

»Den meine ich nicht. Sie sehen aus, als hätten Sie ein schlechtes Gewissen.«

»Habe ich nicht. Ich überlege nur. Ich denke nach.«

»Und? Haben Sie?« Lindholm sah mich intensiv an. Das machte mich nervös. Er konnte so unglaublich ernst gucken. Als hätte man etwas verbrochen. Oder als wäre er drauf und dran, einem die Kleider vom Leib zu reißen. Ich wusste nicht, welche Möglichkeit wahrscheinlicher war. Natürlich stellte ich mir lieber die zweite vor. Ich knickte ein.

»Na gut. Sie haben recht. Ich war frustriert. Andere Frauen stopfen Süßigkeiten in sich hinein, wenn sie frustriert sind. Ich habe aber keine Lust, dick zu werden, verstehen Sie? Das würde mir jetzt den Rest geben. Mein Leben ist scheiße genug.«

»Catterberg!«

»Außerdem kann ich mir keine Süßigkeiten leisten. Tinder ist wenigstens umsonst.«

Ich war nahe dran ihm vorzurechnen, wie viele Schokoriegel ich mir für das Geld kaufen könnte, das ich ihm in den Rachen warf. Und wie viele Schokoriegel er sich wiederum von meinem Geld leisten konnte, wenn er sexuell frustriert war. Er hatte Tinder gar nicht nötig. Er konnte sich stattdessen mit Schokoriegeln die Birne zuknallen. Im Gegensatz zu mir. Ich war meinen Gefühlen quasi hilflos ausgeliefert.

»Gut«, Lindholm kratzte sich am Kopf, »was empfinden Sie, wenn Sie im Netz nach möglichen Geschlechtspartnern suchen.«

»Entspannung«, sagte ich wie aus der Pistole geschossen.

Letztens war ich, während ich noch irgendwelche Typen nach links oder rechts geschoben habe, eingeschlafen. Ich hatte lange nicht mehr so gut geschlafen.

»Gibt es etwas anderes, was Sie auch entspannen könnte?«

Da musste ich nicht lange überlegen.

»Sex.«

Lindholm lehnte sich in seinem Sessel zurück und schloss die Augen. In dieser Position verharrte er, bis ich dachte, er wäre in einen spontanen komatösen Zustand gefallen oder hätte vergessen, dass er eigentlich gerade eine Therapiesitzung hatte. Vielleicht wollte er mir auch noch einmal vor Augen führen, wie ich mein Geld mit diesen Sitzungen verschleuderte, während er in seinem Sessel ein Nickerchen hielt.

»Ich habe versucht, mich in Sie hineinzuversetzen«, sagte er, als er die Augen wieder öffnete. Er sah aus, als hätte er einfach nur einen Powernap gebraucht. Aber ich wollte ihm nichts unterstellen.

»Und?«, frage ich gespannt.

»Sie werden erst Entspannung und zu sich selbst finden, wenn Sie Ihre Gefühle zulassen«, sagte er, »alles andere ist unnötige Ablenkung.«

»Aha.«

»Was könnte Ihnen helfen, Ihren Gefühlen näher zu kommen?«

»Drogen?«

Er verzichtete auf sein obligatorisches »Catterberg« und runzelte nur die Stirn.

»Darf ich Sie etwas fragen?«

Ich nickte. Er durfte mich alles fragen. Ob er eine ehrliche Antwort bekam, stand auf einem anderen Blatt.

»Waren Sie schon jemals verliebt?«

Na ja, hatte ich nicht gesagt, ich liebe Samuel Lindholm? Ich bin nicht verliebt, ich liebe ihn. Verliebt sein ist nicht so mein Ding.

»Ich finde, verliebt sein ist eine Illusion«, sagte ich, »genauso wie Monogamie eine Illusion ist.«

Außer natürlich, Lindholm und ich würden zusammenkommen. Dann könnte ich unter Umständen monogam leben. Vielleicht. Aber das sagte ich natürlich nicht.

»Das ist deswegen logisch, weil es gar keinen Sinn macht, sich in jemanden zu verlieben, wenn man sowieso früher oder später weiterzieht. Verstehen Sie, was ich meine? Sowohl das eine als auch das andere ist völlig sinnlos.«

Ich hatte das Gefühl, Lindholm konnte mir nicht folgen.

»Hm. Finden Sie diese Idee nicht etwas deprimierend?«, wollte Lindholm wissen.

»Jetzt, wo Sie es sagen …« Ich überlegte. »Ja, das ist ziemlich deprimierend. Aber sehen Sie sich doch all die geschiedenen Ehen an. Die ganzen alleinerziehenden Frauen. Die Männer, die fremdgehen.«

»Es gehen durchaus nicht nur Männer fremd.«

»Die Frauen, die fremdgehen«, ergänzte ich.

»Sie haben also Angst davor, Gefühle für jemanden zu entwickeln und dann enttäuscht zu werden«, versuchte Lindholm mich festzunageln.

»Oh nein. Ich bin nur nicht gewillt, einer Illusion aufzusitzen.«

»Sie wären von sich selbst enttäuscht, wenn Sie an das Märchen ›Liebe‹ glauben würden.«

Ich hatte keine Ahnung, woher Lindholm immer diese blumigen Sätze nahm. Vielleicht gab es eine Internetseite »schwülstige Therapeutensätze« oder so. Oder es gab Glückskekse, in die solcher Bullshit eingebacken war. Oder er hatte einen Hang zu Astro-TV. Ich war mal auf so einem Kanal hängen geblieben und kurz davor gewesen, über die Hotline mit einem Medium zu telefonieren.

Mir würde solcher Mist gar nicht einfallen.

Manchmal war es für mich sehr hart, nicht an meiner Liebe zu Lindholm zu zweifeln. Wenn er so etwas brachte, konnte ich mich nur noch damit trösten, dass er wahrscheinlich fantastisch im Bett war. Er hatte bestimmt irre viel Geld für Tantra-Sex-Kurse ausgegeben. Was hieße, dass er das mit dem erleuchteten Sex schon voll draufhatte.

»Genau«, sagte ich.

Lindholm wiegte seinen Kopf mit nachdenklicher Miene hin und her.

»Mit dieser Einstellung wird Ihnen viel vom Leben entgehen«, sagte er.

»Jetzt jagen Sie mir aber einen Schrecken ein!«

»Ich meine es ernst«, sagte Lindholm, »gehen Sie raus in die Welt, seien Sie mutig, und verlieben Sie sich!«

#freezeyoureggs #nomidlifecrisis

Als ich wieder auf der Straße stand, hatte ich es wirklich zackeneilig. Eva hatte mir schon auf die Mailbox gesprochen. Mehr als einmal. Sie hörte sich panischer an als im Beerdigungsinstitut. Ich schleifte Schröder hinter mir her zum nächsten Taxistand. Er setzte einen breiigen Haufen mitten auf den Gehweg, woraufhin mir eine alte Dame hinterherstiefelte und mich als verlotterten Hippie beschimpfte – was eindeutig an Lucindas Klamotten lag –, bis ich ihr erklärte, ich würde nur rasch eine Tüte holen und dann zurückkommen, um den Haufen vorschriftsmäßig zu entsorgen. Das war natürlich gelogen, und ich bekam gleich ein doppelt schlechtes Gewissen. Einmal wegen des Haufens und dann wegen Schröder. Sein schlechter Zustand lag bestimmt an der Breze vom Vortag. Ich musste wirklich besser auf seine Ernährung achten.

Ich kam etwa fünfzehn Minuten zu spät im Verlag an und fuhr mit dem Aufzug in den dritten Stock. Eva fing mich vor der Damentoilette ab. Sie tippte genervt auf die Stelle am Handgelenk, wo normalerweise die Armbanduhr sitzt.

»Fünfzehn Minuten zu spät!«, fuhr sie mich an. »Holger sitzt schon im Büro und wartet. Er hasst es, zu warten! Er hat mich für meine eigene Sekretärin gehalten.«

Ich verkniff mir ein Grinsen.

»Das würde mir zu denken geben!«

Eva zog mich und Schröder in die Toilette.

»Und wie siehst du überhaupt aus? Was ist das für ein schrecklicher Fummel? So kannst du da nicht rein.«

»Vielleicht ist er so abgeschreckt von meinem Aussehen, dass sich das Problem von allein erledigt«, sagte ich.

Konnte doch sein. Holger würde mich sehen und vollkommen abgetörnt von Lucinda Becketts Birkenstocksandalen sofort sein Manuskript zu Ende schreiben.

»Ich habe einen Ruf zu verlieren!«, fauchte Eva und begann aus ihren Klamotten zu steigen. »Außerdem ist der Typ nicht so leicht abzutörnen. Der hat gefühlt hundert rote Rosen dabei. Keine Ahnung was du mit dem angestellt hast.«

Ich wollte es nicht wissen. Ich hoffte, diese Erinnerung würde nie zurückkommen. Was auch immer es war. Es konnte nur ekelhaft sein.

»Könntest du mich wenigstens ein bisschen briefen, statt mich ständig anzugehen?« Ich nahm Evas Sachen in Empfang und zog mir Lucindas Flatterkleid über den Kopf.

»Abgabe ist in zwei Wochen. Kein Aufschub und keine Zeit, etwas Neues in Angriff zu nehmen. Das ist der Spitzentitel! Mach ihm das klar. Wir sind am Arsch, wenn er einen Rückzieher macht.«

»Soll ich das so sagen?«

»Um Gottes willen, das sagst du natürlich nicht!« Eva zog mit angewidertem Gesichtsausdruck das Kleid an. »Ich will gar nicht wissen, wo du das herhast.«

»Von Lucinda Beckett. Die kauft ihre Klamotten nur über Kleiderkreisel oder zieht sie aus dem Altkleidercontainer. Sie versucht, klimaneutral zu leben.«

Eva sah aus, als würde sie gleich ohnmächtig werden.

»Setzt du dich gar nicht gegen den Klimawandel ein?«, wollte ich wissen.

»Cressi, ich habe momentan andere Probleme. Mein Chef sitzt mir im Nacken. Und dann auch noch Mutter.«

»Mutter sitzt dir im Nacken?«

»Ich sag dir jetzt mal was. Seit dem Tag im Beerdigungsinstitut fühlt es sich an, als wäre irgendetwas in mir durchgebrannt.«

»Durchgebrannt?« Ich schlüpfte in Evas Rock und Bluse.

»Ich komme jeden Morgen am Friedhof in unserem Viertel vorbei und denke mir, scheiße, in ein paar Jahren liege ich da auch!« Eva sah wirklich verzweifelt aus.

»Du willst nicht in unser Familiengrab?«, fragte ich erstaunt.

»Cressi!«

»Okay, ich hab's verstanden, darum geht es nicht«, lenkte ich ein.

»Nein, darum geht es nicht. Ich bin jetzt 36. Ich habe

keinen Partner. Ich habe keine Kinder. Ich arbeite rund um die Uhr. Und wofür? Für den Friedhof um die Ecke?«

Evas biologische Uhr tickte. Und zwar übertrieben laut und von null auf gleich.

»Du übertreibst«, sagte ich lahm. Ich wusste nicht, was ich sonst sagen sollte. Ich fand Evas Leben auch schrecklich. Aber ich fand auch Annas Leben schrecklich. Von meinem eigenen mal ganz abgesehen. Und ich hatte keinen Friedhof um die Ecke. Das war ein Vorteil, wenn man den eigenen Tod verdrängen wollte.

»Ich übertreibe nicht. Mein Leben ist vollkommen sinnlos«, brachte Eva hervor.

»Wir sollten in Ruhe darüber reden«, versuchte ich, sie zu bremsen, »nicht hier auf dem Klo.«

»Ich will ein Kind, Cressi!«

»Verdammt, Eva, das ist eine Kurzschlussreaktion.«

»Ich bin 36. Ich will jetzt ein Kind. Verstehst du? Jetzt!«

»Du könntest deine Eizellen einfrieren lassen«, schlug ich vor. Ich war mir sicher, in ein paar Wochen hätte Eva dieses Thema vergessen und wäre die hundertprozentige Businessfrau, die sie immer gewesen war. Biologische Uhr hin oder her. »Das machen jetzt doch alle. Dann hast du alle Zeit der Welt. Du könntest sie dir mit fünfzig wieder einpflanzen lassen.«

»Ich brauche einen anonymen Samenspender«, sagte Eva, ohne auf das, was ich gesagt hatte, einzugehen.

»Vielleicht brauchst du einen Freund«, sagte ich vorsichtig.

»Ich will keinen Freund. Ich ziehe das allein durch.«

Wir hörten Stimmen auf dem Flur und schwiegen einen Moment. Ich tätschelte Evas Hand. Sie fühlte sich eiskalt an.

»Eva, du stehst gerade einfach neben dir«, sagte ich dann, »tu jetzt bitte nichts Unüberlegtes.«

Ich konnte nicht fassen, was ich da sagte. Vielleicht sollte ich Therapeutin werden. Ich hatte schließlich jahrelange Erfahrung mit mir selbst. Das war von unschätzbarem Wert. Kein Mensch konnte solchen Müll an der Uni lernen.

Ich sah Eva fest in die Augen.

»Ich gehe jetzt zu Holger Schmidt«, sagte ich, »und du machst jetzt nichts, was du nachher bereust!«

»Es gibt Internetseiten, auf denen man sich anonyme Spender aussuchen kann.«

»Genau das meine ich. Gib mir dein Handy«, ich streckte ihr meine Hand hin. »Du suchst dir jetzt keinen Spender im Netz aus. Nicht hier und nicht in der nächsten halben Stunde. Du willst doch nicht, dass dein Kind einen Idioten zum Vater hat.« Das saß. Sie musste ja nur uns anschauen. Also eher mich. »Du beruhigst dich jetzt und schläfst über die Sache.«

Eva legte mit kläglichem Gesichtsausdruck ihr Handy in meine Hand. Ich fluchte innerlich.

»Du wartest hier!«

Eva nickte.

#secondbluff

Ich sah zu, dass ich zügig über den Flur in Evas Büro kam. Zum Glück waren die meisten gerade beim Mittagessen in der Kantine. Vor der Bürotür atmete ich noch einmal tief durch. War überhaupt kein Ding. Ich meine, ich hatte schon öfter Männer getroffen, mit denen ich Sex gehabt hatte. Es kam jetzt nur darauf an, souverän zu wirken.

Ich riss beherzt die Tür auf. Holger saß gegenüber von Evas Schreibtisch und balancierte einen riesigen Strauß Rosen auf seinem Schoß.

»Holger!«, sagte ich mit fester Stimme. »Schön, dich zu sehen!«

»Eva!« Holger sprang auf und umarmte mich. Schröder verkroch sich mit eingezogenem Schwanz unter den Schreibtisch.

Ich schob Holger energisch von mir und brachte den Tisch als Sicherheitsabstand zwischen uns und die Rosen. Wie soll man sich in Anbetracht von hundert Rosen nicht unter Druck gesetzt fühlen. Für Lindholm wäre das eine der Situationen, in die er mich niemals schicken würde. Jede normale Frau würde in Erwägung ziehen, für hundert rote Rosen mit jemandem ins Bett zu gehen. Einfach, weil Rosen an sich geil waren. Vor allem die langstieligen. Ich fragte mich, ob ich den Strauß behalten durfte, auch wenn ich keinen Sex mit Holger hatte.

»Wollen wir uns nicht setzen?«

»Du siehst toll aus!«

»Danke!«

»Ich habe mir ein Surfbrett gekauft«, verkündete Holger, »du hast mir in dieser Nacht die Augen geöffnet. Ich habe ein Surfbrett gekauft, mit meiner Freundin Schluss gemacht und das Manuskript eingestampft.«

»Hast du nicht!«, sagte ich entsetzt.

»Doch. Dieser ganze Mist mit der Alm. Wer will so etwas lesen.«

Damit hatte er natürlich recht. Aber das half jetzt auch nicht weiter.

»Holger, du hast in zwei Wochen Abgabetermin. Du kannst das Manuskript nicht einstampfen.«

»Das ist mir egal. Ich bin ein freier Mensch!« Holger strahlte. »Und du hast mir den Weg gezeigt.«

»Wie wäre es, wenn du das Manuskript trotzdem abgibst. Trotz Surfbrett«, schlug ich vor, »das würde doch nichts schaden.«

»Nach unserer Nacht ist das unmöglich. Es würde mir wie Verrat vorkommen.«

»Das ist doch Unsinn!«

»Ich werde ein Buch über diese Nacht schreiben. Das wird der Knaller!«

»Bloß nicht!« Mir wurde heiß und kalt. Ich hatte es immer geahnt. Mein Leben würde schlimm enden. Und ich konnte mir nichts Schlimmeres vorstellen, als in schlüpfrigen Altmännerfantasien vorzukommen. Auch noch in Romanform. Beziehungsweise, was schlimmer war, Eva würde darin vorkommen. Ich hatte keine Idee, wie ich Eva diese Entwicklung beibringen sollte. Sie war sowieso furchtbar schlecht drauf. Das würde ihr den Rest geben.

»Es wird eine Hommage an das Leben, an Sex, Verführung …«, Holger breitete überschwänglich die Arme aus, »und es wird ein Surfbrett darin vorkommen!«

»Das halte ich für eine ganz schlechte Idee!«

»Du bist zu bescheiden, Eva.« Holger griff über den Tisch und drückte meine Hände. »Du hast von nichts anderem gesprochen in dieser Nacht. Von Sex und Verführung und …«

»Von Surfbrettern?«

»Von ewiger Liebe!«

Das konnte ich mir nicht vorstellen. Alles andere ja. Aber ewige Liebe?

»Wir sollten dieses Thema ruhen lassen, bis die Sache mit deinem Buch geklärt ist«, sagte ich und versuchte, meine Stimme professionell klingen zu lassen.

»Ich habe noch nie eine Frau getroffen wie dich«, sagte Holger inbrünstig. »du bist jung, schön und erfolgreich. Und ausgeflippt. Mein Gott, wie kann man nur so ausgeflippt sein?«

Das fragte ich mich manchmal auch.

»Und wie kann man es, wenn man so ausgeflippt ist, so weit bringen? Du bist Lektorin in einem renommierten Verlag!«

Konnte man nicht! Ich schloss für einen Moment verzweifelt die Augen. Als ich sie wieder öffnete, fiel mein Blick auf einen Stapel Zeitschriften. Auf dem obersten Titelblatt war Sebastian Bern abgebildet. Sah nicht schlecht aus der Typ. Dafür, dass er Schriftsteller war. Und er war jung. Eigentlich total mein Beuteschema. Ich nahm die Zeitschrift und schob sie in die Mitte des Tisches.

»Holger, ich dürfte dir das jetzt nicht sagen«, ich senkte meine Stimme zu einem Flüstern, »ich sage es nur, weil wir uns nahestehen, aber wir haben Sebastian Bern.«

Holgers Augen weiteten sich entsetzt.

»Sie werden ihn als Spitzentitel bringen, wenn du dein Manuskript nicht abgibst! Ich wollte die Katze eigentlich nicht aus dem Sack lassen, aber das bin ich dir schuldig.«

»Sebastian Bern!«

»Wir haben erst heute Morgen darüber gesprochen. Ich habe gesagt, das könnt ihr nicht machen. Wir haben Holger! Holger ist ein Urgestein der Literatur.«

»Sebastian Bern ist ein Nichtskönner!«, brauste Holger auf.

»Genau das habe ich auch gesagt.«

Holger sprang mit schmerzerfüllter Miene auf und ging zum Fenster. Er schlug mit der geballten Faust gegen die Glasscheibe. Mussten Männer immer so übertreiben? Konnten sie sich nicht einfach mal zusammenreißen? Musste alles immer so ein fucking Drama sein?

»Sie können mich nicht einfach ersetzen! Durch einen jungen Kerl, der nur gut aussieht. Hast du etwas von ihm gelesen?«

»Natürlich«, log ich.

»Ich. Bin. Nicht. Ersetzbar!«

»Du weißt doch, wie der Literaturbetrieb funktioniert«, sagte ich abgeklärt. »Er ist ein Haifischbecken.«

»Das können sie mir nicht antun!«

»Sebastian Bern ist der junge Stern am Literaturhimmel, sagen sie.« Ich machte eine Pause, in der nur Holgers schwerer Atem zu hören war. »Meiner Einschätzung entspricht das natürlich nicht!«

»Er wird genauso schnell wieder weg sein, wie er aufgetaucht ist.«

Ich überlegte. Soviel ich wusste, gab es Sebastian Bern schon einige Jahre.

»Wir sehen großes Potenzial in ihm«, sagte ich dann. »Also nicht wir. Die anderen sehen das so. Vor allem Presse und Marketing. Ich finde, der Kerl ist überschätzt. Vollkommen!«

»Was soll ich nur tun?«

»Gib in zwei Wochen das Scheißmanuskript ab«, sagte ich milde, »den Rest regle ich.«

#newroommate

Ich musste Eva mit nach Hause nehmen. Sie behauptete, sie könne unmöglich in ihre Wohnung mit dem Friedhof um die Ecke zurückkehren. Das hatte mir gerade noch gefehlt. Aber hängen lassen konnte ich sie auch nicht. Wir quetschten uns vor dem Verlag mit den Rosen in ein Taxi. Schröder kam in den Kofferraum. Eva befand sich in einem desaströsen Zustand. So schlimm, dass sie weder ihre Klamotten zurückhaben noch wissen wollte, wie das Gespräch mit Holger gelaufen war. Darüber war ich zwar froh, aber lieber wäre mir gewesen, sie wäre so biestig wie sonst. Aber sie saß nur zusammengesunken neben mir und starrte durch das Seitenfenster auf die Straße. Im Kopf ging ich durch, was ich ihr geben konnte, damit es ihr besser ging. Aber außer Alkohol fiel mir nichts ein.

Zu Hause bugsierte ich sie in die Wohnung und dann in mein Zimmer. Ich hatte ein Déjà-vu. Eva ließ sich auf mein Bett fallen und rollte sich zusammen. Hatte ich schon erwähnt, dass ich meine Privatsphäre liebe? Dass ich gerne für mich bin und sehr viel Raum brauche? Ein weiterer Grund, weswegen ich keine Beziehung habe.

Ich bin schnell genervt von Personen, die mir zu nahe kommen.

Dass Eva mein Bett mit Beschlag belegte, löste in mir eine Art Beklemmung aus. Ich befürchtete, dass sie wochenlang in diesem Zustand bei mir herumhängen würde. Ein Horrorszenario. Vielleicht lag meine Beklemmung aber auch nur an Lucinda Becketts Batikkleid, das Eva immer noch trug. Sie sah aus wie ein abgefucktes Model von Gudrun Sjödén.

Ich leinte Schröder wieder an und marschierte zum Chinaimbiss. Etwas Glutamat könnte helfen, dachte ich. Ich machte ihn an einem Fahrradständer fest und versprach ihm eine Glücksente. Oder zumindest Teile davon. Die Alte wischte gerade die Tische ab und bedachte mich mit einem strengen Blick.

»Ich habe Geld!«, sagte ich, bevor sie den Mund aufmachen konnte. Nicht mehr viel, aber für die Glücksente würde es reichen.

»Haben heute keine Glücksente«, verkündete die Alte mit einem teuflischen Grinsen.

Ich spürte, wie etwas in mir zusammensackte. Meine Beine gaben nach. Ich setzte mich an einen der Tische am Fenster und stützte den Kopf in die Hände.

»Was ist los?«, wollte die Alte wissen. »Ist nicht Ende der Welt. Haben veganes Bamigoreng.«

»Ich fühle mich nicht so gut«, sagte ich dumpf.

»Kein Wunder. Schlechte Ernährung. Keine Arbeit. Wie soll sich Frau gut fühlen, he?« Sie stocherte mir ihren spitzen Finger in den Rücken. »Chi aus dem Gleichgewicht. Spüre ich mit Zeigefinger.«

»Meine Schwester wohnt bei mir.«

»Ehre deine Familie. Sorge für deine Schwestern und Brüder.«

»Sie ist eine Nervensäge.«

»Begegne Schwierigkeiten mit Gleichmut. Sei wie Weidenrohr in Wind.«

»Wo haben Sie denn die Weisheiten her?«, wollte ich wissen.

Die Alte deutete hinter sich auf einen Wandkalender.

»Ich nehme das Bamigoreng«, sagte ich.

Das Gesicht der Alten hellte sich auf. Sie huschte in die Küche.

»Du solltest dir Wohnung suchen«, sagte sie, als sie wieder zurückkam.

»Ich HABE eine Wohnung!«

Die Alte sah wirklich überrascht aus. Ich hatte eine Wohnung, die von meiner Schwester und dem One-Night-Stand meiner Mitbewohnerin besetzt wurde. Ich konnte nur hoffen, dass Anna sich nicht von Julius trennte und auch noch bei mir auflief. Wobei ich es in ihrem Fall verstehen könnte. Und wenn sie die Kinder bei Julius lassen würde, könnten wir sogar darüber reden. Draußen fing es an zu regnen. Ich lehnte meinen Kopf gegen die Scheibe und starrte hinaus. Ich konnte mich erinnern, dass ich früher oft so in meinem Zimmer gesessen hatte. Mit dem Kopf an der Scheibe. Vielleicht war ich schon ein depressives Kind gewesen.

Automatisch wählte ich Lindholms Nummer. Es dauerte ziemlich lange, bis er dranging.

»Ich werde mich niemals verlieben«, sagte ich anstelle einer Begrüßung.

»Wie kommen Sie denn darauf?«

»Ich war ein depressives Kind«, sagte ich. Ich hatte das Gefühl, gleich heulen zu müssen. Zumindest fühlte sich mein Hals seltsam zugeschnürt an.

»Das höre ich jetzt zum ersten Mal.« Lindholm hörte sich auch an, als würde er gleich zu heulen anfangen. Wahrscheinlich, weil er innerlich über den Verlauf der Therapie verzweifelte. Ich konnte es ihm nicht übel nehmen. Vielleicht hatte er aber auch einfach großes Mitleid mit mir. Diese Vorstellung gefiel mir besser.

»Ich wurde nicht geliebt«, behauptete ich. »Meine Mutter hat niemanden geliebt außer sich selbst. Und mein Vater war Autist.«

»Autist.«

»Ja, das ist mir erst neulich klar geworden. Wahrscheinlich war er Asperger-Autist.«

»Das ist Ihnen neulich klar geworden«, wiederholte Lindholm. »Wann neulich?«

»Gestern Nacht. Ich habe über meinen Vater nachgedacht, und da war ich plötzlich froh, dass ich genetisch nicht durch ihn vorbelastet bin und stattdessen die Gene eines depressiven Paketfahrers in mir trage. Man kann ja allen möglichen Mist vererbt bekommen, und da erschien mir plötzlich mein leiblicher Vater als die bessere Wahl. Depressionen sind schließlich gut behandelbar.«

Medikamentös zumindest. Ich hatte lange darüber nachgedacht und die Vor- und Nachteile gegeneinander abgewogen.

»Das ist ein Grund zur Freude!«

»Das fand ich auch. Mein Vater hatte unglaubliche Probleme mit sozialen Kontakten. Das habe ich nicht.«

»Hmmm …«, Lindholm räusperte sich.

»Sie denken, ich habe Probleme mit sozialen Kontakten?«, fragte ich entsetzt.

»Soziale Kontakte stufe ich in Ihrem Fall tatsächlich als eher schwieriges Thema ein«, meinte Lindholm. Das saß. Einem Menschen, den man liebt, ballert man nicht so etwas vor den Latz.

»Hören Sie. Mein Vater war sozial gestört. Er war nicht einmal in der Lage, uns Kinder zu umarmen.«

»Ja, darüber hatten wir gesprochen.«

»Ich erinnere mich, dass er schon überfordert war, wenn unser Telefon geklingelt hat. Er konnte nicht angemessen reagieren, wenn er sein Gegenüber nicht sehen konnte. Es konnte passieren, dass er einfach aufgelegt hat, wenn er keine Lust mehr hatte.« Ich hätte gerne ein »verdammt noch mal« hinten angehängt, verkniff es mir aber. Lindholm nahm Flüche oft persönlich.

»Hmm …«, machte er wieder am anderen Ende der Leitung.

»Was soll dieses ›Hmmm‹? Ich habe null Probleme mit Telefonieren. Ich kann auch Menschen umarmen. Hin und wieder. Das macht mir keine Angst.«

Nur wenn es meine Schwestern und Tanten waren.

»Was macht Ihnen dann Angst«, wollte Lindholm wissen.

»Dass meine nervige Schwester quasi bei mir eingezogen ist und ich nicht weiß, wo ich hin soll, wenn ich meine Ruhe haben will!«

»Nähe. Das ist Ihr Problem, Nähe zuzulassen«, behauptete Lindholm.

Gut, dass er mich jetzt nicht sehen konnte. Aus meiner entsetzten Grimasse hätte man bestimmt ein prima GIF basteln können.

»Sie verstehen mein Problem überhaupt nicht!«, fauchte ich. »Wer 3000 Quadratmeter Wohnfläche hat, der weiß überhaupt nicht, was Nähe bedeutet. Sie schläft in meinem Bett!«

Und Mika schlief auf meiner Couch, und Schröder schlief grundsätzlich mit seiner Nase an meinen Füßen. Seit Mutter gestorben ist, war ich nicht eine Sekunde allein. Und mein Ohr summte. Wenn das alles vorbei war, konnte ich mich wahrscheinlich einliefern lassen. Ich legte wütend auf und knallte mein Handy auf den Tisch.

Die alte Chinesin stellte das vegane Bamigoreng vor mich und tätschelte kurz meinen Rücken.

»Böse Frau«, sagte sie freundlich. »Böse Frauen machen Männern Angst.«

#lifewithfreaks #crywhenyousleep

Ich musste auf der Couch eingeschlafen sein. Während *How I Met Your Mother* lief. Ich hatte mich null auf die Serie konzentrieren können. Was mich ärgerte. Ich bin Serien-Junkie. Ich konsumiere alles, was Netflix zu bieten hat, nur um abzuschalten. Aber das war mit Eva in meinem Schlafzimmer nicht möglich. Sie trug ein T-Shirt und eine Jogginghose von mir und hatte meine Notfall-Schlaftabletten eingeworfen. Die bunkere ich seit Jahren für den Fall, dass ich mal wirklich durchdrehe und um drei Uhr morgens dringend Hilfsmaßnahmen einleiten muss. Mit meinen heiligen Schlaftabletten war sie innerhalb von zehn Minuten weggepennt.

Ich konnte nicht mit Eva in einem Bett schlafen. Ich bin furchtbar eigen mit Betten. Wie gesagt. Normalerweise übernachte ich nicht einmal bei einem One-Night-Stand. Gut, es gab fast nichts Deprimierenderes, als neben einem Aufriss aufzuwachen, der sich als absoluter Fehlgriff entpuppt hat. Die Nacht mit Holger war so ein Ausrutscher gewesen. Ein kurzer Moment der Schwäche. Wenn ich daran dachte, bekam ich Kopfschmerzen.

Ich wachte davon auf, dass mich jemand an der Wange berührte. Es war Mika. Ich fuhr hoch. Mein Laptop war noch an.

»Fuck!«, sagte ich. »Bist du ein verdammter Freak?«

»Ich habe dir eine Träne von der Wange gewischt«, Mika zog seine Hand zurück. »Du hast schon wieder im Schlaf geweint.«

»Ich weine nicht«, behauptete ich. Aber langsam hatte ich Zweifel.

Mika ließ sich neben mich auf die Couch fallen. Er trug sein Griechen-Outfit. Es bestand aus einer schwarzen Jeans und einem Schlips. Ich fragte mich, ob man dieses männliche Pendant zu Strapsen und High Heels nicht als sexistisch bezeichnen konnte. Er sah aus wie ein Protagonist aus *Magic Mike,* der gerade von einer Show kam. Was nicht schlecht war. Optisch. Eigentlich sah er sogar umwerfend aus.

Mika gähnte und verschränkte die Arme hinter dem Kopf. Er hatte wirklich einen unglaublichen Bizeps. Kein Wunder. Er schien entweder zu kellnern, zu schlafen oder zu trainieren. Was dabei rauskam, konnte man sehen.

»Du hast sogar bitterlich geweint«, sagte er.

Ich wischte mir über das Gesicht. Es war feucht. Vielleicht hatte er dieses Mal recht.

»Dafür musst du dich nicht schämen.«

»Wie kommst du darauf, dass ich mich schäme?«, fragte ich.

»Du liegst in meinem Bettzeug und weinst bitterlich.

Da könnte ich auf ziemlich schräge Gedanken kommen.« Er legte kurz den Kopf schief.

»Was meinst du damit?«, wollte ich wissen.

»Vielleicht sehnst du dich nach einer Beziehung?« Mika kniff die Augen zusammen. »Und weinst deswegen. Viele Frauen sehnen sich insgeheim nach einer Beziehung. Das äußert sich dann im Traum.«

»Ich sehne mich nach meinem Bett. Und in meinem Bett liegt meine Schwester. Ich habe also ziemlich schlechte Neuigkeiten für dich.«

Ich machte eine kleine Pause, in der ich geräuschvoll meinen Laptop zuklappte.

»Du wirst heute auf dem Boden schlafen müssen. Oder in der Badewanne. Oder draußen auf dem Balkon.«

»Oder gar nicht«, sagte Mika. »Ich bin ein Nachtmensch. Ich kann jetzt sowieso nicht schlafen.«

»Aha. Und was sollen wir stattdessen tun?«

Mika grinste mich an.

»Oh nein. Vergiss es! Wir werden keinen Sex haben. Wir brauchen diese Diskussion nicht ständig zu führen.« Langsam wurde ich ärgerlich. Auch wenn er aussah wie Magic Mike und ich ihn unter normalen Umständen nicht von der Bettkante gestoßen hätte. Aber was waren schon normale Umstände. Jetzt hatte ich dieses kein-Sex-Ding schon so lange durchgezogen. Ich würde doch jetzt nicht schwächeln.

»Ich hatte eher an Enten füttern gedacht.«

Wir verließen mit einem reichlich verwirrten Schröder das Haus. Ich hatte Mika darauf hingewiesen, dass Enten nachts schliefen, aber er glaubte sich daran zu erinnern, dass es auch nachtaktive gab. Es war drei Uhr morgens, als wir den Englischen Garten erreichten. Tau lag auf dem Gras. Die Nacht war seltsam mild. Sie erinnerte mich an früher, wenn Mutter uns in ihrem alten Peugeot Cabrio nach Hause brachte. Wir bettelten sie immer an, das Verdeck offen zu lassen, und wenn sie es tat, legten wir Mädchen uns auf den Rücken und sahen während der Fahrt in den Himmel. Damals dachte ich, mein Leben würde der Knaller werden. Ich weiß nicht, wie ich darauf kam, aber mit sechs oder sieben war ich davon überzeugt. Mit dreizehn war ich dann depressiv. Was so ein paar Jahre ausmachen konnten.

»Hast du über das Evvie's nachgedacht?«, fragte Mika.

»Das ist nicht so einfach.« Ich hatte gewusst, dass er wieder darauf zu sprechen kommen würde. »An dem Bistro hängt ein ganzer Rattenschwanz von Problemen. Zum Beispiel meine Tanten. Die ständig in alles hineinreden. Wenn ich das Evvie's behalten würde, hätte ich die drei für immer an der Backe.«

Ich hatte tatsächlich über das Evvie's nachgedacht. Ich hatte auch wieder in Mutters Kochbuch geblättert. Das hatte mir offenbar nicht gutgetan. Danach hatte ich im Schlaf geweint. Wer im Schlaf weint, hat nicht nur ein Problem. Wer im Schlaf weint, ist verzweifelt. Ich hatte nie vorgehabt, zu den verzweifelten Menschen zu zählen. Ich nahm mir vor, nach der Einäscherung Lindholm anzurufen. Er musste etwas dagegen unternehmen.

»Gehört ihnen das Bistro?«

»Nein. Es gehört meinen Schwestern und mir. Aber

sie hatten immer ein Auge darauf. Hat meine Mutter gesagt.«

Die Wege im Englischen Garten lagen hell vor uns. Vereinzelt begannen die Vögel zu singen. Wir liefen quer über die Wiese Richtung Eisbach. Ich machte Schröder von der Leine los, und er trollte sich, um Kaninchen zu suchen. Wenn er auch fast blind und taub war, seine Nase war noch vollkommen in Ordnung.

»Außerdem muss ich erst noch ein paar andere Dinge erledigen«, sagte ich.

»Und die wären?«

»Morgen ist die Einäscherung.«

»Oh.«

»Tja. Keine große Sache. Schließlich ist sie schon tot. Eine Einäscherung macht das auch nicht schlimmer.«

Ich hörte selber, wie komisch das klang.

»Findest du? Eine Einäscherung ist so etwas Endgültiges.«

»Du findest, der Tod ist nichts Endgültiges?«, fragte ich erstaunt.

»Wenn man jemanden verbrennt, ist er danach ganz weg«, meinte Mika scharfsinnig.

»Meine Mutter ist jetzt schon ganz weg«, stellte ich richtig.

»Nein«, meinte Mika, »sie liegt in einem Kühlfach im Beerdigungsinstitut. Physisch ist sie noch da.«

»Jetzt machst du mir Angst.«, sagte ich. »Denkst du, ich werde morgen zusammenbrechen, weil sie sich vor meinen Augen in Rauch auflöst?«

»Das könnte passieren.«

»Du lieber Himmel, nein!«

»Da wäre ich mir nicht so sicher.«

Wir blieben an der seichten Stelle stehen, an der sich im Sommer die Nackten trafen.

»Ich habe nie verstanden, warum sich die nie hinsetzen«, sagte ich.

»Dann würde sie ja niemand beachten«, meinte Mika.

Das Wasser sprudelte eiskalt über die kleinen Steine. Und hier sollten wir die Asche verstreuen. Ich wollte meiner Mutter nichts unterstellen, aber die Tage am Eisbach waren meine glücklichsten Kindheitserinnerungen. Und genau in diese Erinnerungen sollte ich ihre Asche streuen. Das war doch verrückt. So etwas konnte nur meiner Mutter einfallen. Ich biss mir auf die Lippen.

»Hier unter dem Baum ist meine Mutter immer gesessen«, sagte ich, »und wir Mädchen sind im Wasser herumgewatet. Einmal hat Eva gesagt, wir sollen weiter oben ins Wasser springen. Da oben.«

Ich deutete bachaufwärts.

»Bei der Welle?«

»Etwas weiter unten. Ich konnte nicht richtig schwimmen. Ich wäre fast ertrunken. Ein Mann hat mich rausgezogen. Er hatte große haarige Füße. Das weiß ich, weil ich sie mir unter Wasser ganz genau angesehen habe. Die Haare waren wie Wasserpflanzen. Meerjungfrauenhaar. Ich glaube, man nimmt die Bilder, die man sieht, bevor man stirbt, mit in sein neues Leben.«

»Große haarige Füße.«

»Genau. In meinem nächsten Leben wäre ich vielleicht Fußfetischist geworden. Oder ein Yeti. Ich kann wirklich froh sein, dass ich in diesem Moment nicht gestorben bin.«

Für meine Mutter hoffte ich, dass sie im nächsten Leben eine bessere Mutter werden würde. Schließlich hatte sie uns gesehen, als sie starb. Aber irgendwie befürchtete ich, dass bei ihr Hopfen und Malz verloren waren. Wer wusste schon, was sie sich in diesem Moment gedacht hatte.

Gottlob, jetzt hat das Elend ein Ende.

Vielleicht bekam sie einfach keine Kinder mehr. Das war wahrscheinlich sicherer. Sie hätte uns nicht bekommen dürfen. Es gibt Frauen, die hatten dieses Muttergen nicht. Ich war fast sicher, dass ich auch zu ihnen gehörte.

»Du glaubst an Wiedergeburt?«, wollte Mika wissen.

»Alles andere würde mich deprimieren. Wenn ich es in diesem Leben nicht schaffe, It-Girl und Influencerin zu werden, dann kann es zumindest noch im nächsten klappen.«

»Was hat deine Mutter dazu gesagt?«

»Wir haben es ihr nie erzählt. Eva hätte mich umgebracht.«

»Bist du seitdem wieder in den Eisbach gesprungen?«

Ich schüttelte den Kopf.

»Nein. Nie. Ist viel zu gefährlich.«

Mika lachte.

»Du bist ein Freak«, sagte er.

»Und du hast mich angelogen. Es gibt keine nachtaktiven Enten.«

Schröder kam aus einem Gestrüpp geklettert und trollte sich hinter uns her. Er roch schon aus der Ferne nach totem Fisch, in dem er sich vermutlich gewälzt hatte. Der Himmel bekam einen leichten Silberstreif, und Mika griff nach meiner Hand.

»Was ist mit deinem Vater?«

Ich zog meine Hand weg und leinte Schröder wieder an. Bevor er den nächsten Kadaver fand.

»Der war Apotheker.«

»Und?«

»Nichts und. Er war Apotheker und fertig. Ich habe ihn nicht so oft gesehen. War ständig in der Arbeit.«

Ich verzichtete darauf zu erwähnen, dass mein leiblicher Vater ein depressiver Paketfahrer gewesen war. Man musste sich ja nicht schlechter machen, als man war.

»Meine Familie lebt auf Mykonos.«

»Und du bist ganz allein hier.«

»Sie sind vor zwei Jahren wieder zurück. Das Wetter ist dort einfach besser.«

»Und du? Dir macht das Wetter nichts aus?«

Wir setzten uns mit untergeschlagenen Beinen ans Ufer. Das Gras war feucht, Schröder platzierte sich zwischen uns und starrte aufs Wasser. Wir warteten, bis die ersten Enten vorbeikamen. Das dauerte ziemlich lange, aber es machte mir irgendwie nichts aus. Mika erzählte von Mykonos, von den wilden Katzen und den steinigen Küsten. Er sagte, man müsse Mykonos einmal gesehen haben, sonst verstehe man nichts vom Leben.

Das Gefühl hatte ich schon lange. Dass ich nichts vom Leben verstand.

#childhoodmemories

Es ist keine gute Idee, mit seinem Therapeuten zu telefonieren, wenn man nicht geschlafen und eine Einäscherung vor sich hatte. Ich tat es trotzdem. Nach meinem Gefühl hatte ich noch nie so viele offene Fragen gehabt. Was vielleicht eine Fehleinschätzung war. Eva schlief immer noch in meinem Bett, und Mika hatte sich auf die Couch fallen lassen und war sofort weggenickt. Ich verzog mich mit dem Telefon auf unseren Minibalkon. Eigentlich war der einsturzgefährdet, aber Lucinda und ich hatten uns darauf geeinigt, dass nichts passieren konnte, solange man möglichst nahe an der Hauswand saß. Idealerweise mit untergeschlagenen Beinen. Der Vermieter durfte davon natürlich nichts wissen, aber im Ernst – derzeit war meine geringste Angst, mit einem Minibalkon in die Tiefe zu stürzen.

Lindholm ging sofort ran. Er hörte sich sehr aufgeräumt an, was wahrscheinlich bedeutete, dass entweder seine Frau im Hintergrund war oder irgendein Patient. Ich tippte eher auf die Frau. Schließlich war es erst sieben Uhr morgens. Ich hasste sie. Ehrlich. Selbst, wenn ich sie weder hören noch sehen konnte.

»Catterberg.«

»Ich hätte eine Frage«, sagte ich.

»Schießen Sie los.«

»Was ist Ihre schönste Kindheitserinnerung?«

Ich hatte nicht gewusst, dass sich Schweigen so überrascht anhören konnte.

»Darüber müsste ich länger nachdenken«, sagte Lindholm schließlich.

»Nicht Ihr Ernst! Ihnen fällt spontan nichts ein?« Ich war ernsthaft entsetzt. Er sollte mal über eine Therapie nachdenken. Bei einer derart deprimierenden Vergangenheit.

»Nun. Es gibt viele Dinge, an die ich mich, sagen wir, gern zurückerinnere.«

»Das ist nicht dasselbe. Es muss etwas sein, das ein unglaublich tolles Gefühl bei Ihnen auslöst. Ein Gefühl, das Sie im Notfall davon abhält, vom Balkon zu springen. Oder so. Lindholm. Konzentrieren Sie sich!«

Ich äugte vorsichtig nach unten. Wenn der Balkon abstürzen würde, würde mich zumindest der Fahrradschuppen etwas abfedern.

»Dann muss es ein spirituelles Erlebnis während einer Marienandacht gewesen sein.«

»Sie hatten eine Marienerscheinung?«, wollte ich wissen. Lindholm steckte voller Überraschungen.

»Nicht so direkt.«

Wir schwiegen einen Moment, und ich überlegte, worauf er hinauswollte. Ein spirituelles Erlebnis während einer Marienandacht konnte auch etwas sehr Ekelhaftes sein. Ich beschloss, nicht nachzubohren. Lindholm räusperte sich.

»Wie wäre es für Sie, wenn Sie die Asche Ihrer Mutter an dem Ort verstreuen müssten, der zu dieser Erinnerung gehört?«, fragte ich.

»In der Marienkapelle in Altötting? Ist das nicht etwas absurd? Außerdem lebt meine Mutter noch.«

»Darum geht es nicht. Meine Mutter will in Form ihrer Asche am Ort meiner liebsten Kindheitserinnerung verstreut werden.«

»Verstehe.«

Ich hörte jemanden im Hintergrund flüstern. Seine Frau, diese Bitch. Ich hatte schon oft das Gefühl gehabt, dass sie während der Telefonate neben ihm stand und nervte. Typisch Ehefrau eben.

»Ich hatte darüber nachgedacht, ob meine Mutter solche Dinge absichtlich tut.«

»Tat«, korrigierte mich Lindholm freundlich.

»Auf meiner Abiturfeier hat sie sich betrunken und dann auf mein Abiturzeugnis gekotzt«, sagte ich, um ihm auf die Sprünge zu helfen.

»Sie hatten gar nicht erwähnt, dass Ihre Mutter ein Alkoholproblem hatte.«

»Hatte ich nicht?« Ich überlegte. »Wahrscheinlich hatte ich es verdrängt. Sie hat mit meinem ersten Freund geflirtet, bis ich mit ihm Schluss gemacht habe. Ich konnte nicht mehr an ihn denken, ohne sofort Mutter vor mir zu sehen.«

»War sie oft betrunken?«

»Was weiß ich. Darüber will ich nicht reden. Ich will damit sagen, dass sie mir ständig meine Erinnerungen versaut, und die Krönung ist jetzt der Deal mit ihrer Asche.«

Wie konnte Lindholm nur so begriffsstutzig sein. Ich war ja mittlerweile besser darin, mich zu therapieren, als er. Außerdem hörte ich schon wieder die Stimme seiner Frau. Sie flüsterte irgendetwas, was mit »Schatzi« endete. Und sich trotzdem irgendwie aggro anhörte.

»Hat sie schon in Ihrer frühsten Kindheit getrunken?«

»Ich will darüber nicht reden.«

Schließlich war sie bestimmt fünfzehn Jahre trocken gewesen. Nachdem sie das Evvie's geschlossen hatte, trank sie nicht mehr so viel, und irgendwann räumte sie ihre ganzen Vorräte weg und trank nie wieder etwas.

»Wir sollten aber darüber reden«, sagte Lindholm sanft.

»Sie sollten Ihrer Frau den Laufpass geben«, sagte ich böse. »Sie nervt. Sagen Sie ihr, ich höre, wenn sie ständig im Hintergrund flüstert. Als Frau sollte man etwas mehr Würde besitzen.«

Ich atmete tief durch. Ich musste zugeben, dass mir die Einäscherung doch Angst machte. Jetzt, wo ich da auf dem Balkon saß, machte sie mir eindeutig Angst.

»Ich überlege, ob ich die Einäscherung sausen lasse«, sagte ich. »Ich könnte stattdessen meine Wohnung entrümpeln.«

»Was empfinden Sie dabei?«

»Erleichterung. Große Erleichterung.«

Das war gelogen. Aber ich musste dringend ein paar Dinge loswerden. Es hatte sich unglaublich viel Müll über die Jahre angesammelt.

»Sie lügen.«

»Schlechtes Gewissen«, gab ich zu, »ein verdammt schlechtes Gewissen. Ich frage mich nur, warum es eine

Einäscherung und eine Beerdigung geben muss. Eins von beidem würde doch genügen. Und eine Beerdigung ist schlimm genug.«

»Manchmal muss man sich unangenehmen Dingen stellen«, sagte Lindholm weise.

»Würden Sie eine Einäscherung als ›unangenehm‹ bezeichnen?«

Ich fand, »unangenehm« war nicht das richtige Wort. »Totale Scheiße« würde mir eher dazu einfallen. Ich starrte über meine untergeschlagenen Beine nach unten. So schlimm, dass man insgeheim hoffte, der Balkon würde mit einem in die Tiefe rauschen, bevor man so etwas wie eine Einäscherung erleben musste. Mir wären noch ungefähr tausend andere, passendere Wörter als »unangenehm« eingefallen.

»Wie auch immer, im Nachhinein ist es besser, man überwindet sich und geht seinen Weg, auch wenn er steinig ist.«

Das erzählte mir ein Mann, dessen schönstes Kindheitserlebnis ein spirituelles Dingsbums in Altötting gewesen war. Und dessen Frau flüsternd hinter ihm stand. Vielleicht hatte ich auf das komplett falsche Pferd gesetzt. Ich hätte mein Geld genauso gut in einen Schamanen, erstklassige Drogen oder richtig geile Klamotten investieren können. Der Gedanke an richtig geile Klamotten schmerzte etwas.

»Werden Sie hingehen?«

»Natürlich gehe ich hin!«, fuhr ich ihn an. »Meine Tanten bringen mich um, wenn ich nicht aufkreuze.«

»Vergessen Sie unseren Termin am Montag nicht!«

Ich drückte entnervt das Telefonat weg.

#emergencysituation

Wir fuhren mit dem Taxi zum Krematorium. Ich hatte wegen Schröder ein ziemlich ungutes Gefühl. Zum ersten Mal nahm ich ihn nicht mit. Er hatte sofort losgejault, als ich die Tür hinter Eva und mir ins Schloss zog. Vermutlich dachte er, ich käme nie wieder. Woher sollten Hunde wissen, dass man sie nicht in der Wohnung verhungern ließ. Aber zu der Einäscherung konnte er mich beim besten Willen nicht begleiten, und ich wollte ihn auch nicht vor dem Krematorium auf der Straße anbinden. Nicht dass jemand auf dumme Gedanken kam.

Vor dem Krematorium warteten schon Maggie, Violetta und Bärbel. Anna war noch nicht da.

»Es ist schon fast zwei«, sagte Violetta mit einem strengen Blick auf ihre Armbanduhr.

Im Taxi hatte mich Eva endlos zugetextet wegen ihres Problems mit Holger Schmidt. Ich hatte immer nur mit *hmm* und *jaja* geantwortet und war irre froh darüber, dass sie nicht wieder mit dieser bescheuerten Idee von wegen einer künstlichen Befruchtung anfing. Vielleicht hatte sie das Ganze ja über Nacht vergessen. War ihr zu-

zutrauen. Eva war unglaublich sprunghaft. Schon fast manisch, wenn ich es mir recht überlegte.

Ein weiteres Taxi fuhr vor, und Phil stieg aus dem Wagen. Er verteilte reihum Küsschen. Zur Feier des Tages trug er einen Trenchcoat von Dior, darunter gestreifte Leggings, und seine Haare waren kunstvoll auftoupiert.

»Wo hast du denn den Fummel her«, wollte ich wissen.

»Hat ein Ex-Freund bei mir vergessen. Seitdem habe ich auf eine Gelegenheit gewartet, das Teil auszuführen. Wo ist der Flokati?«

»Zu Hause. Frisst wahrscheinlich gerade aus Frust meine Wohnung.«

»Na, dann wollen wir mal«, sagte Tante Bärbel und schob uns durch die Schwingtüre in das Krematorium.

Ich atmete tief durch. Der Raum war erfreulich clean mit einem Tresen, auf dem eine große Vase mit weißen Lilien stand, und ein paar weißen Plastikstühlen.

»Wo bleibt Anna?«, zischte Eva. »Das ist doch jetzt so was von klar. Wahrscheinlich hat wieder eins ihrer Bälger Brechdurchfall.«

Ich zuckte nur mit den Schultern und verkniff mir einen Kommentar. Drinnen stand eine Frau mittleren Alters mit patentem Bürstenschnitt und einem unsäglichen uniformartigen Hosenanzug. Ich konnte spüren, wie Phil bei dem Anblick neben mir zusammenzuckte. Er ertrug schlechten Style einfach nicht. Wobei die Frau bestimmt nichts dafür konnte. Sie musste vermutlich so etwas tragen. Bestimmt war das Vorschrift in Krematorien.

»Trauergesellschaft Catterberg?«, fragte sie in die Runde.

Wir nickten alle gleichzeitig.

»Die Aufbahrung findet in Raum drei statt. Dort können Sie sich von Ihrer Verstorbenen verabschieden. Nehmen Sie sich ruhig Zeit, wir haben keine Eile. Ist ein Geistlicher anwesend?«

Aus mir nicht ersichtlichen Gründen durchbohrte sie Phil mit Blicken. Wahrscheinlich, weil er der einzige Mann war.

»Sie hält dich für einen Undercover-Geistlichen«, flüsterte ich Phil zu. Er verdrehte die Augen.

»Nicht? Dann wird ein Angestellter ein paar Worte sprechen, und danach wird die Verstorbene in das Krematorium überführt. Ich werde Sie dorthin begleiten.«

»Ich will nicht, dass sie uns begleitet«, zischte mir Tante Maggie ins Ohr. »Sie ist böse!«

»Die Frau macht nur ihren Job«, versuchte ich, sie zu beruhigen.

»Sie verbreitet schlechte Energie. Ich ärgere mich, dass ich mein Räucherwerk nicht mitgebracht habe!«

»Tante Maggie, ich glaube nicht, dass es erlaubt ist, hier zu räuchern.«

»Wenn nicht in einem Krematorium, wo dann?«, versetzte Tante Maggie. »Hier ist ein Ort des Feuers.«

Sie begann in ihrer Handtasche zu wühlen, und ich befürchtete, dass sie zwischen Bonbons, alten Zuckertütchen und Haarclips doch noch Räucherstäbchen fand.

»Deine Mutter wird diesen Ort nicht verlassen können, wenn diese Frau hier so schlechte Energie verbreitet«, prophezeite sie düster. »Dann kann man nicht mehr viel für sie tun.«

»Ich kann mir nicht vorstellen, dass Mutter sich von irgendetwas aufhalten lässt.«

Ich konnte solchen Bullshit nicht mehr ertragen. Energie. Klimbim. Was sollte das? Mutter war tot, und wo ihr Geist war, wollte ich gar nicht wissen. Ich versuchte, mich zu erinnern, was Lindholm zu diesem Thema gesagt hatte, als mein Vater gestorben war. Aber ich konnte mich nicht erinnern. Wahrscheinlich so etwas wie: »Machen Sie sich Ihre eigenen Vorstellungen. Ihre eigene, innere Wahrheit.«

Verdammt. Mir wäre es lieber, jemand würde einfach mal eine klare Ansage zum Status quo machen. Mutter ist im Himmel. Punkt. So etwas. Damit konnte man arbeiten. Vielleicht sollte ich mich doch den Katholiken anschließen. Die waren in ihren Aussagen immer so wunderbar klar. Himmel, Gott. Teufel, Hölle. Irgendwo dazwischen: Maria.

Die Dame vom Bestattungsinstitut setzte sich in Bewegung, und wir folgten ihr mit einigem Abstand. Eva hakte sich bei mir unter.

»Ich habe eine Wahnsinnsidee«, sagte sie, »bin ich eben spontan draufgekommen.«

Sie hörte sich richtig stolz an.

»Und die wäre?«, fragte ich misstrauisch.

Wahnsinnsideen waren bei Eva immer problematisch. Was hieß, ihr fiel der letzte Scheiß ein. So wie der Sprung in den Eisbach.

»Ich werde Phil als Samenspender nehmen!«

»Bist du verrückt? Phil ist schwul!«

Irgendwann würde ich eine dieser alten Frauen werden, die die Hände über dem Kopf zusammenschlugen. Ich hasste diesen Gedanken, aber mit dieser Familie konnte man nur so enden.

»Ich weiß!«

»Der macht kein Kind mit dir!« Ich versuchte wirklich, ruhig zu bleiben. Aber diese Situation plus meine Schwester brachte mich echt an meine Grenzen. Ich verfluchte es, nicht wenigstens noch einen Schnaps gekippt zu haben.

»Warum nicht. Auch schwule Männer wollen Kinder«, behauptete Eva.

Was ich nicht bezweifelte. Wir starrten beide auf Phils Rücken in dem Dior-Trenchcoat.

»Ist was?« Er warf uns einen Blick über die Schulter zu.

»Alles gut!«

Ich wedelte mit der Hand, damit er weiterging.

»Ich rede gleich nachher mit ihm!«, beschloss Eva.

»Das wirst du nicht tun. Phil ist mein Freund. Du lässt die Finger von ihm!«

Wenn jemand ein Kind von Phil bekam, dann ich. Wenn alles zu spät war, mich keiner mehr wollte und ich mit 45 beschloss, dass ich doch Mutter werden wollte. Dann war es gut, jemanden wie Phil in petto zu haben. Jede Frau sollte einen schwulen Freund haben. Einen eigenen schwulen Freund. Nicht den ihrer Schwester.

Wir blieben vor einer schweren Eichentür stehen, über der ein Schild mit der Aufschrift »Raum 3« angebracht war. Die Dame vom Krematorium öffnete sie und winkte uns hindurch.

»Oh, sie sieht fantastisch aus!« Phil klang ehrlich begeistert. »Ich wusste, dass sie das Kleid tragen kann!«

Meine Mutter trug das Harald-Glööckler-Kleid. Hinter uns knallte die Türe, und Anna rauschte herein. Sie zog ein Rollköfferchen hinter sich her, das sie direkt neben der Türe abstellte. Sie lächelte uns entschuldigend an.

»Musst du dich immer verspäten?«, fuhr Tante Violetta sie an.

»Es ging nicht anders. Habe ich etwas verpasst?«

»Wo sind die Kinder?«, wollte Tante Bärbel wissen.

»Die Kinder haben einen Vater«, entgegnete Anna bissig.

»Das höre ich zum ersten Mal«, versetzte Tante Violetta.

Anna zog ein finsteres Gesicht. Wieder schlug die Türe hinter uns, und ein komplett Schwarz gekleideter Herr kam herein. Das musste der Mann vom Bestattungsunternehmen sein, der ein paar Worte sprechen wollte. Er sah aus wie eine Krähe.

Ich tastete in meiner Hosentasche nach meinem iPhone. Manchmal gab mir das Kraft. Auch wenn das wie ein Armutszeugnis klingt, aber manchmal war dieses Ding mein letzter Halt. Insgeheim glaubte ich, dass es vielen Menschen so ging. Das iPhone als ausgelagertes Gehirn. Wenn es im Kopf nicht mehr funktionierte, konnte man auf sein Telefon ausweichen und sich wegbeamen. Man schaltete Hirn und Verstand aus und verließ sich auf ein kleines viereckiges Kästchen. Zur Not konnte ich ein Selfie machen und mir ansehen. Das half ganz oft. Dann war ich mir sicher: Ich bin noch da!

Wenn ich das Selfie dann auch noch postete, konnten auch andere sehen, dass ich noch da war. Ich hatte aber das starke Gefühl, dass ein Selfie mit toter Mutter verstörend auf meine Insta-Fangemeinde wirken könnte.

Mir war ganz stark nach wegbeamen. Eva sah auch schon wieder ziemlich grün im Gesicht aus. Ich beschloss, den Raum zu verlassen, bevor die Krähe eine Rede halten konnte.

Vor der Türe riss ich das Telefon aus meiner Hosentasche und wählte Lindholms Nummer. Meine Hände zitterten. Er ging nicht ran. Zum ersten Mal ging er nicht ran.

»Sie sind verbunden mit der psychotherapeutischen Praxis Samuel Lindholm. Bitte sprechen Sie nach dem Piepton.«

Ich lehnte mich gegen die Wand hinter mir und rutschte langsam Richtung Boden.

Ich atmete auf die Mailbox. Ich fühlte mich so verlassen wie noch nie in meinem Leben.

»Was tust du hier draußen? Mutter wird gleich überführt. Du hast die komplette Rede verpasst!« Anna ging vor mir in die Hocke.

Frauen, die Kinder geboren hatten, reagierten in seltsamen Situationen oft wahnsinnig pragmatisch. Als hätte dieses Kinderding etwas in ihnen verändert. Ich hörte beispielsweise aus Annas Mund oft den Satz: »Also hör mal, ich habe Kinder geboren! Da werde ich doch wohl …«

Sie sagte es oft in Gesprächen, in denen es um Schmerzen, Durchhaltevermögen, Anstrengung beim

Sport oder lange Wanderungen bergauf ging. Oder OPs ohne Narkose.

»Was? Frau Soundso ist beim Einrenken ihrer gebrochenen Schulter ohnmächtig geworden? Also hör mal, ich habe Kinder geboren! Dagegen ist das Einrenken einer Schulter ein Fliegenschiss!«

Deswegen wollte ich ihr eigentlich nicht erzählen, dass ich ganz schlecht mit unserer toten Mutter im selben Raum sein konnte. Es beklemmte mich. Verursachte mir Atemnot.

»Du und Eva, ihr müsst erst mal Kinder bekommen«, sagte Anna prompt, »danach stehst du alles durch. Ich sag's dir. Männer sollten auch Kinder bekommen. Männer sind Weicheier. Sie sollten mal versuchen, eine Kokosnuss zu scheißen, dann würden sie nicht ständig auf so dumme Ideen kommen. Da vergeht einem so etwas nämlich.«

»Apropos. Wo sind eigentlich Julius und die Kinder?«, fragte ich.

»Ich hab ihn verlassen.«

»Du hast was?«

Mich überraschte das nicht. Ich hätte Julius schon nach dem ersten Kind verlassen. Falsch. Vor dem ersten Kind. Im Grunde wäre ich nie mit einem Kerl wie Julius zusammengekommen.

»Er hat mich mit der Yogatante betrogen. Ich habe es heute Morgen erfahren.«

»Hat er es dir gesagt?«

»Nein. Meine Nachbarin. Sie geht ins selbe Studio und hat gesehen, wie die beiden nach der letzten Stunde im Hausflur geknutscht haben.«

»Das muss jetzt nichts heißen. Vielleicht hatte das was mit Yoga zu tun.«

»Knutschen?« Annas Gesicht war ein einziges Fragezeichen.

»Ich kenne mich mit Yoga nicht aus«, sagte ich ausweichend.

»Egal. Als ich ihn gefragt habe, hat er zugegeben, dass er sie vögelt.«

Neben uns ging die Tür auf, und Mutters Sarg wurde auf einem Rollwägelchen herausgeschoben.

»Auf, auf!« Tante Violetta klatschte in die Hände. »Sitzt hier nicht so herum. Ihr seht aus wie Hippies! Fehlt nur, dass ihr einen Joint herumreicht.«

Wir rappelten uns auf und folgten den anderen.

»Aber wo willst du denn jetzt hin?«, wollte ich mit einem Blick auf ihr Köfferchen wissen.

»Ich dachte, ich könnte vorerst bei dir unterkommen.«

»Das halte ich für keine gute Idee.«

»Nur für ein paar Tage, bis ich etwas anderes gefunden habe.«

»Ein paar Tage? Weißt du, wie lange man in München braucht, um eine Wohnung zu finden?«

»Du wirst mich doch nicht hängen lassen?«

»Eva wohnt schon bei mir!«

Von Mika wollte ich gar nicht reden. Ich klopfte mir unauffällig auf mein summendes Ohr. Wenn das nicht besser würde, bräuchte ich zu allem Übel auch noch einen Termin beim Ohrenarzt. Wir schlossen uns den anderen an, die gemessenen Schrittes hinter dem Sarg hermarschierten.

»Kannst du nicht bei einer Freundin unterkommen?«, schlug ich vor.

»Ich habe keine Freunde mehr, Cressi. Seit die Kinder da sind, bin ich von aller Welt verlassen«, sagte Anna.

Das würde mir zu denken geben. Aber bei den grässlichen Kindern war das auch kein Wunder.

»Ich habe niemanden, zu dem ich sonst könnte.«

»Du könntest in Evas Wohnung ziehen«, schlug ich vor.

»Ich will auch nicht neben einem Friedhof wohnen. Das ist bedrückend.«

»Du könntest in Mutters Haus wohnen.«

»Gott, ich könnte da kein Auge zu tun. Mutters Geist hängt bestimmt noch in den Ecken.«

Ich verkniff mir, ihr zu erläutern, dass Mutters Geist noch hier zwischen uns herumhing und nicht wegkonnte, weil die Hosenanzug-Frau vom Bestattungsunternehmen so schlechte Energie verbreitete.

»Außerdem würde ich dort vereinsamen. Das große Haus und überall alte Leute in der Nachbarschaft. Ein Albtraum.«

Wir blieben stehen, weil sich die Bestatterin zu uns umdrehte.

»Hier werden Sie von Ihrer Angehörigen Abschied nehmen«, sagte sie.

»Ist hinter dieser Türe der Verbrennungsofen?«, wollte Tante Violetta wissen.

»Ja, das ist er.«

»Und wir dürfen nicht mit hinein?«, fragte Tante Maggie.

»Wir wollen gar nicht mit hinein!« Eva sah schon

wieder etwas käsig aus. »Auf keinen Fall. Ich finde es absolut in Ordnung, hier Abschied zu nehmen.«

»Es wäre schön, wenn jeder noch kurz etwas über die Verstorbene sagt, bevor sie ihren letzten Weg antritt.« Die Bestatterin blickte erwartungsvoll in die Runde.

»Das ist eine ganz wundervolle Idee!«, rief Tante Bärbel begeistert. »Eveline war ... sie war ... sie war manchmal so biestig. Sie konnte wochenlang beleidigt sein und nicht mit einem reden, bis man sich vorkam wie ein Schwerverbrecher.«

Tante Maggie nickte.

»Ja, sie war nachtragend.«

»Und selbstsüchtig! Ich erinnere mich, wie sie uns immer die Schokolade abgeknöpft hat, als wir Kinder waren. Sie hat gesagt, wir würden davon dick werden«, warf Violetta ein.

Womit Mutter recht gehabt hatte.

»Dann hat sie die Schokolade selbst gegessen.«

»Ich nehme ihr wirklich übel, dass sie unseren Vater betrogen hat. Auch wenn er zeugungsunfähig war«, sagte Anna.

»Ich bin zufrieden mit meinem Vater«, betonte Eva. »Wenn sie Papa nicht betrogen hätte, wären wir gar nicht da.«

»Aber hätte sie es nicht wenigstens immer mit dem gleichen Mann tun können?« Anna sah in die Runde. »Ich meine, Cressis Vater war definitiv ein Griff ins Klo. Ich habe wenigstens meine Haare von dem Mexikaner geerbt. Und ich habe eine Begabung für Voodoo. Aber Cressi?«

Alle sahen mich mitleidig an. Selbst die Bestatterin.

»Ich bin zufrieden mit meinen Haaren«, sagte ich schnell, »vollkommen zufrieden. Ehrlich. Und an Voodoo liegt mir nichts.«

»Was ist mit Ihnen?« Die Bestatterin wandte sich an Phil. »Wollen Sie auch noch etwas sagen?«

»Ich kannte sie gar nicht«, Phil zuckte mit den Schultern. »Aber in Harald Glööckler sah sie wirklich umwerfend aus ...«

#alleinundverzweifelt

Ich klaute vor dem Krematorium ein altes Klapprad. Es war nicht abgesperrt und eine Rostlaube. Das soll keine Rechtfertigung sein, aber es gibt Situationen, da ist eine Straftat der einzige Ausweg. Ich konnte unmöglich mit Eva und Anna in ein Taxi steigen. Andererseits hatte ich kein Geld für ein eigenes Taxi, und zu Fuß war es zurück nach Hause ganz schön weit. Das Klapprad stand an der Bushaltestelle vor dem Krematorium. Bushaltestellen sind Umschlagplätze für geklaute Räder.

Ich radelte an der Isar entlang und hing finsteren Gedanken nach. Mir war sogar die Lust vergangen, ein Selfie mit dem Rad zu machen. *#alleinundverzweifelt.* Ich meine, etwa fünf Kilometer weiter wurde in diesem Moment die Asche meiner Mutter in einer Aludose verpackt. Wie sollte man sich da fühlen?

Mein Handy klingelte, und ich klemmte es mir beim Fahren unters Ohr. Es war Anna.

»Tut mir leid, dass ich dich vorher so überfallen habe«, sagte sie.

Ich sagte nichts, sondern wich einem entgegenkommenden Jogger aus.

»Deine Wohnung ist echt gemütlich. Ich werde mir das Bett mit Eva teilen. Ist ja groß genug.«

»Hmm.«

»Weißt du, ich habe das Gefühl, ich brauche einfach mal Zeit, um mich zu sortieren. Ich weiß gar nicht mehr, wer ich wirklich bin. Immer ging es nur um die Kinder. Oder um Julius.«

Ich hielt an und blickte über die Isar. Vereinzelte Grüppchen sonnten sich am Ufer. Mein rechtes Ohr summte. Scheiß Wischnewski.

»Vielleicht studiere ich irgendetwas.«

»Du hast gar kein Abitur, Anna«, warf ich ein, »und du hast die Kinder gewollt. Oder nicht?«

»Ich könnte eine Ausbildung zur Heilpraktikerin machen«, sagte sie, ohne auf meine letzte Frage einzugehen, »dafür braucht man kein Abitur. Hauptsache ich tue etwas Sinnvolles! Ich habe es so satt, nur die bescheuerte Hausfrau zu sein.«

Ich nickte, obwohl sie mich gar nicht sehen konnte. Ich hatte festgestellt, dass ich in letzter Zeit sogar bei Dialogen im Fernsehen oft zustimmend nickte. Sehen durfte das keiner. Manchmal sprach ich auch die Dialoge mit. Was fast noch schlimmer war.

»Und ich habe es satt, schlechten Sex zu haben. Ich glaube, ich melde mich bei einem Datingportal an. Oder kannst du mir einen Swingerklub empfehlen? Ich hätte wahnsinnig gerne mal Sex mit zwei Männern gleichzeitig.«

Sie hörte sich richtig aufgekratzt an.

»Ich war noch nie in einem Swingerklub«, gab ich zu.

»Schade! Du, Cressi, wie lange brauchst du noch nach Hause? Ich glaube, Schröder muss dringend raus …«

Ich spendierte Schröder eine Glücksente ohne Soße und mir ein veganes Bamigoreng. Ich aß es missmutig auf den Stufen zum Imbiss. Ich hatte nicht einmal Lust, mit der alten Chinesin zu reden. Allerdings hatte ich das Gefühl, dass sie mich hin und wieder besorgt ansah, wenn sie gerade von ihrem Sudoku aufblickte. In Filmen war das der Moment, in dem das Leben der Protagonistin eine positive Wendung nimmt. Der absolute Tiefpunkt. Ich überlegte, ob ich das Ding mit dem absoluten Tiefpunkt vorher schon einmal so empfunden hatte. Vielleicht hatte ich das. Aber nicht so intensiv. Dies war ein wirklich intensiver Tiefpunkt.

Lucinda Beckett kam mit ihrem Rad vorbei, stieg ab und lehnte es gegen das Schrottklapprad.

»Na«, sagte sie.

»Ich fühle gerade einen intensiven Tiefpunkt«, sagte ich.

»Oh. Ist das so ungefähr wie ein intensiver Höhepunkt? Nur andersherum?«

Sie setzte sich interessiert neben mich.

»So ungefähr«, nickte ich.

»Das ist cool. Wie fühlt sich das an?«, wollte sie wissen.

»Absolut beschissen.«

»Cool.«

»Du wohnst jetzt mit Eva und Anna zusammen.«

»Und du?«

Ich zuckte mit den Schultern.

»Ich suche mir was Neues. Vorübergehend. Ich bin ja noch jung. Und flexibel.«

»Ich hatte gerade Sex mit meinem Literaturprofessor«, wechselte sie das Thema. Lucinda Beckett war so unkompliziert. Das liebte ich wirklich an ihr.

»Und?«

»Es hat Vor- und Nachteile. Ältere Männer machen sich nichts aus Schambehaarung.«

Das war tatsächlich in ihrem Fall ein unschlagbares Argument.

»Sie zucken nicht mal. Nichts von wegen: Äh, hast du da nicht etwas vergessen? Oder so. Die sind das einfach gewohnt. Aus den Neunzigern. Sie sind härter im Nehmen.«

»Da hat man sich doch auch schon rasiert.«

»Dann kennen sie es von ihren Müttern«, überlegte Lucinda. »Andererseits wollen sie immer gleich eine Beziehung. Sie sind verzweifelt. Am Ende. Kurz vor dem Durchdrehen.«

Vielleicht nahmen sie deswegen krasse Schambehaarung in Kauf. Weil sie verzweifelt waren. Am Ende. Mit dem sicheren Tod vor Augen schreckte man auch vor Schambehaarung nicht zurück.

»Ich kann keinen Respekt vor verzweifelten Männer haben«, sagte Lucinda, »das geht einfach nicht. Die haben ihr Leben gelebt, verstehst du? Und dann fällt ihnen ein: Boah, das war ja alles der totale Bullshit. Warum bin ich verheiratet? Warum habe ich Kinder? Warum war ich noch nie im Puff?«

Ich nickte.

»Und das Abgefahrene ist, jeder von ihnen denkt im

Ernst, er wäre der Einzige, der alles falsch gemacht hat und Grund hat, komplett verzweifelt zu sein. Das ist eine ganz spezielle Männeregozentrik. Total faszinierend und irgendwie traurig. Sie sind nicht in der Lage, sich selbst nicht als Mittelpunkt von allem zu sehen. Darüber muss man als Frau erst mal wegkommen. Ich meine, mir ist es egal. Ich geh nur mit ihm ins Bett. Aber seine Frau muss sich jetzt anhören, dass sie an seiner Misere schuld ist.«

Das waren die meisten am Stück hintereinandergesprochenen Sätze, die ich jemals von Lucinda gehört hatte. Sie war keine Freundin weitschweifiger Kommunikation.

»Du solltest aufhören, deinen Prof zu vögeln«, riet ich ihr. »Er scheint ein Arschloch zu sein.«

»Aber auch irgendwie süß. Auf eine komische Art. Also ich meine, komisch im Sinne von sonderbar. Und sein Penis ist so verschrumpelt. Wie ein kleiner alter Zwerg. Sogar im erigierten Zustand.«

Na, das machte doch richtig Lust auf das Alter. Ich schob ihr mein Bamigoreng hin, und sie nahm einen Bissen. Irgendwie hatte ich keinen Hunger. Was selten vorkam. Normalerweise schlugen mir meine Probleme nicht auf den Magen. Vielleicht war es aber auch der Gedanke an verschrumpelte Penisse gewesen, der mir den Appetit verdorben hatte.

»Ich finde, du solltest endlich wieder Sex haben«, sagte Lucinda mit vollem Mund.

»Spinnst du? Ich habe jetzt sieben Monate durchgehalten!«

»Und wohin soll das führen?«, wollte sie wissen.

»Wie meinst du das?«

»Worauf läuft das hinaus? Was willst du damit erreichen?«

»Ich will ein glücklicher, ausgeglichener Mensch werden.«

»Ohne Sex?«

»Mit Sex hat es schon mal nicht funktioniert.«

Lucinda kratzte mit der Gabel auf meinem Teller herum. Schröder döste in der Sonne. Die Alte hatte sich wieder in ihr Sudoku vertieft. Vielleicht sollte ich mir auch ein Hobby suchen. Zum Beispiel Seidenmalerei oder Töpfern. Oder Makramee. Ich hatte vor Kurzem in Schwabing ein kleines Atelier gesehen, das Makrameekurse anbot. Ich stellte es mir plötzlich sehr erfüllend vor, Wandbehänge aus Wolltroddeln zu flechten.

»Das habe ich noch nie verstanden.«

»Es ist einfach nicht gut, mit so vielen Männern Sex zu haben.« Ich hörte selbst, dass ich wie eine Schallplatte mit Sprung klang.

»Wer sagt das?«

»Lindholm«, brummelte ich.

»Dein Lindholm hat einen Knall«, mutmaßte Lucinda. »Ich kann Therapeuten nicht leiden. Noch nie konnte ich die leiden. Einer hat mal zu mir gesagt, ich wäre eine soziale Katastrophe.«

»Ich hatte permanent ein schlechtes Gewissen. Es war nicht fair den Männern gegenüber, die sich eine Beziehung gewünscht haben.«

»Moment. Du hattest ein schlechtes Gewissen, weil du Spaß hattest?«

»Was ist falsch daran?«

Wir schwiegen und starrten beide die Straße hinunter. Lucinda brauchte oft ziemlich lange, bis sie sich zu irgendetwas äußerte. Das konnte mitunter Wochen dauern. Wenn man gar nicht mehr damit rechnete, spuckte sie plötzlich eine Antwort aus.

»Deine Frage ist falsch«, sagte sie schließlich. »Es ist einfach in Ordnung, Spaß zu haben. Wofür haben unsere Mütter gekämpft? Und die Jungs hatten doch wohl auch Spaß. Ich verstehe das Problem nicht.«

Ja. Der Einzige, der mein Problem verstand, war Lindholm.

»Du solltest mit Mika Sex haben«, sagte Lucinda.

»Das sollte ich nicht.«

»Er ist gut im Bett.«

»Ich habe morgen ein Tinder-Date«, sagte ich.

Ich fühlte mich wie eine Rebellin. Noch hatte ich nicht entschieden, ob ich Lindholm davon erzählen sollte. Er würde ausrasten. Innerlich.

Lucinda zuckte mit den Schultern.

»Ich treffe mich mit ihm im Tapas. Er ist eher der romantische Typ. Hat er gesagt.«

»Musst du wissen«, sagte Lucinda und stand auf. Sie gab mir den Teller zurück und machte sich auf den Heimweg.

#nohashtag

Ich fuhr mit dem Klapprad zum Evvie's. Schröder trottete hechelnd hinterher. Ich trat wirklich langsam in die Pedale, aber erntete trotzdem böse Blicke von Passanten.

Ich hatte das nicht groß durchdacht oder geplant, sondern wusste einfach keinen anderen Ausweg. Irgendwo musste ich ja schließlich hin. Ich hatte Glück. Wischnewskis Kellertüre war zu, was bedeutete, dass er nicht da war. Die Kellertüre stand nämlich selbst im Winter die ganze Zeit offen, außer er war nicht zu Hause. Ich sperrte auf und nahm Schröder und das Klapprad mit hinein. Dann schloss ich hinter mir zu und drehte das Schild wieder auf »Geschlossen«. Irgendjemand musste bei meinem letzten Besuch die »Geöffnet«-Seite nach draußen gewendet haben. Womöglich Mika. Natürlich hätte sich normalerweise ohnehin hier niemand hierher verirrt. Das Evvie's war ja schon seit Jahren zu. Aber ich hatte die Nase voll von ungebetenem Besuch, und was war schon normal.

Die Stille war wunderbar. Ich wanderte in die Küche. Die Sonne schien schräg durch die Sprossenfenster und ließ Staubpartikel tanzen. Ich machte ein Foto und postete es auf Insta. Mir fiel kein Hashtag dazu ein. Mein Gehirn war wie leer gefegt. Das hätte mir zu denken geben müssen. Schröders Krallen klackerten auf dem Steinboden. Er streckte sich unter dem Tisch aus. Ich schloss die Augen und stellte mir vor, wie Stimmengewirr aus dem Schankraum drang. Ich stellte mir Mutters Stimme vor, wie sie irgendwelchen Mist mit einem der Gäste redete. Ich stellte mir ihr Lachen vor. Sie konnte unglaublich laut und herzlich lachen. Ich stellte mir vor, dass ich zurück in meinen dünnen elfjährigen Körper schlüpfen könnte.

Mein Handy vibrierte, und ich ging ran. Es war Lindholm.

»Ich konnte Sie nicht erreichen«, sagte ich.

»Sie hören sich gut an.«

»Ich höre mich beschissen an«, schnauzte ich, »Sie sind ein Lügner.«

»Ich stelle fest, dass Sie eine schwierige Situation aus eigener Kraft durchgestanden haben.«

»Ach so. Das war eine therapeutische Maßnahme«, stellte ich fest.

Ich hatte das Gefühl, mein Kopf explodierte gleich.

»Genau. Diese Erfahrung war wichtig für Sie«, sagte Lindholm sanft.

»Diese Erfahrung war absolut unnötig. Sie glauben nicht, welchen Mist ich schon ganz allein durchgestanden habe!«

»Ich war am anderen Ende der Leitung. Ich habe Sie atmen hören. Sie waren nicht allein.«

»Ach. Und mein Atem hat sich positiv angehört, oder

wie? Woher wussten Sie, dass ich mich nicht vor den nächsten Zug werfe? Das haben Sie vermutlich an meinem Atem gehört?«

»Catterberg. Sie sind niemand, der Suizid begeht.«

»Woher wollen Sie das wissen?«

Ich konnte ihn seufzen hören. Ich drückte nachdrücklich das Gespräch weg. Idiot. Das Handy vibrierte erneut.

»Lindholm.«

»Sind Sie in einem Funkloch?«

»Nein. Ich habe aufgelegt.«

»Wussten Sie, dass narzisstische Persönlichkeiten die höchste Selbstmordrate haben?«

»Nein«, brummelte ich.

»Ihre Mutter hatte eine ausgeprägte narzisstische Persönlichkeitsstörung. Sie dagegen haben eine histrionische Persönlichkeitsstörung mit leichten paranoiden Zügen.«

»Das hört sich toll an.« Ich versuchte, ihn nicht anzublaffen. Was sollte das jetzt wieder sein?

»Menschen mit einer histrionischen Persönlichkeitsstörung bringen sich eher selten um. Sie haben trotz ihrer Probleme noch zu viel Freude am Leben.«

»Ich habe momentan null Freude am Leben!« Jetzt blaffte ich ihn doch an. »Ich bin quasi obdachlos. Ich wohne mit Schröder in einem alten Bistro. Ich habe keinen Fernseher. Und keine Dusche. Ich würde gerne *How I Met Your Mother* gucken und Tortilla-Chips mit Käse essen. Stattdessen habe ich Ohrgeräusche.«

»Sie stehen das durch.«

Lindholm legte auf, im selben Moment klopfte es am

Fenster. Phil und Mika lugten durch die Scheibe. Ein Dream-Team. Ich öffnete die Hintertür, und sie polterten herein.

»Für den kann ich nichts«, Phil deutete auf Mika. »Er ist vorne an der Straße herumgelungert. Ich kenne ihn nicht.«

»Unsere Wohnung wird von furchtbaren Frauen überrannt«, sagte Mika.

Ich musste lachen.

»Sie haben mich gezwungen, die Küche aufzuräumen. Und das Bad zu putzen. Da bin ich abgehauen.«

Ich machte eindeutig was falsch. Warum war mir das nicht früher eingefallen? Männer, die man zur Arbeit heranzog, waren so schnell weg, so schnell konnte man nicht blinzeln.

»Ich habe einen trockenen Roten dabei«, sagte Phil und holte eine Flasche Wein aus seiner Umhängetasche. »Ich habe mir Sorgen um dich gemacht.«

»Schon gut.«

»Ich weiß.« Phil stellte die Flasche auf den Tisch und holte Flaschenöffner und Gläser.

»Wie war die Einäscherung?«, wollte Mika wissen.

»Ach, nichts Besonderes. Wie Einäscherungen eben sind. Viel Lärm um nichts.«

»Sie untertreibt. Es war grauenhaft«, warf Phil ein. »Das morbideste Szenario, das man sich vorstellen kann. Wenn ich tot bin, will ich auch eine Einäscherungsparty. Ich will, dass Rammstein auftritt. Aber wahrscheinlich sind die da schon tot.«

»Du bist ein Arsch.«

»Das hast du noch nie zu mir gesagt. Aber wahrscheinlich stimmt es. Wenn man eine Einäscherungsparty schmeißt, kann man sicher sein, dass danach alle Beteiligten komplett verstört sind. Ihr habt alle ausgesehen, als würdet ihr am liebsten schreiend davonlaufen. Außer deine Tante Maggie vielleicht.«

»Meine Mutter hätte es geliebt!«, sagte ich.

Sie hätte sich die Hände gerieben vor Vergnügen. Sie in einem Harald Glööckler-Kleid und alle anderen am Rande des Nervenzusammenbruchs. Sie liebte Drama über alles. Wenn es ihr irgendwie gelang, ein Fest ins Chaos zu stürzen, war sie in ihrem Element. Bei jeder Hochzeit, auf der ich sie erlebt habe, trug sie ein weißes Kleid und sah besser aus als die Braut. Wenn ich geheiratet hätte, ich hätte sie zu hundert Prozent nicht eingeladen, weil sie es mit Sicherheit geschafft hätte, mir die Party zu versauen.

»Ich habe dein Gespräch am Balkon belauscht«, gab Mika zu.

»Mit Lindholm?«

Er zuckte mit den Schultern.

»Was weiß ich. Es ging um deine Mutter.«

Phil schenkte uns Wein ein.

»Auf deine Mutter!«

Wir prosteten uns zu. Der Wein benebelte sofort meinen Kopf. Das war ein wunderbarer Effekt, wenn man vor sechs Uhr mit dem Weintrinken anfing.

»Komm gut über die Regenbogenbrücke!«, sagte Phil überschwänglich, als wären wir kleine Kinder.

»Ich glaube nicht, dass deine Mutter dir deine Erinnerungen versauen will«, sagte Mika.

Ich runzelte die Stirn.

»Sterben ist nicht so einfach, hat meine Yiayia immer gesagt.«

»Was meinst du damit?«, wollte ich wissen. »Und wer ist deine Yiayia?«

»Meine Großmutter.«

Ich war sofort neidisch, dass Mika eine Yiayia hatte, die ihm Dinge über das Leben erzählte, während ich meine Weisheiten von der Alten aus der Imbissbude bezog. Die wiederum einfach das wiederkäute, was sie von einem Wandkalender aus dem Jahr 1998 ablas. Meine eigene weibliche Verwandtschaft konnte ich in dieser Hinsicht völlig in die Tonne kloppen. Die gab nur völlig unbrauchbares Zeug wieder.

»Ich weiß das auch nicht so genau. Aber sinngemäß meinte sie, dass man sich vorher die Dinge so zurechtlegt, dass man sich dann, wenn es so weit ist, sicher fühlt.« Mika nahm einen Schluck Wein und sah mir tief in die Augen. Ich hätte mein geilstes Paar Stilettos verbraten, um seine Yiayia kennenzulernen.

»Du meinst, sie hat diesen ganzen Quatsch angeordnet, weil sie Angst hatte?«, fragte ich. Durch den weinbetüdelten Nebel spürte ich, wie irgendetwas in mir hinunterfiel, als hätte ich mich umgedreht und mit dem Ellbogen eine Kaffeekanne vom Tisch gefegt. Eine, die randvoll war.

»Alle haben vor dem Sterben Angst«, nickte Phil.

Ich stand auf und ging ans Fester. Draußen liefen Katzen zwischen den Mülltonnen herum und jagten einander über den Hinterhof. Vielleicht sollte ich ihnen ein Schälchen Milch hinstellen, wenn ich wiederkam.

»Für deine Mutter war das kein Quatsch. Sie wollte

die Kontrolle behalten. Das hat ihr wahrscheinlich Kraft gegeben«, sagte Mika.

»Das würde deine Yiayia sagen?« Ich drehte mich um und schluckte an dem Kloß, der sich in meinem Hals breitmachte.

»Meine Yiayia ist eine kluge Frau«, sagte Mika und grinste.

#familyversusfriends

Am nächsten Morgen wachte ich mit einem ausgewachsenen Kater auf. Mein Mund war trocken, und als ich den Kopf hob, sah ich, dass ich zwischen Phil und Mika hinter dem Tresen lag. Ich hatte meinen Kopf in Mikas Armbeuge vergraben, und meine Beine lagen quer über Phils Bauch. Schröder saß hechelnd vor mir und wedelte mit dem Schwanz. Ich rappelte mich auf und zapfte ein großes Glas Wasser aus dem Hahn. Dabei checkte ich meine Nachrichten.

Maggie: »*10.30 Uhr Nachbesprechung Einäscherung bei Bärbel. Anwesenheitspflicht.*«

Eva: »*Dein Kühlschrank ist leer, Cressi!!!*«

Anna: »*Ich nehme nachmittags die Kinder mit zu dir. Du hast doch nichts dagegen, ist nur für ein oder zwei Stündchen.* ☺☺☺«

Violetta: »*Ich bringe Schichtsalat mit.*«

Bärbel: »*Untersteh dich!*«

Phil: Mehrere Schnappschüsse, in denen ich entweder mit meinem Kopf auf dem Tresen liege oder aussehe, als wäre ich total durchgeknallt.

Ich löschte die Fotos und sah auf die Uhr. Viertel

nach neun. Ich schnappte mir meine Tasche und Schröders Leine.

Lindholm hatte mal gesagt, manchmal gebe es keinen anderen Weg, als den Kontakt zu einer narzisstischen Persönlichkeit abzubrechen. Als ich so mit Schröder im Schlepptau die Straße zum nächsten Taxistand hinunterlief, fragte ich mich, ob es wohl möglich wäre, den Kontakt zu seiner kompletten narzisstischen Familie abzubrechen. Diese Vorstellung löste in mir ein unglaubliches Hochgefühl aus. Zugegeben, Lindholm hatte nicht nur Mist erzählt. Manchmal war er ganz schön clever. Ich musste kurz stehenbleiben und tief Luft holen. Mehr Sport wäre auch nicht schlecht. Mehr Sport und weniger Familie. Vielleicht wäre das die Lösung meiner Probleme. Ich könnte in eine andere Stadt ziehen. Oder noch besser in ein anderes Land. Mir fiel spontan Griechenland ein. Und Mikas Yiayia.

Ich könnte mit Mika nach Griechenland abhauen. Bestimmt führte seine Yiayia so eine alte, abgeranzte Taverne in Weiß-Blau, in der ständig Sirtaki getanzt wurde. Vor einer Kulisse wie aus *Mamma Mia!*. Den Film hatte ich ungefähr hundert Mal gesehen, obwohl ich normalerweise Filme, in denen gesungen wurde, hasste.

Bärbel wohnte in einer Dreizimmerwohnung in Harlaching. Ihr Mann war vor einigen Jahren gestorben, seitdem pflasterte sie ihr Zuhause mit Fotos von ihm. Ich fand das ganz schön schräg, weil ich immer das Gefühl gehabt hatte, dass sie ihn nicht einmal wirklich gemocht hatte, als er noch lebte. Er war von einem einfahrenden Zug erfasst worden, als er ein Gleis überqueren wollte.

Kein schöner Anblick, hatte Tante Maggie gesagt.

Wahrscheinlich war es Absicht, hatte meine Mutter gesagt.

Wieder einmal waren Schröder und ich die Letzten. Ich musste Schröder im Flur lassen, weil Tante Bärbel keine Haare und keinen Sabber auf ihren Teppichen haben wollte.

Bevor ich zu den anderen ins Wohnzimmer ging, machte ich einen Abstecher ins Badezimmer. Ich klatschte mir Wasser ins Gesicht und sprühte mir Bärbels Deo unter die Achseln, was ich sofort bereute. Es roch nach 4711. Na ja, es war 4711. Ich wusste gar nicht, dass irgendwer dieses Zeug noch benutzte. Also jemand, der noch am Leben war. Ich fühlte mich noch grauenhafter als zuvor und erwog, mich einfach auf die Toilette zu setzen und dort die nächsten Stunden zu verpennen.

Langsam gingen mir diese Treffen auf den Keks. Mich hielt nur der Gedanke aufrecht, dass es nach der Beerdigung keinen Grund mehr für Familientreffen geben würde. Nach der Beerdigung würde ich in ein fernes Land auswandern. Ich könnte Reisebloggerin werden. Damit schlug ich mehrere Fliegen mit einer Klappe. Ich würde knallbraun sein, immer in geilen Hotels absteigen und meine Familie vergessen. Warum war ich da nicht früher draufgekommen. Ich rappelte mich auf und lief ins Wohnzimmer. Die Fotos waren echt belastend. Vor allem, wenn man sich die halbe Nacht um die Ohren geschlagen hatte.

Ich setzte mich zwischen Anna und Eva.

»Wie läuft es mit deiner Diät«, sagte Violetta zu Bärbel.

Tante Bärbel schüttelte bloß den Kopf.

»Komm bloß nicht auf die dumme Idee, die Beerdigung zu verschieben«, sagte Tante Maggie.

Den Gedanken hatte ich auch.

»Ist schon gut. Ich habe mir Shapewear aus dem Internet bestellt«, sagte Bärbel, »da kann man sich den Aufwand sparen. Das Zeug ist fantastisch. Macht einen optisch locker drei Kilo dünner.«

»Wunderbar! Wie heißt die Seite?«, wollte Tante Maggie wissen.

»Wonderwoman. Kommt aus Amerika.«

»Wir haben heute mehrere Punkte auf unserer Agenda. Fangen wir mit dem Evvie's an. Wie läuft es damit, Cressi?«, wandte sich Maggie an mich.

»Was meinst du damit. Wie soll es laufen?«, wollte ich wissen.

Ich fühlte mich komplett zerknittert. Innerlich wie äußerlich. Ich hatte Mikas Brustabdruck im Gesicht. Innerlich war ich verkatert. In nicht nur einer Hinsicht. Ich hatte das Gefühl, ich schrammte mit Mikas Brustabdruck in meinem Gesicht haarscharf am Abgrund vorbei.

»Hast du das Mobiliar schon veräußert?«

»Ich werde das Mobiliar nicht veräußern«, sagte ich. Ich sagte das einfach so, ohne zu überlegen.

»Darf ich fragen, warum?« Tante Maggie sah mich scharf an.

»Weil ich keine Lust darauf habe.«

»Keine Lust. Kind, da geht es nicht um Lust. Das

Bistro steht schon viel zu lange leer.« Violetta sah mich auch scharf an, aber mehr gewohnheitsmäßig. Wenn man sein Leben lang mit Kindern arbeitet, kriegt man diesen durchdringenden Blick nicht mehr los. Er brennt sich regelrecht ins Gesicht ein.

»Das sehe ich auch so«, stimmte ich Violetta zu, »deswegen werde ich es wiedereröffnen!«

In Bärbels Wohnzimmer wurde es so still, dass man Schröder vor der Türe hecheln hören konnte. Oder waren es Kaugeräusche?

Mann, was war das für eine Scheißidee. Aber in diesem Moment konnte ich nicht anders. Lindholm hätte dafür bestimmt irgendein psychisches Krankheitsbild finden können. In absurden Situationen aus Protest absurde Dinge ankündigen.

»Das ist nicht dein Ernst, Schätzchen!«, sagte Maggie schließlich. »Für das Bistro hast du zu wenig Mumm in den Knochen. Deine Mutter hat gearbeitet wie ein Tier. Das schaffst du nicht. Niemals. Dazu muss man ein anderes Kaliber sein.«

»Dafür hast du nicht das Durchhaltevermögen«, assistierte Tante Bärbel, »und du kannst ja nicht einmal kochen.«

»Und denk an deine Schulzeit!« Violetta hob den Zeigefinger.

Warum sollte ich an meine Schulzeit denken? Ich war fast nie da? Stattdessen war ich mit meiner damaligen besten Freundin durch die Stadt gezogen.

»Was hat das mit meiner Schulzeit zu tun?«, fuhr ich sie an.

»Tante Violetta meint, dass du mit einem so schlechten Abitur auch kein Bistro führen kannst«, half mir Eva auf die Sprünge, »weil dir die Grundlagen fehlen.«

»Welche Grundlagen denn?« Ich konnte allerdings nicht verhindern, dass meine Stimme einen etwas hysterischen Unterton bekam.

»Sie meint das Grundwissen. Mathematik und so«, sagte Eva. »Wie willst du denn die Buchhaltung in den Griff bekommen ohne Mathematik.«

Ich ignorierte diesen Einwand.

»Mutter hat nichts davon gesagt, dass sie das Bistro auflösen will. Im Gegenteil. Wenn sie das gewollt hätte, dann hätte sie es längst tun können. Ich werde mich mit Anna und Eva wegen des Erbes einigen und das Evvie's übernehmen.«

»Deine Mutter hat das Evvie's einfach verdrängt«, sagte Maggie. »Sie hat die Türe abgesperrt und so getan, als wäre es nicht mehr da.«

»Du könntest ein Müttercafé eröffnen!«, strahlte mich Anna an. »Du weißt schon, so eines, wo viel Platz für Kinderwagen ist und die Mütter schon vormittags Prosecco trinken können. Ich habe mich immer darüber geärgert, dass man seinen Kinderwagen in einem normalen Café nie ordentlich abstellen kann.«

Ich sah sie nur böse an. Gings noch? Müttercafé? Lieber machte ich einen Stripteaseclub aus dem Laden. Oder irgend so ein Dingsbums für Rollenspieler oder Mittelalterfreaks. Und ich hasse Mittelalterfreaks. Sie kamen gleich hinter Donald Trump und Verschwörungstheoretikern.

»Das Evvie's ist viel zu klein für Kinderwagen!«, betonte ich.

»Du solltest über eine Spielecke nachdenken. Oder ein Bällebad!«

»Ich glaube, Cressi hat kein Bällebad im Kopf«, unterbrach Eva Annas Begeisterung, »aber es könnte ein Literaturcafé werden. So etwas könnte ich mir wirklich vorstellen.«

»Wie wäre es mit einem Bistro, in dem man etwas Vernünftiges zu essen bekommt?«, sagte ich bissig.

»Was hast du gegen ein Literaturcafé?«

»Ich habe was gegen Autoren«, sagte ich. »Apropos. Hat Holger jetzt das Manuskript abgegeben?«

Eva schnitt eine Grimasse.

»Wir sollten darüber abstimmen«, schlug Bärbel diplomatisch vor, und alle außer mir nickten.

Mir wurde klar, dass der Moment am Tag vorher, als ich mit Schröder und Lucinda vor dem Chinaimbiss gesessen hatte, gar nicht mein absoluter Tiefpunkt gewesen war. Das Schlimme war, man wusste einfach nie, wie viel Luft noch nach unten war. Aber dieses Mal war ich verdammt nahe dran. Das spürte ich ganz deutlich.

»Also. Wer ist dafür, dass Cressida das Bistro behält?« Maggie schaute erwartungsvoll in die Runde.

Annas Arm schoss nach oben. Evas Arm hob sich eher zögerlich.

»Und wer ist dagegen?«

Violetta wäre am liebsten aufgesprungen, das sah ich ihr an. Meine Tanten hoben ihre Arme.

»Ich denke, die Sache ist damit klar!«, sagte Violetta.

»Was heißt da klar?«, brauste ich auf. »Ich habe nicht mit abgestimmt.«

»Du darfst nicht mit abstimmen, schließlich geht es um dich!«, behauptete Maggie.

»Was sollen denn das für Scheißregeln sein!« Ich schob meinen Stuhl zurück und riss die Tür zum Flur auf. Schröder sprang schuldbewusst auf. Er hatte gerade an einem von Tante Violettas Schuhen genagt.

»Komm, Schröder«, sagte ich, »wir gehen.«

#Tinderdate
#Tapasbar
#noshame

Ich hatte schon ewig kein Date mehr gehabt. Wirklich ewig. Das letzte war mit einem Typ gewesen, der sich von seiner Freundin getrennt hatte, weil er Kinder wollte und sie nicht. Das beim ersten Date zu erzählen, ist nicht nur unklug, es ist dämlich. Was soll ich sagen, wir kamen nicht über den ersten Drink hinaus. Mit so einem Kerl ins Bett zu steigen wäre komplett wahnsinnig. Man konnte sich ja fast sicher sein, dass er die Kondome manipuliert hatte. Lucinda hatte damals zu mir gesagt, ich sei paranoid. Ich finde, ich verfüge nur über ein gesundes Maß an Vorsicht. Man sah ja an Anna, was einem sonst passieren konnte. Die hatte drei Kinder, und ich würde meinen Arsch darauf wetten, dass die Yogatante auch bald drei Kinder haben würde. Es gibt Männer, die denken, die Welt braucht ihr Genmaterial, und zwar am besten weit gestreut.

Ich hatte mich für den Typ entschieden, der in seinem Profil angegeben hatte, er wolle nur vögeln. Wenn ich Sex hatte, dann sollte es auch nur Sex sein. Mehr nicht. Na gut. Es konnte auch Trotzreaktionssex sein. Trotzreaktion deswegen, weil ich damit eindeutig Lindholm hinterging und mir selbst beweisen würde, dass ich lieber mit einem Tinder-Date ins Bett stieg als mit Mika.

Etwas stutzig machte mich, dass der Typ das Tapas vorgeschlagen hatte, mit dem Kommentar, er sei eher der romantische Typ. Konnte man romantisch sein und nur vögeln wollen? Männer funktionierten ja eher eindimensional. Warum standen Männer auf Rocky und auf Bruce Willis in *Stirb langsam*? Weil sie sich mit eindimensionalen Stereotypen prima identifizieren konnten. Ich war mir sicher, dass Frauen so einen Spagat zwischen »romantisch« und »nur vögeln« mühelos auf die Kette kriegen konnten. Die konnten auch blond sein, French Maniküre tragen und abends zum Thaiboxen gehen. Nur ein Beispiel. Ich war da eher straight. Glaubte ich von mir. Straight total neben der Spur. Das war auch eine Richtung.

Mein Telefon vibrierte, und Phil war dran.

»Süße, wo bist du?«

»Auf dem Weg zu meinem Tinder-Date.«

Ich stöckelte mit Schröder die Clemensstraße hinunter. Ich liebte diese Schuhe. Es waren diese Art von High Heels, in denen Füße unbeschreiblich elegant und sexy aussahen, und gleichzeitig konnte man mit ihnen über glühenden Asphalt laufen. Ich glaube, das ist der Grund, warum Frauen so verrückt nach High Heels sind.

»Ah. Sag mal, deine Schwester will wirklich ein Kind von mir?«

Ich blieb stehen und lehnte mich mit dem Rücken gegen eine Litfaßsäule. Vielleicht hätte ich meine Zehen in einem dunkleren Rot lackieren sollen.

»Hat sie dich gefragt?«, wollte ich wissen.

»Ja. Sie hat mich angerufen und mir irgendetwas von einer Umstülpmethode erzählt.«

Er interpretierte mein Schweigen als Frage.

»Der Mann ejakuliert in ein Kondom, und die Frau führt es dann umgestülpt in ihre Vagina ein. Soll ganz gut funktionieren. Ich habe das gegoogelt.«

»Mir wird schlecht, Phil. Ich muss mich gleich übergeben. Ich habe heute noch nichts in den Bauch bekommen.«

»Du findest Sperma ekelhaft? Nicht dein Ernst!«

»Ich finde den Gedanken an Umstülpmethoden ekelhaft.«

Irgendetwas in mir wollte mit solchen Praktiken nichts zu tun haben.

»Du diskriminierst Schwule und Frauen ohne Partner«, warf mir Phil vor.

»Ich diskriminiere niemanden. Ich will nur nicht darüber reden.«

»Du denkst also, jeder kann machen, was er will, solange du nichts davon erfährst.«

Ich wusste, worauf diese Diskussion hinauslaufen würde. Es gab Tage, an denen suchte Phil einfach Streit. Was man auch sagte, er drehte es so lange herum, bis man mit dem Rücken zur Wand dastand. Oder zur Litfaßsäule.

»Was willst du von mir, Phil?«, sagte ich ungeduldig.

»Ich mache mir nur Gedanken, ob ich Vater werden will oder nicht. Ich habe darüber noch nie nachgedacht. Aber vielleicht ist es keine dumme Idee.«

»Das ist nicht dein Ernst. Natürlich ist das eine dumme Idee! Meine Schwester ist nicht ganz dicht. Das überträgt sich auf das Kind. Ungelogen. Das Kind wird hässlich und gestört. Mach dich nicht unglücklich.«

Ich war mir sicher, Phil fühlte sich nur geschmeichelt, weil sie ihn gefragt hatte. Er war ein durch und durch eitler Typ. So gern ich ihn hatte.

»Sie hat gesagt, ich müsste mich nicht um das Kind kümmern.«

»Wenn du wissen willst, wie schrecklich Nachwuchs aus unserer Familie ist, sieh dir Annas Kinder an.«

»Mein Kind wäre nicht schrecklich«, behauptete Phil.

Das glauben sie alle.

»Phil. Tu es einfach nicht.«

»Wo ist denn dein Date«, sagte er beiläufig.

»Im Tapas, und ich bin schon spät dran.« Ich drückte das Gespräch weg und legte einen Zahn zu.

Nein, ich würde Eva nicht zur Rede stellen. Nein, mich ging das alles nichts an. Ich wollte gar nicht wissen, was sie in meiner Wohnung trieb. Himmel, ich musste sie aus der Wohnung werfen, bevor sie die Umstülptechnik in meinem Bett praktizierte.

Aber in erster Linie musste ich mich auf das konzentrieren, was vor mir lag. Und zwar ein Date mit einem Typ, der bestimmt der Hammer war.

Ich erkannte ihn sofort, weil er an dem vereinbarten Tisch links neben der Bar saß. Er sah null aus wie auf seinem Tinder-Profil. Ich hasse es, wenn Typen falsche Bilder auf ihrem Profil verwenden. Ich hasse es, wenn ich verarscht werde. Wenn ich im Internet ein T-Shirt bestelle, will ich keine kurze Hose geschickt bekommen. Wobei er nicht schlecht aussah. Kurz rasierte Haare, kleine Brille, vielleicht etwas schlaksig. Er hätte es nicht nötig gehabt, falsche Bilder zu posten.

»Hey«, sagte ich und setzte mich ihm gegenüber an den Tisch. »Entweder du hast dein Tinder-Profil gefaked, oder du sitzt am falschen Tisch.«

»Bist du immer so direkt?«, wollte er wissen.

»Stört es dich?«

Er zuckte mit den Schultern.

»Ich mag die klassische Rollenverteilung. Wenn du verstehst, was ich meine.«

Ich staunte so sehr, dass mir darauf nichts einfiel. Was sagte man zu so einem Kerl.

»Also was ist jetzt. Warum siehst du nicht aus wie auf deinem Profilbild?«, wollte ich wissen.

»Ich benutze immer Fake-Bilder.«

»Weil du verheiratet bist«, mutmaßte ich.

»Himmel, nein, ich will nur vögeln. Und ich will nicht auf der Straße erkannt werden!«

»Bist du ein C-Promi?« Ich musterte ihn mit zusammengekniffenen Augen. Vielleicht kannte ich ihn vom *Dschungelcamp*. Oder vom *Bachelor*. Ab und an gucke ich solchen Mist. Wenn gerade keine Serie zur Hand ist.

»Du hast auch eine andere Frisur als auf deinem Bild.«

»Also hör mal, eine andere Frisur! Soll das ein Witz sein?«

»Ich steh nicht besonders auf Undercuts.«

Ich starrte ihn einen Moment böse an. So lange, bis er entschuldigend beide Hände hob.

»Die andere Frisur hat mir besser gefallen, aber daran soll es nicht scheitern. Du scheinst witzig zu sein.«

»Danke.«

Kam da noch mehr?

»Und du hast schöne Augen. Wirklich. Deine Augen sind toll.«

Er schenkte mir ein Glas Wein ein und schob mir die Speisekarte hin.

»Und du willst also nur vögeln«, fragte ich ihn, um aufs eigentliche Thema zurückzukommen.

»Ich hasse Verpflichtungen. In einem modernen Leben haben Verpflichtungen nichts zu suchen.«

»Aha.«

»Außerdem bin ich ein wahnsinnig aktiver Typ. Ich treibe unglaublich viel Sport. Damit kommen Frauen nicht zurecht. Ich klettere, mache Triathlon und Kampfsport. Ich habe keine Zeit für eine Beziehung.«

»Wie kommst du zu dieser Einschätzung?« Ich kam aus dem Staunen nicht mehr heraus. Was war nur mit diesen Männern los?

»Frauen wollen, dass man bei ihnen zu Hause bleibt. Ist meine Erfahrung. Sorry, dass ich das so knallhart sagen muss.«

Er sah mich irgendwie bedauernd an. Als hätte ich ihm einen Heiratsantrag gemacht, den er ablehnen musste. Komischerweise fühlte es sich fast so an.

Ich wusste jetzt schon, dass ich nicht mit ihm ins Bett gehen würde. Es gab einfach Typen, die machten es mir unmöglich. Ich konnte gar nicht definieren, woran das lag. Mein Magen knurrte. Wenn ich nicht so hungrig gewesen wäre, hätte ich auf dem Absatz kehrtgemacht. Ich blätterte in der Karte herum, obwohl ich sie auswendig kannte und genau wusste, dass ich mir Patatas bravas mit Aioli, gegrillten Tintenfisch und die frittierten Sardellen bestellen würde.

Lindholm hatte wie immer recht gehabt. Diese Dates waren der letzte Mist. Was wollte ich mit dem Typen? Ich würde in der nächsten Therapiesitzung meinen Account löschen. Für immer. Oder zumindest für die nächsten Wochen.

Als ich den Blick hob, stand Mika vor unserem Tisch. Ich wusste genau, wer das eingefädelt hatte. Ich würde ein ernstes Wort mit Phil reden müssen. Schröder schoss unter dem Tisch hervor und sprang an ihm hoch. Warum mochte er Mika so? Wahrscheinlich, weil er irgendwie nach griechischem Essen roch. Oder so. Mika tätschelte seinen Kopf.

»Baby«, sagte Mika, »ich bin zu früh, ich weiß.«

Er klaute sich einen Stuhl vom Nebentisch und setzte sich.

»Äh«, sagte mein Date.

»Willst du uns nicht vorstellen?«, fragte Mika.

»Das ist Mika, das ist …« Ich hatte seinen Namen vergessen. Wie unangenehm. Ich vergaß oft Namen. Mein Kurzzeitgedächtnis war eine echte Katastrophe. Ich hatte mir angewöhnt, Namen sofort mehrmals zu wiederholen, damit ich sie besser behielt. Aber der Typ hatte mich mit seinen steilen Thesen irgendwie aus dem Konzept gebracht. Ich versuchte, einen Blick auf mein Smartphone zu werfen.

Mika sah mich fragend an.

»Marvin«, sagte mein Date, bevor es wirklich peinlich wurde. War bestimmt nicht sein richtiger Name. Aber was sollte es. Man durfte mit Tinder-Dates nicht so streng sein.

»Was willst du hier?«, fuhr ich Mika an.

»Hast du ihm die Sache schon erklärt?« Mika zwinkerte erst mir und dann Marvin zu.

»Welche Sache?« Jetzt kniff Marvin die Augen zusammen.

»Wir lernen uns gerade kennen«, fauchte ich Mika an. »Wir trinken Wein, essen was, und dann vögeln wir. Also zisch ab!«

Mika zog eine Augenbraue nach oben.

»Du hast es ihm also noch nicht gesagt?«, wollte er wissen.

»Was soll ich ihm gesagt haben?« Ich trat Mika unter dem Tisch auf den Fuß, aber er zuckte nicht einmal. Vielleicht ein bisschen.

»Du weißt also noch gar nichts davon?«, fragte Mika Marvin.

»Wovon weiß ich nichts?«

»Na das Dreierding. Wir stehen total auf dieses Dreierding.«

»Dreierding«, echote Marvin und sah zwischen uns hin und her.

»Bullshit. Mika, lass den Quatsch!«

»Sie streitet es natürlich ab. Das gehört zum Spiel,

aber in Wirklichkeit steht sie total drauf, wenn Männer, du weißt schon …«, Mika räusperte sich und zwinkerte Marvin zu, »… miteinander rummachen.«

»Das ist extrem«, sagte Marvin tonlos.

»Ich weiß. Es hat eine Zeit lang gedauert, bis ich damit zurechtkam. Aber jetzt läuft es. Solange ich der dominante Typ sein darf.«

»Nicht euer Ernst!«

»Doch!« Mika nickte ernst. »Sie ist wirklich krass. Ich habe ihr natürlich gesagt, sie muss das in ihr Tinder-Profil schreiben. Man kann die Typen damit nicht einfach überrumpeln! Das ist nicht fair. Cressi, da siehst du es, Marvin ist vollkommen verstört!«

»Er macht nur Spaß«, versuchte ich zu erklären.

»Siehst du mich lachen?«, sagte Mika zu Marvin. »Einmal im Monat ziehen wir das durch. Wir gehen in ein schäbiges Hotel, wo uns niemand kennt. Für mich war das anfangs eine ganz schöne Überwindung. Vor allem das Hotel. Aber was Besseres können wir uns nicht leisten.«

Ich musste lachen. Das hört sich jetzt seltsam an. Ich prustete los. Marvin sah mich an, als wäre ich nicht ganz dicht. Wahrscheinlich hatte er damit recht.

Ich lehnte mich in meinem Stuhl zurück und schloss die Augen. Okay. Kein Sex. Keine Calamari. Keine frittierten Sardellen. Egal.

Als ich die Augen öffnete, verließ mein Date gerade das Tapas.

»Der Typ war ein Freak«, sagte Mika, »glaub mir.«

#badwoman #goodguy

»Ah, Mann, der hat keine Angst vor böser Frau!«

Eine halbe Stunde später saßen Mika und ich in meinem Chinaimbiss. Schröder wartete wie immer vor der Türe, und die Alte unterbrach ihr Sudoku für ein veganes Pad Thai.

»Das Geheimnis ist«, sagte sie, »Leute kapieren es langsam auch. Sehr langsam, aber gibt Hoffnung.«

»Was kapieren die Leute?«, wollte ich wissen.

»Ist nicht gut, Dreck zu essen.«

»Dreck?« Wir setzten uns zu ihr an den Tresen.

»Egal. Pad Thai ist gut. Sehr gut!« Sie verschwand kopfschüttelnd in der Küche.

»Ich glaube, für uns gibt es keine Hoffnung mehr«, stellte ich fest. »Wir sind einfach zu doof für diese Welt.«

Mika grinste.

»Ich habe Neuigkeiten«, setzte ich hinzu. »Ich werde das Evvie's behalten.«

»Hey!« Mika strahlte. »Ich wusste es. Wann fangen wir an?«

»Wir?«

»Was ihr fangt an«, wollte die Alte wissen. Sie kam gerade mit einem Teller Minifrühlingsrollen aus der Küche zurück und stellte den Teller zwischen uns. »Ihr wollt doch keine Babys bekommen?«

Ihr Blick wurde streng.

»Dieses Mädchen ist nicht gut für Babys. Nicht einmal gut für Hund!«

Wir sahen zur Glastür, an der sich Schröder die Nase platt drückte.

»Nein, nein«, wollte ich sie beruhigen. »Ich werde ein Bistro eröffnen.«

Komischerweise schien sie das überhaupt nicht zu beruhigen. Im Gegenteil. Sie stemmte ihre Hände in die Hüften.

»Wo soll das sein?«, fragte sie streng.

»In der Fallmerayerstraße«, sagte ich etwas kleinlaut.

»Gute Gegend«, sie überlegte, »du solltest ein Chinaimbiss eröffnen. Ich könnte Geschäftsführer sein!«

Ich biss in eine Frühlingsrolle.

»Du brauchst gute Geschäftsführer, die hat Ahnung von Geld. Du hast null Ahnung von Geld. Immer pleite. Gibst zu viel aus, he!«

»Sie haben keine Ahnung, was das Leben hier kostet«, sagte ich.

Also mein Leben. Mit all den Taxifahrten, mit Netflix, Schröder und den Schuhen. Nicht zu vergessen, dass man ab und zu auch etwas essen musste. Ich konnte mir nicht erklären, wie andere Leute das hinbekamen. Warum gaben die kein Geld aus. Natürlich. Ich hatte Lindholm vergessen. Wenn ich Lindholm nicht seine

Eigentumswohnung finanzieren würde, könnte ich mir locker selbst eine Eigentumswohnung finanzieren. So einfach war das. Menschen, die psychisch labil sind, sind auf ganzer Ebene benachteiligt. Nicht nur dass sie sich permanent scheiße fühlten, sie hatten obendrein auch kein Geld. Dieses Desaster konnte nur noch davon getoppt werden, dass man dazu auch noch hässlich war.

»Du musst sparsam sein«, sagte die Alte, »nicht ganze Geld auf Kopf hauen.«

»Für was haust du dein Geld auf den Kopf?«, wollte Mika wissen.

»Ich haue mein Geld nicht auf den Kopf«, betonte ich. »Ich habe einfach hohe Ausgaben.«

»Für was, he? Du bist einzelne Person. Keine Kinder. Nur Hund«, sagte die Alte. »Natürlich haust du ganze Geld auf die Kopf. Für Schuhe. Klamotten. Unnützes Zeug.«

»Ihnen würden neue Klamotten auch nicht schaden«, sagte ich.

»Deine Freundin sagt, du gehst zu Therapie.« Die Alte ignorierte meinen Einwurf.

»Was sagt meine Freundin?«

»Sie sagt, du machst nutzlose Therapie.«

Das saß. Lucinda unterhielt sich hinter meinem Rücken mit der Alten über mein Leben. Wahrscheinlich erzählte sie auch dem Kaminkehrer und den Müllmännern von meinen Problemen. Wahrscheinlich erzählte sie allen, ich sollte mal wieder Sex haben.

»Du solltest mal wieder Sex haben«, sagte die Alte prompt und linste zu Mika.

Mika grinste breit.

»Diese Frau ist ein Orakel«, sagte er.

Die Alte nickte und verschwand wieder in der Küche. Wir hörten es fauchen und zischen. Wahrscheinlich schüttete sie eine Giftmischung in unser Pad Thai. Ich traute ihr alles zu.

»Ich hasse sie«, stellte ich fest. »Die Chinesen sind ein grausames Volk.«

»Ich glaube, sie mag dich. Du bist ihr richtig ans Herz gewachsen«, sagte Mika.

Die Alte kam aus der Küche zurück und knallte unser Pad Thai auf den Tisch. Es roch fantastisch.

»Er zahlt?«, wollte sie wissen.

Mika nickte.

»Guter Mann«, sagte sie. »Guter Mann für böses Mädchen.«

#talkaboutchildhood

Lindholms Outfits schwankten zwischen karibischem Strandlook und Jesus-inspirierten Hipsterklamotten. Ich hatte ihn noch nie in etwas anderem gesehen als in weißen Leinenhemden und dazu passenden Leinenhosen. Phil meinte, so etwas könne man doch nicht durchhalten. Also als Lindholm. Irgendwann drehte man durch mit all dem Weiß und hielt sich selbst für so etwas wie Gott. Sagte Phil. Seine andere Theorie besagte, dass Lindholm eigentlich Arzt werden wollte, aber das Studium irgendwie nicht geschafft habe. Seitdem kompensiere er das mit seinen weißen Klamotten. Klang zwar schlüssig, aber mich überzeugte es nicht. Wahrscheinlich fand er sich einfach unwiderstehlich, wenn er sich so ganz in Weiß im Spiegel betrachtete. Ich vermutete sogar, dass er vor den Therapiesitzungen vor dem riesigen Spiegel im Badezimmer seinen Therapeutengesichtsausdruck übte. Lindholm hatte ein Profil auf Insta. Dem ich natürlich folgte. Dort konnte man ihn in seinen weißen Klamotten bewundern.

Als er mir zu unserem Termin die Türe öffnete, trug er eine dunkelblaue Jeans und ein Polohemd. Ich wäre beinahe in Ohnmacht gefallen vor Schreck. Einen Moment lang war ich mir nicht einmal sicher, ob wirklich er vor mir stand oder ein Fremder.

»Was ist denn mit Ihnen los?«, fragte ich, als ich wieder sprechen konnte. »Sind Sie unter die Normalos gegangen? Haben Sie Depressionen? Sind Sie auf Drogen?«

Ich verkniff mir zu fragen, wo das Arschloch versteckt sei, das ihn gezwungen hatte, Polohemden zu tragen. Das Polohemd konnte nur bedeuten, dass er unter krassem Druck stand.

Ich lief ihm in das Therapiezimmer nach. Schröder legte sich im Flur ab. In den letzten Tagen machte ich mir Sorgen um ihn. Er wirkte etwas schlapp. Vielleicht war ihm mein Lebensstil zu stressig.

»Ich habe nachher noch einen Termin«, sagte Lindholm.

»Mit wem? Mit einem Auftragskiller, der Sie erpresst?«

»Mit meiner Frau.«

Er seufzte, und ich war drauf und dran, ihn nach seinen Eheproblemen zu fragen. Es musste schrecklich mit dieser Frau sein. Vielleicht wollte er sich scheiden lassen und stattdessen mit mir zusammenleben. Vor meinem inneren Auge sah ich uns Hand in Hand und ganz in Weiß an einem Sandstrand entlanglaufen. Die Vorstellung war fantastisch. Das Einzige, was mir Sorgen machte, war das ganze Geld, das ich in weiße Klamotten investieren musste. Meine Garderobe war quasi komplett schwarz. Das brachte viele Vorteile. Zum Beispiel musste man nicht groß darüber nachdenken, wie man die Teile untereinander kombinieren sollte. Es passte alles irgendwie zusammen. Manchmal überlegte ich, mir diese grandiose Erkenntnis patentieren zu lassen.

Ihn nach seinen Problemen mit seiner Frau zu fragen, war natürlich nicht angemessen, aber er schrie förmlich danach. Wir schwiegen einen betroffenen Moment, dann fing er sich wieder.

»Ich habe mir Ihre Krankenakte durchgesehen«, sagte er. »Wir sollten Ihre frühste Kindheit noch einmal aufrollen.«

»Okay.«

Er sah mich überrascht an.

»Sie sind heute aber kooperativ.«

»Ich habe nur ›okay‹ gesagt!«

»Normalerweise wollen Sie die Therapie abbrechen, wenn ich Sie nach Ihrer frühsten Kindheit frage.«

»Ich habe ein schreckliches Gefühl.«

»Und das wäre?«, wollte Lindholm wissen.

»Ich habe das Gefühl, ich verändere mich.«

Ich hatte weiße Farbe für das Bistro gekauft. Also nicht richtig weiß. Eher so ein dreckiges Creme. Den Kübel hatte ich im Treppenhaus stehen lassen. Das Bistro war winzig. Ich war mir sicher, dass ein Zehnlitereimer reichen würde. Wenn ich die Decke und die Wand hinter dem großen Bild mit der rauchenden Frau aussparte. Trotzdem machte mich der Gedanke an den Kübel unruhig. Der dazugehörige Roller steckte in meiner Handtasche. Und ein Pinsel für die Ecken. Die Griffe ragten heraus, eigentlich hätte Lindholm sie bemerken müssen. Aber wer weiß, woran er dachte.

Er übersah das Offensichtliche und konzentrierte sich auf das, was er an der Uni gelernt hatte. Der Eimer weiße Farbe war ein Symbol für meine Veränderung. Als würde ein Nomade sesshaft werden. Ich war mir sicher, dass es Nomaden bei dieser Vorstellung auch furchtbar ging.

»Kommt da noch was?«, riss er mich aus meinen Gedanken.

»Ach, vergessen Sie's. Sprechen wir über meine Kindheit.«

Er runzelte die Stirn und sah mich mit seinem durchdringenden Therapeutenblick an.

»Erwachsenwerden ist gar nicht so übel«, sagte er nach einer kleinen Pause. »Es bedeutet im Grunde nur, dass man sich von seiner Familie löst und sein eigenes Leben führen kann.«

»Ob Sie es glauben oder nicht. Es ist nicht möglich, sich von meiner Familie zu lösen«, sagte ich resigniert.

Ich hatte wirklich keine Lust, ihm diesen ganzen Quatsch noch einmal unter die Nase zu reiben. Wenn er sich nicht mehr erinnerte, konnte er es in meiner Akte nachlesen.

»Dies ist eine rein subjektive Empfindung.«

»Objektiv wohnen meine beiden Schwestern in meiner Wohnung.«

»Machen Sie das Beste daraus. Sie rühmen sich doch immer, eine Lebenskünstlerin zu sein.«

Ich sah ihn böse an. Hörte ich da Spott und Häme in seiner Stimme? Mein eigener Therapeut machte sich über mich lustig.

»Okay. Was wollen Sie wissen.«

»Nun. Ihre Mutter ist tot. Was empfinden Sie, wenn Sie unter diesem Aspekt an Ihre Kindheit denken.«

Manche seiner Fragen brachten selbst mich nach all der Zeit aus dem Konzept.

»Hmmm.«

Er blätterte erneut in meiner Akte herum, was mich etwas nervös machte.

»Sie haben erzählt, dass Sie als Kind oft allein gewesen sind. Mit Ihren Schwestern. Ihr Vater hatte Nachtdienst, und Sie wussten nicht, wo Ihre Mutter war.«

»Wahrscheinlich hatte sie einen Lover, mit dem sie sich getroffen hat«, warf ich ein.

»Sie haben erzählt, dass Sie große Angst hatten, Ihre Mutter würde überhaupt nicht mehr zurückkommen und Sie wären mit Ihren Schwestern allein.«

Ein wirklich grauenvoller Gedanke. Davor hatte ich heute noch große Angst. Mit meinen Schwestern allein zu sein, ist unerträglich.

»Können Sie Ihre Kindheit nun mit etwas Abstand betrachten?«

»Wissen Sie, ich war meine gesamte Kindheit damit beschäftigt, nicht anwesend zu sein und nicht zu stören. Und mein gesamtes Erwachsenenleben drehte sich darum, die Befindlichkeiten meiner Mutter zu kompensieren. Ich hatte nie Zeit, mich darum zu kümmern, was ich wirklich wollte. Ich bin noch gar nicht in der Lage, das mit Abstand zu betrachten.«

Gott, fühlte ich mich eloquent. Lindholm schien das nicht zu beeindrucken.

»Meine Mutter war nie eine Mutter«, setzte ich noch

eins drauf. Ich hörte selbst, wie das nach Selbstmitleid klang.

»Woran machen Sie das fest?«

»Ich wünschte, sie hätte mich öfter umarmt«, sagte ich.

Lindholm nickte aufmunternd.

»Ich wünschte, sie hätte mich überhaupt umarmt.«

»Es gibt Mütter, die können ihre Liebe nicht zeigen.«

»Ach.«

»Und es gibt Mütter, die lieben nicht.«

»Sie verarschen mich«, sagte ich entsetzt.

»Es gibt Mütter, die dazu nicht in der Lage sind.«

»Ihre eigenen Kinder zu lieben?«, fragte ich.

Lindholm nickte nur.

»Sie wollen mir sagen, dass ich nicht geliebt worden bin?«

»Ich bin der Auffassung, dass Sie nun stark genug sind, mit dieser Information umzugehen.«

Ich fühlte mich überhaupt nicht stark. Ich wollte mich endlich an Lindholms Brust werfen und weinen. Wahlweise könnte auch er sich an meine Brust werfen und weinen. Und danach könnten wir verstörenden Sex haben, um das auszugleichen, was er eben zu mir gesagt hatte.

»Sie wissen das schon länger?«, fragte ich fassungslos.

»Narzisstische Persönlichkeiten wie Ihre Mutter sind nur schwer oder gar nicht in der Lage zu lieben«, klärte mich Lindholm auf. »Nachdem schon am Anfang der Therapie klar war, dass Ihre Mutter unter einer narzisstischen Persönlichkeitsstörung leidet …

ja, der Verdacht kam mir schon in unseren ersten Sitzungen.«

»Sie verscheißern mich.«

Lindholm schüttelte den Kopf.

»Was ist mit meinen Schwestern, sind die auch nicht geliebt worden?« Seit Langem hatte ich wieder einmal das ernsthafte Gefühl, ich bräuchte dringend eine Beruhigungspille oder zumindest mehrere Wodkas auf Eis.

»Das kann ich nicht sagen«, Lindholm wollte sich nicht festlegen, »dazu müsste ich Sitzungen mit Ihren Schwestern vereinbaren.«

Ich stützte meinen Kopf in die Hände.

»Das wollen Sie nicht wirklich«, sagte ich resigniert.

»Das ist nicht die Frage. Die Frage ist, ob es irgendetwas an Ihrer Problematik verändern würde.«

»Wahrscheinlich nicht.«

Ich sah auf die Uhr, die zwischen uns auf dem Tisch tickte.

»Was haben Sie da in Ihrer Handtasche?«, wollte Lindholm jetzt doch wissen.

»Einen Farbroller«, gab ich zu. »Ich werde nach unserer Sitzung das Evvie's streichen.«

»Zum ersten Mal höre ich aus Ihrem Mund etwas wirklich Produktives!«, sagte Lindholm und klatschte in die Hände.

»Ich werde alles in Zeitraffer filmen und auf Insta einstellen. Die Leute lieben so was.«

»Natürlich«, nickte Lindholm und versuchte, ein verständnisvolles Gesicht zu machen.

»Vielleicht werde ich beim Streichen nur einen BH

tragen. Ich habe nichts, was dreckig werden darf«, fügte ich hinzu und beobachtete aufmerksam sein Gesicht.

Er wurde rot.

»Sie werden tatsächlich rot«, stellte ich voller Genugtuung fest.

»Bilden Sie sich nicht zu viel darauf ein«, sagte Lindholm.

Ich lehnte mich zufrieden in meinem Sessel zurück.

»Finden Sie mich liebenswert?«, fragte ich ihn.

Lindholm lehnte sich ebenfalls in seinem Sessel zurück.

»Jeder Mensch ist auf seine Weise liebenswert«, sagte er diplomatisch.

»Ach, kommen Sie schon«, bohrte ich nach, »bauen Sie mich auf. Ich hatte bis jetzt einen schrecklichen Tag.«

»Ich finde Sie absolut liebenswert«, sagte Lindholm nach einer kleinen Pause.

»Na also, geht doch. Sie müssen nur über Ihren Schatten springen.«

Ich grinste, stand auf und hängte mir meinen Farbroller über die Schulter.

»Viel Spaß beim Streichen«, sagte Lindholm.

»Viel Spaß mit Ihrer Frau«, sagte ich.

#paintawall

Ich schleppte mich mit Schröder und dem Eimer Farbe zum nächsten Taxistand. Meine Situation erschien mir zunehmend absurd. Der Taxifahrer stellte den Eimer zu Schröder in den Kofferraum. Ich war unglaublich froh, dass ich immer noch die Kohle für ein Taxi hatte. Unterwegs rief Eva an. Einen Moment war ich versucht, das Gespräch einfach wegzudrücken. Dann ging ich doch ran.

»Holger hat das Manuskript abgegeben.«

»Schön für dich. Hast du ihn gesehen?«

Ich fläzte mich auf die Rückbank. Taxis haben eine enorm entspannende Wirkung auf mich. Was durchaus positiv war. Eine kurze Taxifahrt war um einiges billiger als eine Ganzkörpermassage. Was bedeutete, dass ich wirklich Geld sparte, wenn ich im Taxi unterwegs war. Zudem schlug ich zwei Fliegen mit einer Klappe. Ich fühlte mich besser und kam von A nach B. Meine Situation kam mir schon nach fünf Minuten Taxifahren nicht mehr so trostlos und grau vor.

»Nein, natürlich nicht. Ich habe mich krankschreiben lassen«, sagte Eva. »Ich bin in deiner Wohnung und trinke mit Anna Kaffee. Ihre Kinder waren über Nacht da. Sie haben in Lucindas Zimmer geschlafen.«

»Und wo hat Lucinda geschlafen?«, wollte ich wissen.

Etwas sagte mir, dass ich es richtig scheiße finden würde, wenn die Antwort wäre: bei Mika auf der Couch.

»Bei Mika auf der Couch«, sagte Eva ungerührt.

»Na toll«, fauchte ich. »Kann Anna ihre Kinder nicht woanders schlafen lassen?«

»Wo denn?«, fragte Eva erstaunt. »Mehr Zimmer habt ihr nicht.«

»Bei ihr zu Hause vielleicht? Da, wo sie hingehören?« Ich fasste es nicht. Der Taxifahrer sah mich besorgt im Rückspiegel an.

»Hör mal, Cressi, Holger will mich noch einmal sehen …«

»Vergiss es!«, brüllte ich ins Telefon. »Vergiss es einfach! Der Typ hat sein Manuskript abgegeben. Mein Job ist damit erledigt!«

»Du musst nicht gleich so ausflippen«, Eva hörte sich beleidigt an.

»Ich flippe aber gerade verdammt gerne aus!«, fuhr ich sie an. »Und wo wir schon dabei sind: Hat Mutter dich eigentlich geliebt?«

Der Zeitpunkt für diese Frage war denkbar ungünstig. Das war selbst mir klar.

»Wie kommst du denn jetzt darauf?«

»Hat sie, oder hat sie nicht?!«

»Natürlich. Natürlich hat mich Mutter geliebt. Warum sollte sie nicht?«

»Weil sie mich nicht geliebt hat.« Ich war den Tränen

nahe. »Sie konnte nicht lieben. Also zumindest mich nicht!«

»Wie kommst du denn auf den Unsinn?«, wollte sie wissen. »Lass mich raten. Den Floh hat dir doch wieder dieser Lindholm ins Ohr gesetzt. Und weißt du auch, warum? Du bist eine Goldgrube für ihn. Dieser Satz garantiert ihm zwei weitere Jahre Therapie. Gott, Cressi, kapier das doch endlich. Du leidest, und er bezahlt von deiner Kohle seine Miete. Oder sein Haus am Starnberger See. Der Typ ist ein Scharlatan. Das kann man in jedem schlechten Roman lesen. Ich kenne mich aus, glaub mir. Der Typ könnte aus einem Rosamunde-Pilcher-Roman sein. Zum Kotzen!«

Ich schluckte meine Tränen hinunter. Dieser Gedanke war mir auch schon gekommen. Also der Gedanke, dass ich für ihn eine Goldgrube war. Aber meine Liebe zu Lindholm war stärker als meine Zweifel. Und schließlich wäre es möglich, dass ich irgendwann selbst mit Lindholm in dem Haus am Starnberger See leben würde. Dann wäre es mir egal, ob ein Teil davon mit meiner Therapie finanziert worden wäre.

»Was machen wir jetzt mit Holger«, wechselte Eva das Thema.

»Du sagst ihm, dass ich du bin und umgekehrt«, schlug ich genervt vor.

»Und wenn du ihn nur noch ein einziges Mal triffst? Nur ein Mal, und danach wechsle ich den Verlag. Ich habe schon ein Angebot auf dem Tisch.«

Ich drückte verärgert das Gespräch weg und stopfte mein Smartphone zurück in die Tasche zu meinem Pinsel und dem Farbroller.

Herr Wischnewski saß auf einem Klappstuhl vor seinem Kellertreppenaufgang und schien schon auf mich zu warten. Als er sah, dass ich mich mit einem Eimer Farbe abschleppte, sprang er auf und riss ihn mir aus der Hand.

»Mädchen!«, brüllte er. »Wo ist der Kerl von letztens? Der Hurensohn lässt dich allein schleppen. Der traut sich was!«

Ich sperrte das Evvie's auf und ließ die Türe sperrangelweit offen stehen. Die ersten warmen Tage strichen durch das Bistro.

»Jetzt geht es also los?« Wischnewski sah mich erwartungsfroh an. »Endlich! Hast du schon die Belehrung beim Gesundheitsamt gemacht?«

»Welche Belehrung?« Ich wischte mir den Schweiß von der Stirn und stellte Schröder eine Schüssel frisches Wasser hin.

»Na, die braucht man. Alle zwei Jahre.« Als er meinen Blick bemerkte, winkte er ab. »Irgendein Kerl erzählt dir etwas über Hygiene und Lebensmittel. Keine Sorge, den Wisch stell ich dir aus. Ich hab noch ein paar Formblätter zu Hause. Was meinst du, wie ich sonst mit dem Eisladen über die Runden kommen würde. Ich kann mir nicht alle naselang irgendwelche Belehrungen anhören.«

»Sie bescheißen das Gesundheitsamt«, stellte ich fest.

»Nee, nee. Ich hab's nur gern einfach. Und Behörden sind nie einfach. Die wollen immer mitmischen.«

»Und wenn sich jemand mit Ihrem Eis was einfängt?«

»Was einfängt?« Wischnewski sah mich empört an. »Was sollte sich da jemand einfangen?«

Salmonellen. Toxoplasmose. Die Legionärskrankheit. Was wusste denn ich, welche Bakterien in Wischnewskis Kühltruhe lauerten.

Ich zuckte mit den Schultern.

»Keine Ahnung, ich meine ja nur.«

»Eis ist quasi unkaputtbar«, klärte mich der Wischnewski auf, »deswegen mag ich das Ding mit dem Eis ja auch so gern. Vor dem Eis hab ich Currywurst verkauft.«

Igitt.

»Eine Currywurst wird so schnell schlecht, das glaubt man nicht. Kaum sieht man nicht hin, ist sie voller Maden.«

Ich glaubte das sofort.

»Und jetzt streichst du den Laden!«, strahlte der Wischnewski und stellte den Farbeimer auf den Tresen. »Warum hilft dir deine Mutter nicht.«

»Die ist auf Reisen«, sagte ich knapp, »macht eine Kreuzfahrt.«

War ja irgendwie nicht gelogen.

»Das kann ich mir vorstellen. Armes Mädchen! Deine Mutter denkt immer nur an sich.«

Für diesen Satz hätte ich Wischnewski küssen können. Vielleicht sollte ich ihn mal mit zur Therapie nehmen, damit er Lindholm bestätigen konnte, wie grässlich meine Kindheit gewesen war. Manchmal hatte ich den Eindruck, Lindholm hielt meine Schilderungen für übertrieben. Bis auf wenige Ausnahmen war ich aber bisher immer bei der Wahrheit geblieben. Aber ich verwarf die Idee mit Wischnewski wieder. Schließlich wollte ich nicht, dass Lindholm auch noch Ohrgeräusche bekam.

Ich nahm Wischnewski den Farbeimer aus der Hand und knallte ihn mit einem Wumms auf den Tresen.

»Sie könnte dir wenigstens streichen helfen«, dröhnte Wischnewski. »Das Arbeiten hat die nicht erfunden, das sag ich dir. Aber delegieren kann sie. Kenne niemanden, der Leute besser rumkommandiert hat, als deine Mutter.«

Ich seufzte und pulte das Plastik vom Deckel. Mit einem satten Plopp zog ich den Deckel ab.

»Du willst jetzt aber nicht streichen, ohne abzukleben.«

»Sehe ich aus, als würde ich irgendetwas abkleben«

»Sie klebt nie etwas ab«, Anna stand mit verschränkten Armen im Türrahmen, »und dann sieht alles aus wie ein Schlachtfeld.«

Da hatte sie recht. Ich fand, beim Wände Streichen konnte man Menschen gut in Typen kategorisieren. Solche, die alles fein säuberlich abklebten, spaßbefreite Spießer, pedantisch und leicht pessimistisch veranlagt. Dann Leute, die riesige Planen auslegten. Praktisch und einfach zu faul zum Abkleben, im Alltag eher gemütlich und pragmatisch. Und dann ich. Einfach drauflos in der Hoffnung, dass schon irgendwie alles gut werden würde. Leute wie ich vergriffen sich auch oft im Farbton oder strichen Wände nur halb, weil sie plötzlich die Lust verloren.

Ich war mir sicher, Lindholm klebte so lange ab, bis keine Fläche mehr zum Streichen übrig war. Wir würden uns fantastisch ergänzen.

»Was willst du denn hier?«, wollte ich von Anna wissen.

»Die kleine Anna!«, brüllte Wischnewski.

Nicht wieder diese Leier. Ich hielt es nicht aus. Als wäre eine Schallplatte hängen geblieben. Ich sah zu, wie Wischnewski meine Schwester drückte. Sie machte ein sehr verzweifeltes Gesicht.

»Wissen Sie was, Herr Wischnewski? Spendieren Sie uns ein Ed von Schleck?« Ich klopfte ihm auf die Schulter. »Oder ein Bum Bum. Was Sie gerade so dahaben!«

Er drehte sich mit leuchtenden Augen zu mir um.

»Na klar!«

Er stürmte aus dem Evvie's.

»Er hat immer noch Eis?« Anna sah mich zweifelnd an. »Bist du dir sicher, dass man das noch essen kann?«

»Eis kann gar nicht schlecht werden. Das Haltbarkeitsdatum auf der Packung hat null Bedeutung«, sagte ich. »Wo sind die Kinder?«

»Bei Julius. Er hat sie heute Morgen abgeholt und in Kita und Schule gebracht. Er hat ein unglaublich schlechtes Gewissen. Kann er auch haben. Er hat unsere Familie zerstört.«

Anna lehnte sich an den Tresen und sah mir zu, wie ich mit einem Kochlöffel in der Farbe rührte.

»Schöne Farbe. Soll ich dir streichen helfen?«

»Ja. Aber pass auf, dass du keine Flecken auf den Boden machst.« Ich hielt ihr den Roller hin und schnappte mir den Pinsel. Anna zog die Augenbrauen nach oben.

»Was hältst du von mir. Ich bin Mutter. Ich mache keine Flecken.«

Sie tauchte den Roller in die Farbe, und ich begann die Bilder abzuhängen und auf dem Tresen zu stapeln.

»Ich bin die, die die Flecken anderer wegmacht ... Also Mika und Lucinda sind wirklich süß miteinander«, sagte sie und begann mit der Wand neben der Eingangstüre. Ich starrte ihren Rücken an.

»Wo kommt das jetzt her?«

»Ist mir nur aufgefallen. Sie wirken so vertraut miteinander. Ich glaube, die beiden kommen zusammen.«

»Er ist ihr One-Night-Stand!«, betonte ich.

»Na und. Aus einem One-Night-Stand kann sich alles Mögliche entwickeln.«

»Du meinst wie aus einem Yogakurs oder dem Besuch eines Waschsalons.«

»Genau. Heute Morgen lagen sie jedenfalls einträchtig schlafend auf dem Sofa.«

»Waren sie nackt?«, wollte ich wissen.

»Also Cressi! Ich habe nicht unter die Decke geguckt«, lachte meine Schwester. »Ich bin nur schnell vorbei und habe die Kinder aus Lucindas Zimmer geholt. Weil Julius an der Türe war. Er hat gesagt, er findet es unmöglich, dass ich mit den Kindern in einer verlotterten Kommune hause. Ich sag dir eins, das hat er verdient. Die Kinder finden es klasse in der WG. Sie haben gesagt, Julius ist der langweiligste Papa der Welt.«

»Man sieht doch, ob jemand nackt ist, auch wenn er unter der Decke liegt«, bohrte ich nach.

»Du willst wissen, ob sie Sex hatten?« Anna drehte sich zu mir um.

»Und? Hatten sie?« Ich konnte mir einen leicht pissigen Unterton nicht verkneifen.

»Keine Ahnung!« Anna zuckte mit den Schultern. »Wie gesagt, ich habe nicht unter die Decke geschaut.

Warum interessiert dich das überhaupt? Ich dachte, du willst nichts von ihm.«

Das dachte ich auch. Na ja. Ich war mir sogar ziemlich sicher gewesen. Wenn man es nicht rein körperlich betrachtete. Körperlich wollte ich natürlich etwas von ihm. Man konnte doch keinen Chippendale von der Bettkante stoßen. Und wenn man sich meine Vergangenheit ansah, hatte ich schon weitaus unattraktivere Männer nicht von der Bettkante gestoßen. Bei dem Gedanken überkam mich leichtes Unbehagen. Ich war ja Profi im Verdrängen, aber manchmal blitzten grässliche Erinnerungen in meinem Bewusstsein auf. Zum Beispiel an Holger Schmidt. Ich schloss kurz die Augen und dachte intensiv an Lindholm. Wenn etwas dagegen half, dann das.

»Du machst Flecken auf den Boden«, sagte ich dann genervt. »Hier, hier und hier!«

Ich deutete auf den Boden zwischen uns.

»Sorry!«

»Manchmal reicht eine Entschuldigung nicht!«

»Ich putz die Flecken nachher wieder weg.«

Ich meinte überhaupt nicht die Flecken. Die Flecken gingen mir am Arsch vorbei.

»Warum schlafen deine Kinder überhaupt in Lucindas Bett!«, fuhr ich sie an.

»Sie wollten nicht mit Eva in einem Bett schlafen. Sonst hätte ich mit Mika ...«

»Untersteh dich! Du wirst nicht bei Mika auf der Couch schlafen! Und Eva auch nicht. Die kommt bei der Gelegenheit noch auf ganz blöde Gedanken.«

Zum Beispiel, dass sie locker ein Kind ganz ohne

Umstülpmethode bekommen könnte. Zumindest wenn sie sich einen Hetero-Mann dafür aussuchte.

»Oh ja!«, sagte Anna. »Eva kommt immer auf ganz blöde Gedanken.«

Sie kletterte auf einen Stuhl und begann die obere Hälfte der Wand zu streichen, während ich die Ecken anpinselte.

»Bei Mika kommt doch jede auf blöde Gedanken«, grinste sie. »Allein dieser Oberkörper. Ich habe ja schon ewig keinen anderen Mann als Julius angesehen. Das war ein Fehler. Julius wird nie einen so fantastischen Oberkörper bekommen. Und wenn er tonnenweise Proteinpulver frisst. Der ist einfach ganz anders veranlagt. Eher dicklich. Schwammig. Ich mochte es nie besonders, seinen Oberkörper anzufassen.«

Ich machte den Mund auf, um Anna zu verklickern, dass ich es ganz beschissen fand, wie sie sich in meiner Wohnung breitmachten, und klappte ihn dann wieder zu, weil Herr Wischnewski mit dem Eis über die Straße gelaufen kann.

»Bum Bum und Ed von Schleck!«, verkündete er stolz.

»Hervorragend«, sagte ich und nahm ihm das Bum Bum ab.

Er hatte sogar eines für Schröder dabei. Anna sprang von ihrem Stuhl und legte den Farbroller zur Seite.

Wir setzten uns auf die Stufen vor das Evvie's und rissen die Verpackung ab. Es knisterte wie früher, als wir Herrn Wischnewski zu dritt das Eis aus der Truhe geklaut hatten. Also Eva und ich klauten das Eis, während Anna ihn ablenken musste. Wir aßen es heimlich hinter den Mülltonnen. Oder in den Toiletten vom Evvie's.

»Wissen Sie eigentlich, dass wir Ihnen früher Eis geklaut haben?«, fragte ich Wischnewski.

Ich roch vorsichtig an dem Bum Bum. Kaugummi und künstliche Erdbeersoße, genau wie früher. Wahrscheinlich konnte Eis wirklich nicht schlecht werden. Ich erinnerte mich zum Beispiel, irgendwo gelesen zu haben, dass man einmal ein Mammut im Eis gefunden hatte. Das Mammut war noch komplett essbar, obwohl es Tausende von Jahren eingefroren war. Dagegen war ein Eis aus den Neunzigern taufrisch. Und wenn. Manchmal musste man sich ein Herz fassen und Risiken eingehen. Ich fragte mich nur, wer auf die blöde Idee kam, ein eingefrorenes Mammut zu essen.

»Ich bin ja nicht blöd«, sagte Wischnewski.

»Und? Sind Sie sauer?«, wollte Anna wissen.

»Kein Stück«, sagte Wischnewski und legte seine Arme um uns beide.

»Gott«, Anna legte den Kopf in den Nacken. »Ich fühle mich wie dreizehn. Ist das Wahnsinn! Wir sollten mal wieder im Eisbach baden!«

»Bloß nicht!«

»Oder Skaten gehen.«

»Ihr könntet mal wieder Eis klauen, jetzt, wo ihr wieder da seid«, sagte Herr Wischnewski.

»Genau, das ist eine Superidee«, grinste ich.

Plötzlich hatte ich trotz des Eises ein warmes Gefühl im Bauch. Ich würde behaupten, dass ein Bum Bum, ein Ed von Schleck oder ein Nucki Nuss manchmal jede Therapie ersetzte. Aber wahrscheinlich musste es aus einer abgeranzten Kühltruhe sein, die in einem muffigen Keller stand, damit es wirkte. Und das hatte nicht jeder.

#Sexwiththetherapist

Nachdem das Evvie's bis auf die Wand hinter der Bar gestrichen und Anna wieder weg war, stellte ich das Video zu unserer Malerarbeit auf Insta. Schließlich konnte man nicht früh genug Werbung machen. Natürlich trugen Anna und ich nicht nur einen BH. Ich setzte den Hashtag *openingsoon* darunter. Obwohl wir vollkommen angezogen waren, hatte das Video innerhalb kürzester Zeit über 300 Likes. Wo ich schon dabei war, stalkte ich noch ein bisschen meinen Lieblingstherapeuten.

Ich setzte mich auf den Tresen, zündete mir eine Zigarette an und scrollte mich durch seinen Account. Wirklich, ich liebte seine aufmunternden Posts. Und am meisten liebte ich die, die mit »Mein persönlicher Glücksmoment vom …« begannen. Das postete er gerne unter ein Foto, auf dem man ihn von hinten einen Sonnenuntergang betrachten sah. Oder unter ein veganes Gericht. Ich muss ehrlich sagen, diese Posts heiterten mich ungemein auf. Kein Mensch konnte so viele persönliche Glücksmomente haben. In meinem Leben musste ich ganz hart überlegen, was solche Momente sein könnten. Besonders schwierig wurde es, wenn sie sich auch noch zum Fotografieren eignen sollten.

Ich will mich nicht beschweren, aber ich bin beispielsweise nicht oft in Etablissements, wo mir richtig geile vegane Gerichte serviert werden. Und ich sehe mir eher selten Sonnenuntergänge auf Santorin an. Schon gar nicht in fließenden weißen Gewändern. Und ich glaube, es gibt kein einziges Bild von mir, auf dem ich einen ausgeglichenen, wissenden oder verständnisvollen Gesichtsausdruck habe. Maximal sexy. Schmollmund geht im Notfall auch. Und ich könnte mich auch zu einem Duckface hinreißen lassen. Natürlich nur zum Spaß.

Meine Glücksmomente bestanden eher darin, eine Handtasche von Gucci auf einem Hinterhofflohmarkt zu entdecken oder mir im Biomarkt um die Ecke eine Tafel Vollnussschokolade zu kaufen.

Außerdem nervte es, die Glücksmomente anderer Menschen vor die Nase geklatscht zu bekommen. Ich fühlte mich dann sofort einen Ticken schlechter. Außer natürlich, sie stammten von Lindholm.

Ich scrollte wieder nach oben.

Ein indisches Kichererbsencurry »Mein persönlicher Glücksmoment vom Montag«. Ich seufzte. Das Treffen mit seiner Frau im Taj Mahal. Ich fand ja, dass Lindholm vorher nicht wirklich nach Glücksmoment ausgesehen hatte. Dann nahm ich Schröder an die Leine und zog los. Das Taj Mahal war ganz in der Nähe, und vielleicht brauchte er noch etwas Aufmunterung für seinen aktuellen Glücksmoment. Auch die können ihre Tiefpunkte haben. Das Bild von dem Kichererbsencurry sah jedenfalls nach einem ganz miesen Glücksmoment aus.

Etwa zehn Minuten später traf ich beim Taj Mahal ein. Ein absoluter Nobel-Inder. Also nichts mit Gerichten auf die Hand, sondern exquisite ayurvedische Küche. Ich wusste schon lange, dass Lindholm total auf Ayurveda stand. Er postete auch oft Fotos von Retreats, in denen er Yoga praktizierte und seinen Darm reinigen ließ. Darunter stand dann, man müsse alles ganzheitlich betrachten. Sei die Seele gesund, sei auch der Körper gesund. Und anders herum. Ganz meine Meinung.

Über meinen Körper konnte ich momentan noch nicht meckern. Da lief alles prima. Aber wer wusste wie lange noch, wenn ich seelisch weiter so durchknallte. Darüber durfte ich nicht zu genau nachdenken. Ich hoffte, dass mein Körper so lange durchhielt, bis ich seelisch wieder auf der Höhe war.

Das Taj Mahal war jedenfalls kein Restaurant, in dem man mit cremefarbenen Flecken auf dem T-Shirt und Flip-Flops an den Füßen auftauchte. Wahrscheinlich ließen sie einen nicht einmal mit einem sauberen T-Shirt rein. Deshalb lief ich durch den Torbogen auf die Rückseite des Gebäudes, von wo aus man einen guten Überblick über den Gastraum hatte. Ich brauchte aber nicht lange zu suchen, denn Lindholm lehnte im Hinterhof am Treppengeländer zur Dachterrasse und rauchte. Er sah etwas derangiert aus. So als hätte er ein oder zwei Raki zu viel intus. Ich war ehrlich schockiert.

Als er mich erkannte, drückte er die Zigarette aus und machte ein schuldbewusstes Gesicht.

»Keine Sorge. Ich erzähle niemanden etwas«, sagte ich und lehnte mich neben ihn an das Geländer.

»Meine Frau telefoniert seit fünfundvierzig Minuten mit ihrer Mutter«, sagte Lindholm. Er deutete auf das Fenster, durch das man seine Frau am Tisch sitzen sehen konnte. Sie hatte sich ihr iPhone zwischen Ohr und Schulter geklemmt und nippte an einem Glas Wein.

»Nichts für ungut, aber Ihre Frau ist der blanke Horror«, sagte ich. Ich fragte mich, warum sie jetzt telefonierte, aber sonst immer flüsternd hinter ihm stand, wenn er dasselbe tat. Das war doch paradox.

Lindholm nickte nur betrübt. Er schien sich überhaupt nicht zu wundern, dass ich hier aufgekreuzt war.

»Sie war ein wirklich nettes Mädchen«, sagte er.

»Und was ist dann passiert?«

»Dann habe ich sie geheiratet.«

»Wollen Sie damit sagen, dass Sie einen schlechten Einfluss auf Frauen haben?«, fragte ich provokant.

Jetzt oder nie. So eine Gelegenheit kam nie wieder. Ich konnte förmlich riechen, dass Lindholm am Rande des Abgrunds stand und nahezu willenlos war. Bei dieser Frau kein Wunder. Ich hatte schon Männer geknackt, die deutlich härter waren als Lindholm. Entscheidend war das Timing. Jeder Mann hatte einen schwachen Moment. Und wer ein indisches Kichererbsencurry als persönlichen Glücksmoment bezeichnete – okay, darauf musste ich nicht genauer eingehen.

»Wahrscheinlich habe ich das«, sagte er.

»Darf ich Sie etwas fragen? Etwas Therapeutisches?« Ich rückte etwas näher und sah ihn von unten intensiv an. »Sie haben mir nie gesagt, woher mein Bedürfnis kommt, mit so vielen Männern Sex zu haben.«

Lindholm erwiderte meinen Blick und räusperte sich. Ich konnte spüren, dass er von dieser körperlichen Nähe komplett überfordert war.

»Wir haben meine gesamte Kindheit aufgerollt, und ich finde den Bezug nicht.«

Lindholms Gesicht war ein einziges Fragezeichen. Lag wahrscheinlich am Raki.

»Ich bin gerade in einer schwierigen Phase, das wissen Sie ja«, fügte ich hinzu. »Ich weiß nicht, wie lange ich dieses Abstinenzding noch durchhalte. Ihr Poloshirt ist zu weit aufgeknöpft. Sie sehen aus wie ein Gigolo.«

Ich machte mich daran, das Shirt zuzuknöpfen.

»Sie wollen keinen Sex, sondern Liebe«, sagte Lindholm beherrscht.

»Blödsinn. So fühlt sich das nicht an. Ich bin wirklich ein Freund von gutem Sex, Schokolade und Rotwein. Wenn ich auch noch Schokolade und Rotwein weglassen muss, springe ich von der nächsten Brücke.«

»Das habe ich Ihnen noch nie empfohlen.«

»Da habe ich aber Glück gehabt.«

»Ich bin mir sicher, dass Sie nicht alles tun, was ich Ihnen sage.«

Hatte er mir zugezwinkert? In dem schummrigen Licht konnte ich es nicht genau erkennen. Ich beschloss, dass er es nicht getan hatte. Um zwinkernde Männer machte ich normalerweise einen großen Bogen. Ein Tipp meiner Mutter. Von zwinkernden Männern konnte man nichts Gutes erwarten. Zwinkernde Männer behandelten Frauen wie kleine Mädchen. Wollte man das? Lindholm hatte garantiert nicht gezwinkert.

»Wir waren beim Sex ohne Liebe«, brachte ich ihn auf unser eigentliches Thema zurück.

»Das haben jetzt Sie gesagt. Ich würde es eher ›Sex statt Liebe‹ nennen, aus einem inneren Zwang zur Flucht heraus.«

»Das hört sich krass erotisch an.«

Im Ernst, ich liebte es, wenn Lindholm über Sex redete.

»Krass erotisch. Was finden Sie daran krass erotisch?«

»Den Zwang zur Flucht in Verbindung mit Sex. Wollen Sie mir erzählen, dass Sie diesen Gedanken nicht erotisch finden? Sind Sie aus Stein?«

»Ich kann Ihnen versichern, dass ich nicht aus Stein bin«, Lindholm warf einen schnellen Blick in Richtung seiner Frau, »Sie suchen die Liebe, die Ihnen Ihre Mutter nicht geben konnte, bei Männern. Und weil Sie ein Problem haben, Nähe zuzulassen, greifen Sie auf Sex zurück.«

Ich ließ meine Hände neben der Knopfleiste auf Lindholms Brust liegen und überlegte.

»Deswegen auch die wechselnden Partner. Sobald sich Nähe zwischen Ihnen und Ihrem Partner aufbauen könnte, verschwinden Sie.«

»Das ist eine wunderbare Erklärung«, sagte ich begeistert. »Und quasi ein Freifahrtschein. Können Sie mir das schriftlich geben?«

Ich war mir gar nicht mehr sicher, ob das mit der Abstinenz so sinnig war, wenn ich mit einem Entschuldigungsschreiben meines Therapeuten jederzeit Sex haben konnte. Ich könnte es kopieren und fertig in Briefumschlägen eingetütet dabeihaben. Nur für den Fall.

»Catterberg!«

»Was?«

»Das ist doch keine Lösung!«

Ich seufzte.

»Glauben Sie, ich will gerettet werden?«, fragte ich Lindholm.

»Sie kann man nicht retten.«

Oh doch. Ich war mir sicher, dass ich zu retten war. Nicht wie Lindholms Frau.

»Ich muss wieder rein«, sagte Lindholm.

»Das Evvie's ist gleich um die Ecke.«

»Das heißt?«

»Ich bin mit dem Streichen noch nicht ganz fertig.«

Männer im richtigen Moment stehen zu lassen, ist eine Kunst. Man darf sich nicht umdrehen. Maximal die Hand noch einmal kurz heben. Ich stieß mich vom Geländer ab und zog Schröder hinter mir her.

Ich konnte hören, wie Lindholm sich räusperte. Wie gut ich ihn kannte. Er kämpfte mit sich. Der Gute.

Etwa eine Stunde lang war ich der festen Meinung, Lindholm würde bei mir im Evvie's auftauchen. Eigentlich hatte ich sogar mit maximal zehn Minuten gerechnet. Ich strich die Wand hinter der Bar fertig. Auf der anderen Seite hängte ich die Bilder wieder auf. Ich hatte das Kochbuch mitgebracht und blätterte darin herum. Es zog sich immer noch etwas in mir zusammen, wenn ich mit den Fingerspitzen über die beschriebenen Seiten strich. Bei manchen Sätzen konnte ich mir so gut Mutters Stimme vorstellen oder sogar Mutters Gesicht, wie sie sich stirnrunzelnd über etwas beugte. Zum Beispiel dieser Satz hier:

Wenn du nicht willst, dass der Kuchen zusammenfällt, dann trample um Himmels willen nicht in der Küche herum, während er im Ofen ist.

Oder dieser:

Meine Erfahrung mit Eiern ist: Es ist übertrieben, sie im Kühlschrank zu lagern. Das machen nur Feiglinge. Oder Amerikaner.

Wer beim Tiramisu Mascarpone mit Quark mischt, ist ein Vollidiot. Dafür würde einen jeder Italiener umbringen. Genauso wie für Pizza Hawaii.

In Kaffee gehört sich Sahne, richtige Sahne, nicht das grässliche Zeug aus der Dose. Das kann man höchstens seiner Katze vorsetzen.

Die Meinung meiner Mutter war immer Gesetz gewesen. Auch wenn sie im Unrecht war. Oder gerade dann. Sie hätte sich eher umgebracht, als zuzugeben, dass sie einen Fehler gemacht hatte.

Ich machte hinter jedes Rezept, das ich ausprobieren wollte, ein Kreuz. Irgendeinen Plan brauchte ich schließlich fürs Evvie's. Ich nahm mir vor, Phil zu fragen, ob er mir helfen konnte. Phil hatte für viele Dinge eine gute Intuition. Bestimmt auch für Speisekarten.

Wischnewski hatte mir ein Blankoformular mit Stempel vom Gesundheitsamt unter der Tür durchgeschoben. Auch wenn er so brüllte, er hatte das Herz am rechten Fleck.

Als Lindholm nach einer Stunde noch nicht gekommen war, machte ich mir eine Flasche Wein auf und setzte mich auf die Stufen vor das Evvie's. Mein Telefon summte. Es war Mika.

»Na«, sagte ich anstelle einer Begrüßung.

»Bist du im Evvie's?«

»Und du?«

»Ich bin im Griechen. Aber es ist nichts los.«

»Und jetzt sitzt du bei den Mülltonnen hinter der Küche und rauchst.«

Ich konnte spüren, dass Mika lächelte. Durchs Telefon.

»Woher weißt du das?«

»Weibliche Intuition.«

»Und du sitzt vor dem Evvie's und trinkst Wein.«

»Exakt.« Jetzt musste ich lächeln. Was sich irgendwie gut anfühlte. Wir schwiegen einen kurzen Moment, in dem ich mir Wein nachschenkte und darüber nachdachte, ob ich wollte, dass Lindholm hier war oder Mika. Ich war mir unschlüssig. Eva würde sagen: »Du willst doch nur, dass Lindholm da ist, weil du dir beweisen willst, dass du ihn geknackt hast. «

Womit sie nicht ganz unrecht hätte. Langsam wurde es wirklich Zeit, dass er anbiss. Sonst musste ich mir ernsthaft Sorgen um meine Attraktivität machen. Vielleicht ging es ja schon bergab mit mir. In einer Frauenzeitschrift hatte ich gelesen, dass die Attraktivität bei Frauen ab dreißig rapide abnahm. Ich hasste solche Behauptungen. So etwas konnten sich nur Männer ausdenken oder wirklich bösartige Frauen ab fünfundfünfzig.

»Wie war die Nacht mit Lucinda?«, fragte ich Mika beiläufig.

»Welche Nacht meinst du?«

»Welche Nacht soll ich denn meinen?«

»Wenn du auf den One-Night-Stand anspielst. Der war gut. Aber seit wann interessierst du dich für One-Night-Stands?«

»Den meine ich nicht.«

»Ach so.« Mika hörte sich etwas enttäuscht an. »Du willst wissen, was letzte Nacht passiert ist?«

»Es ist meine Couch«, sagte ich. »Ich habe sie von meinem ersten selbst verdienten Geld gekauft. Und das war hart verdient. Meine Mutter hatte sich eingebildet, wir sollten einen Sommer als Erntehelfer mit aufs Feld gehen. Es war grauenhaft. Die Sonne brannte, und ich hatte den ganzen Sommer Blasen an den Händen. Ich könnte im Leben nicht mehr als Handmodel arbeiten. Schuld daran ist meine Mutter. Sie hat mir die Zukunft versaut. Und diese Couch ist meine lebende Erinnerung daran.«

»Das hört sich schlimm an.«

»War es auch. Und der Lohn war unterirdisch. Deswegen wurde es auch die billigste Couch bei Ikea.«

Die ich in meine erste eigene Wohnung stellte. Obwohl Mutter sagte, sie würde mich keinen Fatz unterstützen, wenn ich auszog. Aber wer einen Sommer als Erntehelfer mit quasi durchgehendem Sonnenstich überlebt hat, dem macht die Zukunft keine Angst mehr. Auch eine Zukunft ohne Geld.

»Du solltest dir eine neue kaufen.«

»Was willst du mir damit sagen?«, bohrte ich.

Vor meinem inneren Auge sah ich Mika mit Lucinda versaute Sachen auf der Couch treiben. So versaut, dass man die Flecken nie wieder aus den Polstern rausbekam. Dunkelgraue Polster. Da macht sich Samenflüssigkeit extrem schlecht.

»So schlechte Erinnerungen sollte man nicht im Haus haben«, sagte Mika.

»Ich komme damit klar!«, betonte ich. »Also, was war letzte Nacht.«

»Soll das heißen, du würdest nicht damit klarkommen, wenn etwas gewesen wäre?«

»Ich will nur wissen, ob ich die Couch neu beziehen lassen muss. Das ist teuer.«

»Es gibt super Überzüge zum Wechseln bei Ikea. Und vegane Hotdogs. Wir könnten demnächst hinfahren und dir einen neuen Überzug besorgen.«

»Hmm.«

»Man kann dort auch Betten Probe liegen.«

»Willst du dir ein Bett kaufen?«

Mika grinste schon wieder. Ich spürte es genau.

»Ich hatte an ein Doppelbett gedacht.«

»Für dich und Lucinda?«

Ich hörte Schritte auf der Straße.

»Ich muss Schluss machen.« Ich drückte das Gespräch weg, bevor Mika antworten konnte. Schröder kam aus dem Evvie's getapert, um zu sehen, wer uns besuchen kam. Er begrüßte Lindholm mit einem halbherzigen Schwanzwedeln und schlich dann wieder zurück hinter den Tresen.

»Was lesen Sie da?«, fragte Lindholm.

»Das Kochbuch meiner Mutter«, sagte ich. »Ich setze mich mit meiner Vergangenheit auseinander. Wollen Sie ein Glas Wein?«

Lindholm nickte, und ich stand auf, um ihm ein Glas zu holen. Er lief mir hinterher und sah sich im Evvie's um.

»Wo haben Sie denn Ihre Frau gelassen?«, wollte ich wissen.

Wahrscheinlich bei seinem persönlichen Glücksmoment. Dem Kichererbsencurry. Vermutete ich, aber ich wollte nicht in einer möglichen Wunde herumbohren. Männer waren oft sehr empfindlich, was ihre Schwächen anging. Sofern sie kapierten, was ihre Schwächen waren. Wobei ich irgendwie nicht glaubte, dass Lindholm wusste, wie unterirdisch schlecht seine Insta-Posts wirklich waren.

»Ich habe frische Luft gebraucht«, sagte Lindholm, was keine Antwort auf meine Frage war.

»Also der Klassiker«, grinste ich.

Ich stellte ein Glas vor ihn auf die Bar und schenkte ihm Wein ein. Sein Gesicht sah zerknautscht aus wie bei einem Boxerwelpen. Wahrscheinlich das schlechte Gewissen, weil er seine Frau beim Inder sitzen gelassen hatte. Schlechtes Gewissen konnte man ganz prima in Rotwein ertränken, dachte ich. Manchmal reichte dazu schon ein Glas.

»Wollen Sie meinen Vater sehen?«, sagte ich, um ihn von seinen trüben Gedanken abzulenken.

Ich schlug das Kochbuch auf der letzten Seite auf und zog das Foto heraus.

»Was halten Sie von ihm?«

»Er sieht … nett aus«, sagte Lindholm vorsichtig.

»Ich finde, er sieht aus, als würde er sich gleich einen Strick nehmen«, seufzte ich.

»Haben Sie versucht, ihn zu finden?«

Ich drehte das Bild herum und starrte auf das blasse jämmerliche Gesicht.

»Ich weiß nicht, ob ich ihn finden will«, sagte ich. »Wenn meine Schwestern recht haben, lebt er sowieso nicht mehr. Und was habe ich davon, sein Grab zu finden?«

»Sie könnten sich von ihm verabschieden«, schlug Lindholm vor.

»Ich habe ihn ja nicht einmal gekannt.«

Wie sollte ich mich von jemandem verabschieden, an den ich nur die vage Erinnerung hatte, wie er einmal mit einem Teleshoppingpaket vor der Haustüre gestanden hatte. Ich wusste nicht einmal, ob diese Erinnerung echt war, oder ob ich Erzählungen meiner Schwestern mit dem unscharfen Foto vermischte.

»Das ist natürlich Ihre Entscheidung, aber meiner Erfahrung nach wollen Kinder früher oder später etwas über ihre Eltern erfahren. Wahrscheinlich sind Sie in zehn Jahren so weit. Oder wenn Sie selbst Kinder haben.«

Ich zuckte mit den Schultern. Ich glaubte nicht wirklich an die Idee von eigenen Kindern.

Lindholm nahm einen großen Schluck aus dem Glas, und ich konnte sehen, wie sich seine Miene entspannte.

»Wollen Sie mal die Küche sehen?«, fragte ich listig. »Sie ist wirklich einen Besuch wert.«

Vor allem war sie nicht von der Straße einsehbar. Und sie hatte einen Holztisch in der richtigen Höhe. Ich bewegte mich auf die Zielgerade zu. Die letzten sieben Monate hatten sich so was von gelohnt. Am liebsten hätte ich eine geballte Faust nach oben gestreckt. Yes!

»Gerne.«

Ich nahm mein Weinglas, ging voraus, schaltete das Licht über dem Herd ein und drehte mich zu Lindholm um.

Die Situation erinnerte mich an 2005, als ich zum ersten Mal Sex mit Max Liebermann hatte. Er war Evas Klavierlehrer, geschätzte 15 Jahre älter als ich, und ich siezte ihn. Ich hatte mir gedacht, es wäre bestimmt von Vorteil, sein erstes Mal mit einem älteren Mann zu haben. Zwecks der Erfahrung. Ich hatte nicht damit gerechnet, dass man die Erfahrung eines älteren Mannes komplett in die Tonne kloppen konnte. Männer dachten vielleicht, sie seien gut im Bett, weil sie schon mit vielen Frauen Sex gehabt hatten. Und wir Frauen bestätigten sie auch noch darin, weil wir sie notorisch anlogen. Ich nahm mich da nicht aus. Ich fand es oft einfach zu anstrengend, dem Typ zu erklären, wie schlecht der Sex wirklich gewesen war. Außerdem war ich ein netter Mensch. Aber im Grunde wäre es noch netter, wenn man kein Blatt vor den Mund nehmen würde. Zumindest wenn man an die anderen Frauen dachte. Man sollte Männern gegenüber weniger rücksichtsvoll sein und dafür Frauen gegenüber mehr Solidarität zeigen.

Ich erinnerte mich, dass Max Liebermann sein Haar zu einem dünnen Zopf gebunden trug. Er hatte einen Flügel in einem winzigen Hinterhofapartment gleich an der Isar. Ein verlottertes Apartment mit einer Matratze auf dem Boden, die nach feuchtem Mauerwerk roch.

Deswegen hatte ich mein erstes Mal auf einem Steinway & Sons. Das hat nicht jeder. Meine Mutter hatte Max Biedermann nur wegen des Steinway als Klavierlehrer ausgesucht. Eva sollte keinesfalls auf einem gewöhnlichen Yamaha Klavier Unterricht bekommen. Für die Erinnerung an den Flügel nehme ich sogar schlechten ersten Sex in Kauf. Ehrlich. Die Details vergisst man sowieso irgendwann. Und ich bin heute noch dankbar, dass es auf dem Steinway passiert ist und nicht auf der versifften Matratze. Es hätte sogar ein Yamaha Flügel sein können. Oder ein Schimmel.

»Woran denken Sie?«, wollte Lindholm wissen.

»An Max Liebermann«, sagte ich wahrheitsgetreu. Und seine versiffte Matratze in seiner versifften Musikerbude. Eva hatte den Klavierunterricht dort gehasst. Ich weiß nicht mehr genau, wie oft wir Sex auf dem Steinway hatten, ich weiß nur, dass es irgendwann vorbei war, weil sich Eva einbildete, sie müsse nun Querflöte lernen. Die Querflötenlehrerin war eine Frau.

»Er war der Klavierlehrer meiner Schwester, und wir hatten …«

Ich gab mir wirklich Mühe, Lindholm nie anzulügen. Das war Ehrensache. Er hatte die Wahrheit verdient. Außerdem wollte ich ein bisschen mit dem Flügel angeben.

»Ich will es gar nicht wissen«, unterbrach er mich.

»Sie enttäuschen mich.«

»Sie hatten Sex mit Max Liebermann.«

»Genau! Woher wussten Sie das?«

»Catterberg. Ich bin Ihr Therapeut. Ich muss solche Dinge wissen. Ich lese in Ihnen wie in einem offenen

Buch. Sie können nichts vor mir verbergen. Rein gar nichts.«

Ich staunte nicht schlecht. Eigentlich schön, wenn Männer so unbedarft waren. Ich meine, das konnte doch nicht sein Ernst sein? Lindholm machte ein zufriedenes Gesicht und nahm einen Schluck Wein. Als Frau hatte man es wirklich nicht leicht. Selbst wenn man seinen Therapeuten liebte.

»Was können Sie denn noch in mir lesen?«

»Sie wollen, dass ich Sie küsse.«

Das war eindeutig untertrieben. Aber auch therapeutische Weitsicht hatte ihre Grenzen.

»Wollen Sie mich denn küssen?«, fragte ich ihn.

»Ich habe darüber nachgedacht. Dann und wann.«

»Und zu welchem Ergebnis sind Sie gekommen?«

Ich war gespannt wie ein Flitzebogen. Er hatte dann und wann darüber nachgedacht. Wie konnte man nur ein so kontrollierter Mensch sein. Ich hatte noch nie länger als zwei Minuten darüber nachgedacht, jemanden zu küssen. Entweder man tat es oder eben nicht. Was sollte schon passieren? Außer, dass man sich einen Herpes einfing oder zusammen im Bett landete. Anna sagte schon immer, ich ginge zu sorglos mit Küssen um. Meine Meinung ist, man kann gar nicht genug küssen. Manchmal ist Küssen sogar besser als Sex. Ich hatte schon Orgasmen beim Küssen. Das nur nebenbei.

»Es wäre reizvoll.« Lindholm sah mich so intensiv an, als würde er mich jeden Moment völlig unkontrolliert in seine Arme reißen.

»Sie sollten mehr aus sich herauskommen«, schlug ich vor. »Sie denken zu viel. Kein Mensch denkt über das Küssen nach. Also Teenies vielleicht. Die denken ständig über das Küssen nach. Aber aus dem Alter sind Sie raus.«

Lindholm war bestimmt ein sehr ernsthafter Küsser. Keiner, der die Sache auf die leichte Schulter nahm. Er würde mein Gesicht in seinen Händen halten. Ich ärgerte mich darüber, dass ich tatsächlich darüber nachdachte, ob Mika eventuell besser küsste. Wie konnte ich in dieser Situation über solchen Mist nachdenken. Ich schob es auf meine allgemeine Verwirrung, ausgelöst von Lindholm, Mika und der bevorstehenden Beerdigung meiner Mutter. Wie sollte man sich da noch zurechtfinden. Ich konnte froh sein, dass mir bei der Gelegenheit nicht auch noch Holger Schmidt in den Sinn kam.

Eigentlich konnte man schon an Mikas Mund sehen, dass er ein fantastischer Küsser war. Lucinda würde sagen, wenn du beim bevorstehenden Küssen übers Küssen mit einem anderen nachdenkst, dann vergiss es. Dann kannst du es gleich bleiben lassen.

Wir prosteten uns zu und nahmen gleichzeitig einen großen Schluck. Ich war mir sicher, dass er auch darüber nachdachte.

»Woran denken Sie?«, fragte ich provokant.

»An meine Frau.«

Ich musste ihn etwas fassungslos angesehen haben. Er räusperte sich unbehaglich.

»Sie wartet bestimmt auf mich.«

Ich runzelte die Stirn. Wenn Lindholm jetzt ging, konnte das vieles bedeuten. Er könnte Erektionsschwierigkeiten haben. Oder er könnte sich so im Griff haben, dass er eine Erektion unterdrücken konnte. Ich traute ihm alles zu. Das ganze Tantra und ayurvedische Gedöns konnte allerlei auslösen. Vor allem Tantra in Verbindung mit einem ausgeprägten Kontrollzwang.

Ich beschloss, dass es vor allem eines bedeutete. Er fand mich nicht attraktiv. In letzter Konsequenz konnte auch das Erektionsstörungen auslösen, musste ich mir eingestehen. Ich war den Tränen nahe. Lindholm schien es nicht zu bemerken.

»Ich muss dann los«, sagte er in seinem freundlichen Therapeutentonfall, der mich schon unter normalen Umständen auf die Palme brachte.

Ich nickte nur. Er stellte sein Glas in das Spülbecken.

»Einen schönen Abend noch, Catterberg«, sagte er.

Ich konnte wieder nur nicken.

Als er weg war, warf ich mein halb volles Glas an die frisch gestrichene Wand. Der Fleck sah aus wie ein überfahrener Igel. Es hätte auch ein überfahrenes Mauswiesel sein können.

#littledick

Es dauerte eine gefühlte Ewigkeit, bis ich Phil an der Strippe hatte. Und dann klang er so, als hätte er zu viel Ecstasy eingeworfen und wäre kurz davor, mit mehreren Go-Go-Tänzern ins Bett zu gehen. Vielleicht sah er sich aber auch nur *Magic Mike* auf Netflix an. Jedenfalls klang er wahnsinnig überdreht. Ich erklärte ihm die Situation, wobei er jeden Satz von mir mit »What???« oder »Fuck!!!« kommentierte. Mein Ohr begann wieder zu summen, von der Frequenz.

Als ich fertig war, sagte Phil: »Das kann nur einen Grund haben. Der Typ hat einen zu kleinen Schwanz.«

Er sagte das, weil er Lindholm nicht kannte. Das war mir klar. Aber in meiner Verzweiflung war ich bereit, mich auf diese Theorie einzulassen.

»Er hat sich mit Sicherheit für seinen Schwanz geschämt!«, behauptete Phil.

Ich dachte an den Spruch »Auf die Größe kommt es nicht an. «

Ich konnte nur mutmaßen, dass die Frau, die diese Behauptung in die Welt gesetzt hatte, von der Männerlobby bezahlt worden war. Mit so richtig viel Kohle. So viel, dass sie sich damit nach Mauritius absetzen konnte und seitdem von Champagner und Kaviar lebte. Und der Rest der Frauen musste sich jetzt mit Männern mit Minipenissen und einem überbordenden Selbstbewusstsein herumschlagen. Die wirklich dachten, es käme darauf an, was man damit tat.

Aber fragen wir uns doch mal ganz ehrlich: Was taten die Männer? Oder was konnte man tun, außer rein und raus? Wenn man nur halbwegs praktisch veranlagt war, fiel einem wenig ein, was man sonst noch tun konnte.

Das war absolut nicht fair.

»Phil«, sagte ich, »hätte er es nicht einfach drauf ankommen lassen können? Vielleicht hätte ich ihn nicht als zu klein empfunden.«

»Schätzchen. Die Betonung liegt auf ›zu‹. Ich weiß ja nicht, wie ihr Heten so tickt. Aber für mich käme so etwas einfach nicht infrage. Der arme Kerl. Kein Wunder, dass er Therapeut ist. Vielleicht sollte er über eine Penisvergrößerung nachdenken!«

»Phil! Wir wissen doch nicht einmal, ob du mit deiner Theorie richtigliegst.«

»Was? Natürlich liege ich richtig.«

»Wahrscheinlich findet er mich einfach nicht attraktiv.«

»Zweifle nie an deiner Attraktivität«, kam es wie aus der Pistole geschossen. »Lieber verpasst du ihm einen kleinen Penis. Ein Leben mit winzigem Penis ist völlig sinnlos. Völlig«, echauffierte sich Phil, »außer man ist asexuell. Dann vielleicht. Dann könnte ich mir vorstellen …«

Er stockte, und ich hörte quasi durchs Telefon, was er dachte.

»… aber wenn ich darüber nachdenke, ist auch ein asexuelles Leben völlig sinnlos.«

»Nicht jeder tickt so wie du! Es gibt auch andere Lebensinhalte.«

Ich sah mich mit Lindholm Bienen züchten oder einen Kräutergarten anlegen.

»Und die wären?«

»Imkern«, sagte ich verdrossen. »Imkern ist bestimmt ein nettes Hobby, wenn man einen kleinen Penis hat.«

»Vergiss ihn einfach, Süße«, sagte Phil.

»Ich glaube, ich hasse dich.«

»Quatsch. Du liebst mich. Sei mir nicht böse, aber gleich tritt Tatum O'Neal zum ersten Mal auf. Du weißt schon die Szene …«

»Ich weiß, Phil.«

»Wir sehen uns morgen bei der Beerdigung.«

Am Morgen der Beerdigung drückte ich mich im Evvie's herum und ignorierte sämtliche WhatsApp-Nachrichten, die von der Evelines-Beerdigungs-Gruppe eintrudelten. Alle waren in heller Aufregung. Tante Bärbel hatte drei Kilo zugenommen und dachte nun über ein passendes Outfit nach. Ich fragte mich, warum ihr das ausgerechnet am Tag der Beerdigung einfiel. Drei Kilo nahm man schließlich nicht über Nacht zu. Oder doch? Es gab eine Pizzeria in Bärbels Straße, die verkauften Pizzen mit einem Durchmesser von siebzig Zentimetern. Vielleicht war so eine Pizza an Bärbels Elend schuld.

Ihre Schwestern rieten ihr zu einem schwarzen Jumpsuit von H&M aus der Dickenabteilung. Also zischte Tante Bärbel noch einmal ins Einkaufszentrum und schickte wirklich grauenvolle Bilder aus der Umkleidekabine. Ich kommentierte das Desaster nicht.

Umkleidekabinen im H&M waren der blanke Horror. Selbst Giselle Bündchen würde in einer dieser Umkleidekabinen aussehen wie ein weißer Wal, der irgendwo tot an Land gespült worden war.

Bärbel war sehr unglücklich über ihre Oberarme, worauf ihr Tante Maggie zu einem passenden Bolerojäckchen riet. Ich fand, Bärbels Oberarme waren das geringste Problem.

Anna hatte ihre Tage bekommen und jammerte ausführlich über Unterleibskrämpfe. Sie schickte Bilder von sich in meinem (!!!) Badezimmer, mit meinen (!!!) Tampons. Und Heul-Smileys. Wen sollte das interessieren. Ich war kurz davor, doch einen Kommentar zu hinterlassen, zumindest einen Würg-Smiley. Ließ es aber dann resigniert bleiben.

Eva hatte sich die Haare hochstecken lassen und sah aus wie Anfang fünfzig. Ich vermutete, dass die Friseurin sogar ein Haarteil verwendet hatte, das aussah wie ein toter Yorkshireterrier. Keine Ahnung, was plötzlich in Eva gefahren war.

Ich scrollte mich durch die Bilder, während ich in der Küche des Evvie's auf dem Holzboden lag, den Kopf auf Schröders Bauch.

Mein Outfit war kein Problem. Wie gesagt, ich besitze fast nur schwarze Klamotten. Ich bin quasi für Beerdigungen immer bestens gerüstet. Beerdigungen.

Anwaltstermine. Raubüberfälle, Hochzeiten. Außer meine eigene.

Kurz vor der Beerdigung schnappte ich mir das Klapprad und radelte mit Schröder nach Hause. Ich fuhr extra langsam. Wegen Schröder, und weil ich es nicht eilig hatte, nach Hause zu kommen. Ich wollte sichergehen, dass alle schon ausgeflogen waren. Ich hatte null Bock auf Prä-Beerdigungsaufregung.

Als ich an einer roten Ampel kurz zum Stehen kam, summte mein Smartphone. Ich dachte: Mann, das ist bestimmt Mutter, die rumnervt, weil ich zu spät dran bin. Oder weil ein Gewitter aufzieht.

Am Himmel ballten sich Wolken. Mich durchfuhr es eiskalt. Wie konnte es sein, dass ich für eine Sekunde vergessen hatte, dass sie tot war. Sie konnte gar nicht anrufen. Mir schossen Tränen in die Augen, die ich ärgerlich mit dem Handrücken wegwischte.

Sie hätte mit Sicherheit angerufen. Für den Fall, dass ich gleich vom Blitz erschlagen wurde. Oder von taubeneigroßen Hagelkörnern. Als wir klein waren, erzählte sie uns von einem Hagelschauer in der Maximilianstraße, während dessen vor ihren Augen ein Zwergpudel von einem Hagelkorn erschlagen wurde. Solche Erzählungen bekam man nie wieder aus dem Kopf. Meine Mutter fürchtete Hagel wie den Teufel und war gleichzeitig komplett davon fasziniert.

Die Ampel schaltete auf Grün, und ein Autofahrer hupte mich an, weil ich nicht reagierte. Er beschimpfte mich durchs offene Fenster als verblödete Tussi. Ich zeigte ihm den Mittelfinger.

Es machte mich echt fertig, dass sie mich nie wieder

vor Naturkatastrophen warnen würde. Und vor dem Radfahren ohne Helm. Und vor Kirschen in Verbindung mit Limonade, unentdeckten Zeckenbissen und Krankheiten, die man sich bei ungeschütztem Sex einfing.

Den Rest des Weges schob ich das Klapprad. Und schluckte wirklich hart an Tränen, die durch meine Kehle nach oben wollten. Ich war fest entschlossen, mich zu beruhigen. Ich hatte mich voll im Griff. Wäre doch gelacht. Ich war schließlich Profi.

In meiner Wohnung war es ruhig. Ich schüttete Schröder Futter, das er nicht mochte, in seinen Napf und wühlte dann in meinem Kleiderschrank nach einem passenden Beerdigungsoutfit. Ich hörte, wie die Wohnungstür aufgesperrt wurde und Schröder mit klackernden Krallen durch den Flur lief, um zu sehen, wer da war.

Ich hielt gerade zwei schwarze kurze Kleider in den Händen, als Mika an meine offene Zimmertür klopfte.

»Das oder das?«, wollte ich wissen und hielt die Kleider nacheinander in die Höhe.

»Ich sehe keinen Unterschied.«

»Soll das ein Witz sein?«, fragte ich entsetzt. »Das linke ist Prada, und das rechte ist Miu Miu. Miu Miu ist quasi die junge Zweitlinie von Prada, man erkennt sie … Ach, vergiss es!«

Mika sah mich an, als würde ich Chinesisch sprechen.

»Ich finde das linke ganz hübsch«, sagte er. »Aber meine Yiayia würde dir wahrscheinlich zu einem Kleid raten, das deiner Mutter gefallen hätte.«

»Nicht dein Ernst.«

»Doch. Du ehrst schließlich deine Mutter am Tag ihrer Beerdigung.«

Ich überlegte. Hatte sich Eva deswegen die Haare so grauenvoll stecken lassen? Ich bezweifelte, dass Mutter diese Frisur gutgeheißen hätte.

»Ich habe nichts, was meiner Mutter gefallen hätte«, sagte ich, warf die beiden Kleider aufs Bett und starrte dann angestrengt in meinen Kleiderschrank. »Ich trage nun mal keinen Harald Glööckler.«

Mika grinste.

»Würde dir bestimmt auch stehen!«

»Sag mal«, ich drehte mich zu Mika um, »könntest du auf Schröder aufpassen, solange ich weg bin? Ich kann ihn unmöglich mit zum Friedhof nehmen.«

»Das fühlt sich jetzt wie eine Liebeserklärung an.«

»Wie kommst du denn darauf?«

»Du vertraust mir deinen Hund an«, sagte Mika zufrieden. »Du bist eher der schroffe Typ. Da muss man zwischen den Zeilen lesen.«

Jetzt fing er auch noch mit diesem Quatsch an.

»Und was liest du so zwischen den Zeilen?«, wollte ich wissen.

»Du würdest Schröder niemals jemandem geben, den du nicht leiden kannst.«

»Korrekt. Oder der alten Chinesin. Ich mag sie. Aber ich würde sie nicht bitten, auf Schröder aufzupassen.«

Ich traute ihr alles zu. Und ich wollte auf keinen Fall, dass Schröder im Kochtopf landete. Ein alter Hund hatte so ein Ende nicht verdient.

»Für mich heißt das, ich bin in deinem Emotions-Ranking ganz weit oben«, freute sich Mika.

Er ließ sich auf mein Bett zwischen die Kleider fallen und verschränkte die Arme hinter dem Kopf.

»Es heißt außerdem, ich komme meinem One-Night-Stand einen großen Schritt näher!«

»Ich kriege die Verbindung irgendwie nicht«, sagte ich und zog ein schwarzes Etuikleid aus dem Schrank. Das Teil hatte ich vor Urzeiten meiner Mutter aus dem Schrank geklaut. Sie hatte behauptet, es wäre ihr Hochzeitskleid gewesen. Das von der standesamtlichen. Mein Vater hatte behauptet, sie hätte auf dem Standesamt einen Hosenanzug getragen. Ach, was weiß ich. Mutter erfand gerne Geschichten. Ich bin mir sicher, dass sie sie am Ende sogar glaubte.

»Na ja, du wirst so dankbar sein, dass ich Schröder hüte …«

»Träum weiter!«

»Das Kleid ist gut«, sagte Mika.

»Nicht zu altbacken?«

Er schüttelte den Kopf.

»Vielleicht eine Gucci-Sonnenbrille dazu?«, überlegte ich.

Und die Heels, die mir Phil bei seinem letzten Vogue-Shooting stibitzt hatte. Die waren mörder. Ich würde damit aussehen wie, sagen wir Audrey Hepburn in *Frühstück bei Tiffany*. Oder besser: Uma Thurman in *Kill Bill*.

»Ich würde mir keine großen Hoffnungen machen«, wandte ich mich an Mika. »Heute Abend, wenn ich wieder da bin, werde ich in schlimmer Verfassung sein. Ich werde auf dem Balkon allein zwei Flaschen Wein trinken und danach vierundzwanzig Stunden schlafen.«

»Wie geht es dir mit der Beerdigung?«, fragte Mika sanft.

Ich drehte mich abrupt zum Schrank und schob die Kleiderbügel hin und her, weil mir schon wieder Tränen in die Augen schossen. Verdammt, ich würde noch zur Heulsuse mutieren. Nichts war schlimmer als das. Ich hasste es, wenn Frauen in Tränen ausbrachen. Also ich meine, wirklich in Tränen ausbrachen.

»Ich brauche noch was drüber«, sagte ich. »Meine Tanten killen mich, wenn ich ärmellos auf dem Friedhof aufschlage.«

»Versuchst du, unauffällig meiner Frage auszuweichen?«, wollte Mika wissen.

»Wie soll es mir schon gehen?«, blaffte ich den Schrank an, bereute es aber sofort. »Tut mir leid.«

»Schon gut.«

»Weißt du, was ich gerne hätte?«, fragte ich Mika.

Ich drehte mich zu ihm um und setzte mich kraftlos auf die Bettkante. Mika schüttelte den Kopf.

»Ich hätte wahnsinnig gerne deine Yiayia«, gab ich zu. »Sie würde mir sagen, was ich anziehen soll, und sie würde sich bei der Beerdigung bei mir unterhaken. Weil sie schon ein bisschen gebrechlich ist. Ich würde sagen: ›Mach dich an mir fest, Yiayia!‹ Und würde mich fühlen, als wäre ich die Starke. Aber in Wirklichkeit würde sie mich halten. Im Geheimen.«

Mika hielt meinem Blick ruhig stand. Ich wusste nicht, dass ein Blick so weich sein konnte.

»Was ist mit deinen Tanten?«

»Meine Tanten sind in der Hinsicht nicht zu gebrauchen«, seufzte ich.

»Soll ich mitkommen?«, fragte Mika.

»Bloß nicht! Dann ist Schröder allein. Wir können einen traumatisierten Hund nicht so lange allein lassen.«

Mika zog die Augenbrauen nach oben.

»Wie du meinst.«

»Du kannst mit ihm *Gilmore Girl*s gucken oder *Emergency Room*«, empfahl ich Mika.

Er nickte.

»Keine Gewaltfilme. Auf keinen Fall *Stirb langsam* oder etwas von Quentin Tarantino. Das ist ihm zu aufregend. Und wenn er trotzdem nervös wird, könnt ihr euch Tortilla-Chips mit Käse überbacken. Die liebt er. Es sind noch welche in der obersten Küchenschublade.«

Mika nickte wieder.

»Oder du gibst ihm eine Glücksente aus. Im Chinaimbiss.«

Komischerweise fühlte ich mich, als würde ich nie wieder zurückkommen und letzte Anweisungen geben, bevor ich in den Krieg zog. Wenn ich ehrlich war, hatte ich nie weiter als bis zu der Beerdigung gedacht. Dahinter gähnte ein riesiges Loch, als würde die Zeit danach gar nicht existieren. Vielleicht existierte sie auch nicht.

#funeral #strangedays

Die Urne mit den Swarovski-Steinen machte sich wirklich gut. Durch die hohen Fenster der Aussegnungshalle fielen Sonnenstrahlen, die die einzelnen Steinchen aufblitzen ließen. Meine Mutter hätte diese Urne geliebt. Meine Tanten hatten Blumenkränze aus Margeriten und Wegwarte geflochten und damit das kleine Tischchen geschmückt, auf dem sie stand.

Neben der Urne hatte jemand ein unsäglich hässliches Gesteck aus Tannenzweigen und Lilien abgestellt. Es war riesig und musste eine Stange Geld gekostet haben. An den Zweigen hingen sogar Zapfen.

»Von wem ist das denn?«, wollte ich von Eva wissen.

»Ich kann die Schrift nicht lesen«, sagte Eva.

Die Sonne brannte auf den Friedhof, daher flüchteten alle in die Aussegnungshalle. Es waren ziemlich viele Leute gekommen, die ich noch nie gesehen hatte. Vermutlich Bingo- und Skatpartner, womöglich aber auch Bekanntschaften aus einem Swingerklub. Ich hoffte nur, dass ich mit keinem von ihnen reden musste.

Ganz hinten entdeckte ich Phil und Lucinda und winkte ihnen unauffällig zu.

Meine Schwestern und ich standen zusammen mit meinen Tanten in der ersten Reihe. Annas Kinder mit Julius in der zweiten. Er starrte permanent mit traurigem Hundeblick auf Annas Rücken.

Ich drehte mich um.

»Na, zu lange im herabschauenden Hund gewesen?«, fragte ich ihn böse.

Daraufhin ließ er es bleiben.

Tante Bärbel schwitzte wie ein Pferd in ihrem Jumpsuit und Bolerojäckchen von H&M. Und warf mir strafende Blicke zu, weil ich es schließlich doch gewagt hatte, ärmellos auf die Beerdigung zu kommen. Schließlich wollte ich nicht auch schwitzen wie ein Pferd. Ich bedachte Bärbel ebenfalls mit einem finsteren Blick, um ihr zu zeigen, dass ich mich nicht von ihr einschüchtern ließ.

Ein alter Mann mit beigefarbenen Mantel kam durch die Reihen auf uns zu. Ich erkannte ihn sofort. Es war derselbe, der wegen des Kochbuches so einen Aufstand gemacht hatte. Der in unserem Hinterhof Flaschen aus den Containern gezogen hatte. Jetzt wusste ich auch, warum es ganz hinten in meinem Bewusstsein geklingelt hatte.

»Pfarrer Drews!«, strahlte ihn Tante Bärbel an. »Schön, dass Sie heute hier sind!«

Er sah mich sehr streng an.

»Ich kenne Sie!«, sagte er. »Sie sind die junge Dame mit dem Kochbuch.«

»Ich dachte, er ist dement!«, zischte ich Anna zu.

Die zuckte nur mit den Schultern.

»Kochbuch?« Meine Tanten sahen mich fragend an.

»Ich weiß nicht, was Pfarrer Drews meint«, sagte ich, ohne die Miene zu verziehen.

»Wie auch immer«, lenkte Maggie ein. »Es ist Zeit für die Ansprache.«

Pfarrer Drews nickte und kramte einen zerknüllten Zettel aus seiner Jackentasche.

»Los gehts!« Er warf mir noch einen scharfen Blick zu, bevor er sich zur Urne drehte. »Ich behalte Sie im Auge!«

»Tut mir leid, Cressi«, flüsterte Maggie, »er bekommt alles durcheinander. Wahrscheinlich denkt er an deine Erstkommunion, als du die Hostie wieder ausgespuckt hast. Oder als du an Ostern deine Barbie im Weihwasserbecken gebadet hast.«

Stimmt. Da war was.

»Wahrscheinlich«, sagte ich.

»Du warst kein einfaches Kind«, behauptete Tante Violetta. »Als er dich gesehen hat, hat ihn das wahrscheinlich an früher erinnert. Demenzkranke können sich häufig besser an Ereignisse erinnern, die länger zurückliegen. Besonders an solche, die nicht so schön waren.«

Wenn ich mich im Alter nur noch an Pfarrer Drews erinnerte, wollte ich das nicht erleben.

»Eveline Catterberg …«, setzte Pfarrer Drews an, »… Eveline Catterberg war ein treues Mitglied unserer Gemeinde.«

Ich atmete kontrolliert aus. Gut. Der Pfarrer hatte sich im Griff. Er las den Text vom Zettel ab. Was wollte man mehr?

Er stockte, um in seiner Manteltasche nach seiner Brille zu suchen, fand sie und setzte sie sich ganz vorne auf die Nase.

»Das Gesteck ist von Holger Schmidt«, wisperte mir Anna zu.

Ach du Schreck.

»Woher weißt du das?«, flüsterte ich zurück.

»Ich bin nicht so blind wie du und Eva. Ich kann lesen. Auch ohne Brille.«

Sie deutete unauffällig auf die Trauerschleife, die an das Gesteck geheftet war. Jetzt wo sie es sagte.

»Das Gesteck ist von Holger«, gab ich an Eva weiter.

»Scheiße. Er wird doch nicht etwa hier sein?« Eva sah sich panisch um.

»Jetzt reiß dich zusammen.« Ich stieß ihr meinen Ellbogen in die Seiten. »Wahrscheinlich hat er es nur geschickt. Der hat doch gar keine Zeit für Beerdigungen. Bei dem Wetter muss er auf der Stadtwelle surfen. Oder ein bekacktes literarisches Buch schreiben.«

»Wahrscheinlich hast du recht.« Eva entspannte sich ein wenig.

»Sie war ein wunderbarer Mensch, eine wunderbare Ehefrau und Mutter und eine wunderbare … äh … Schwester. Sie war eine gute Köchin …«

Wer hatte sich nur diesen Text ausgedacht?

Pfarrer Drews verlor den Faden und starrte sinnierend auf die Trauergemeinde. Schließlich hefteten sich seine Augen auf mich. Wie hatte ich diesen Blick vergessen können. Religionsunterricht, dritte Klasse, Grundschule. So etwas vergaß man nicht. So etwas verdrängte man.

»Cressida Catterberg war eine grauenhafte Schülerin«, sagte Pfarrer Drews unvermittelt, »sie störte den Unterricht durch unangemessene Kommentare. Und sie spuckte ihre Hostie wieder aus.«

Gott. Wie konnte ein einziger Tag so schlimm sein?

Anna kicherte neben mir.

»Geil!«, kicherte sie. »Wenn du Glück hast, hat jemand ein Handy dabei, und das Video geht viral. Dann bist du berühmt.«

»Klappe!«, fuhr ich Anna an.

»Ach, komm schon, Cressi«, sagte sie, »mach dich locker!«

Ich war locker. Wirklich.

»Cressida Catterberg sollte bis auf Weiteres vom Unterricht ausgeschlossen werden!«

Ein verständnisloses Raunen ging durch die Reihen.

»Es war eine beschissene Idee, Drews für die Trauerrede zu engagieren«, sagte Eva neben mir. »Bei dem fährt der Fahrstuhl echt nicht mehr bis ganz nach oben. So was Blödes konnte auch nur Bärbel einfallen.«

»Meine Rede«, sagte ich sauer.

»Ich erinnere mich deutlich, dass sie ihre Barbie im Weihwasserbecken gebadet hat. An Ostern. Als ich sie fragte, warum, antwortete sie, sie sei Johannes der Täufer.« Pfarrer Drews sah anklagend in die Menge. »Gott habe ihr befohlen, ihre Barbie zu taufen. Cressida Catterberg war ein furchtbares Kind.«

Ich schloss die Augen und überlegte, wie ich aus dieser Nummer herauskommen sollte. Aber ich war zu kraftlos, um einen klaren Gedanken zu fassen. Als ich die Augen wieder öffnete, war Tante Bärbel aufgestanden und flüsterte Pfarrer Drews etwas ins Ohr. Er nickte verständnisvoll.

»Wir sind hier versammelt«, las er dann ernsthaft von seinem Zettel ab, »um den Tod unserer geliebten Eveline zu betrauern. Asche zu Asche. Staub zu Staub. Nun ist sie nur noch ein Häuflein Asche. Wir alle werden in nicht allzu ferner Zukunft ein Häuflein Asche sein.«

Ich konnte mir nicht vorstellen, dass dieser Text auf seinem Zettel stand. So etwas depressiv Apokalyptisches brachte nicht einmal Tante Bärbel zustande.

»Bald wird unser aller Leben zu Ende sein!«, verkündete er mit unheilschwangerer Stimme. »Eine junge Frau, diese junge Frau …«

Er deutete mit dem Finger auf mich.

Bärbel, die sich wieder gesetzt hatte, sprang auf und schoss nach vorne. Sie legte Pfarrer Drews die Hand auf die Schulter.

»Vielen Dank, Pfarrer Drews, für diese berührende Ansprache!«, sagte sie. Ihre Stimme war ungefähr zwei Oktaven höher als normal.

Ich gönnte ihr diesen Moment von Herzen.

»Ich denke, wir bringen nun unsere geliebte Eveline zu ihrer letzten Ruhestätte!«

Ich hörte, wie Pfarrer Drews irgendetwas murmelte, von wegen, er sei noch nicht am Ende der Ansprache und dass es Dinge gebe, die gesagt werden müssten.

Ich rieb mir mit beiden Händen über das Gesicht. Ich war echt fertig. Ich brauchte dringend ein Schläfchen, einen Wodka auf Eis und eine Gesichtsmaske. Solche Tage konnte man nicht ohne Gesichtsmaske überleben.

Es gab so übelst gute Tuchmasken, die mit Feuchtigkeit getränkt waren. Wenn man sich die aufs Gesicht legte, ging es einem gleich um Welten besser. Ich sehnte mich inbrünstig nach einer Tuchmaske und einem Gespräch mit Lindholm. Als mir bei der Gelegenheit unser letztes Treffen wieder einfiel, wäre ich beinahe in Tränen ausgebrochen.

Pfarrer Drews klemmte sich die Swarovski-Urne unter den Arm. Ich war ja noch auf nicht vielen Beerdigungen gewesen, aber ich war mir ziemlich sicher, dass das nicht üblich war. Er lief beherzten Schrittes voraus, und wir beeilten uns, dass wir von den Bänken hochkamen.

»Mann«, sagte Anna neben mir, »ich wünschte, Mutter hätte das sehen können.«

»Mutter wollte keinen Geistlichen«, sagte ich. »Sie wusste schon, warum. Man weiß nie, was in denen vorgeht. Auch wenn sie nicht dement sind. In denen brodelt zerstörerischer Zündstoff.«

Als wir nach draußen traten, setzte ich meine Sonnenbrille wieder auf. Die Sonne knallte unbarmherzig auf den Friedhof. Wir eilten Drews hinterher, der von hinten aussah, als wäre er zu einem flotten Spaziergang aufgebrochen.

»Ich habe eben einen Typ gesehen, der sah aus wie Holger Schmidt«, sagte Eva, die zu uns aufgeschlossen war. Sie war etwas außer Atem.

»Du bist paranoid«, gab ich zurück.

»Nein, wirklich. Er hat eine Sonnenbrille auf. Deswegen bin ich nicht ganz sicher. Aber allein von der selbstherrlichen Attitüde her könnte er es sein.«

Ich sah mich vorsichtig um, konnte aber niemanden entdecken, der Holger ähnlich sah.

Drews stoppte vor unserem Familiengrab und drehte sich, mit der Urne unter dem Arm, zu uns um.

»Ich habe just vergessen, was jetzt kommt«, sagte er etwas ratlos, und ich duckte mich etwas hinter Evas Dutt, damit er sich bei der Gelegenheit nicht wieder auf mich einschoss. »Gerade eben wusste ich es noch.«

»Die Beisetzung!«, half ihm Tante Bärbel auf die Sprünge.

Sie sah so schlimm aus, wie ich mich fühlte. Sie hatte riesige Schweißflecke unter den Armen, und es war gut denkbar, dass sie ihre drei Kilo in dieser Situation ruckzuck runtergeschwitzt hatte. Ich nahm mir vor, sie nachher dazu zu beglückwünschen.

»Ach ja stimmt«, sagte Pfarrer Drews und ließ die Urne in das Loch plumpsen. »Geschafft.«

Die gesamte Trauergemeinde zuckte bei dem dumpfen Aufprall unisono zusammen. Pfarrer Drews wischte sich die Hände an seinem Mantel ab.

»Dann gehe ich jetzt«, sagte er. »Ich wünsche einen gesegneten Abend!«

Tante Bärbel warf uns einen verzweifelten Blick zu und sprintete dann Pfarrer Drews hinterher. Sie erwischte ihn, bevor er sich über den Grüngutabfall beugen konnte, um ein paar Stiefmütterchen aus dem Container zu fischen.

Ich stand mit Phil, Lucinda und Eva etwas abseits und sah zu, wie meine Tanten sorgfältig Erde auf das Grab häufelten. Ab und zu sahen sie vielsagend, verschwörerisch zu uns herüber.

Ja, ich hab's kapiert!, dachte ich böse.

Fast erwartete ich, dass sie ein Fähnchen auf den kleinen Hügel steckten. Langsam zerstreuten sich die Trauergäste.

»Schräger Vogel«, sagte Lucinda.

Sie meinte Pfarrer Drews.

»Jedenfalls wirst du dich immer an diese Beerdigung erinnern «, sagte Phil tröstend und kramte in seiner Clutch nach einer Zigarette.

»Man darf auf dem Friedhof nicht rauchen«, sagte Eva geistesabwesend und ließ ihren Blick über die Gräber schweifen.

»Wer sagt das?«, wollte Phil wissen. Er seufzte und stopfte seine Zigaretten zurück in die Tasche.

»Die Katholiken«, sagte Eva.

»Diese Christen«, sagte er, »die können einem doch alles vermiesen.«

»Hardcore Christen«, fügte er hinzu, nachdem er seine Clutch nachdrücklich zugeklappt hatte.

»Ich mag sie auch nicht«, Lucinda zog sich die Kapuze ihres Hoodies über den Kopf. Trotz der Hitze war sie angezogen wie zu einem Hip-Hop-Battle. So kultivierte sie ihre blasse Haut. Sie war eher der Wintertyp. Wenn sie sich in die Sonne legte, bekam sie nur rote Flecken.

»Christen sind immer so verdammt spaßbefreit. Sogar Weihnachten ist ja nicht wirklich eine wahre Freude.«

»Er kommt auf uns zu!«, zischte mir Eva zu. »Auf drei Uhr! Cressi, tu mir einen Gefallen und ...«

Oh nein.

»Und was?«, zischte ich zurück.

Holger Schmidt schlängelte sich durch die Gräber. Er trug ein schwarzes Sakko von Boss und dazu Sneaker. Wahrscheinlich um jugendlicher zu wirken. Männer sind so berechenbar.

»Eva!« Er riss mich in seine Arme und tätschelte meinen Rücken. »Die im Verlag haben es mir gesagt. Mein herzlichstes Beileid!«

Ich sah Eva über seine Schulter böse an. Sie zog den Kopf ein. Was musste sie auch an ihrem Arbeitsplatz herumposaunen, dass unsere Mutter gestorben war. Warum? Wenn das hier vorbei war, würde ich endgültig einen Schlussstrich unter diese Familie ziehen. Ich musste mich erkundigen, wie man eine Namensänderung bewerkstelligte. Ich hatte von Leuten gehört, die sich von Adligen adoptieren ließen. Dieser Gedanke begeisterte mich wirklich.

»Schon gut!«, sagte ich und machte mich von ihm los.

»Wie geht es dir!« Er legte alle Betonung in dieses »dir« und nahm meine Hände in seine Hände.

»Es geht mir gut!«, sagte ich energisch. »Den Umständen entsprechend.«

»Du siehst großartig aus!«

Diesmal lag die Betonung auf »großartig«. Habe ich erwähnt, dass mir der übertriebene Gebrauch von »großartig« komplett auf die Nerven geht? Gefühlt wird kein Wort inflationärer gebraucht als »großartig«. Eva verdrehte die Augen. Wollte sie damit sagen, dass ich nicht großartig aussah?

Holgers Blick glitt zu Eva hinüber.

»Kennen wir uns?«, fragte er. »Sie kommen mir wahnsinnig bekannt vor.«

Eva bekam rote Stressflecken im Gesicht.

»Das wundert mich nicht«, sagte ich schnell, »sie ist meine Sekretärin, quasi meine rechte Hand. Sie bringt den Kaffee. Macht mein Büro sauber. Unverzichtbar.«

»Ah«, machte Holger, »da kannst du dich aber glücklich schätzen.«

»Das tue ich. Ich wüsste nicht, was ich ohne sie anstellen sollte.«

Ich konnte sehen, wie sehr mich Eva gerade hasste. *Worst Case* für Personen mit Profilneurose. Dafür hatte sie nicht Abi gemacht, jahrelang studiert und auf sämtliche Lebensqualität verzichtet. Dafür, dass ein Bestsellerautor sie für ihre eigene Sekretärin hielt.

»Und?«, wollte Holger wissen. »Ist Eva eine nette Chefin?«

»Ganz wunderbar!«, sagte Eva biestig.

»Das kann ich mir vorstellen. Und es ist wirklich toll von Ihnen, dass Sie ihr an so einem schweren Tag beistehen.«

Er wandte sich wieder an mich.

»Kann ich dich einen Moment allein sprechen?«

Er griff nach meinem Ellbogen, und ich ließ mich ein paar Gräber weiter bugsieren.

»Ich habe dich vermisst«, sagte er. »Wenn die Trauerzeit rum ist, könnten wir uns wieder treffen! Ein Abend im Griechen vielleicht?«

»Vielleicht«, sagte ich ausweichend. Ich sah an ihm vorbei Richtung Aussegnungshalle. Dort stand ein Mann mit einem Hund. Ich hätte schwören können, dass es Mika mit Schröder war. Allein wie der Hund bekümmert den Schwanz einzog. Mika hatte eine Sonnenbrille auf. Mein Herz schlug ein paar Takte schneller. Er sorgte sich um mich und war mit dem Hund zum Friedhof gekommen. Obwohl es verboten war.

»Super!«, riss mich Holger aus meinen Gedanken.

»Ich habe vielleicht gesagt!«

»Wie lange dauert die Trauerzeit?«

Ich überlegte. Als ich wieder zur Aussegnungshalle hinübersah, war Mika mit Schröder verschwunden.

»Ein Jahr?«

Holger riss entsetzt die Augen auf.

»Ich nehme Trauerarbeit sehr ernst«, sagte ich. »Wenn man Trauer nicht verarbeitet, kann das total nach hinten losgehen.«

»Verstehe.«

»Depressionen zum Beispiel. Depressionen kann ich mir in meinem Job nicht leisten.«

Holger nickte verständnisvoll.

»Oder einen Burn-out.«

»Natürlich. Wir sollten nichts überstürzen.«

Ich überlegte, ob ich ihn fragen sollte, ob wir wirklich Sex gehabt hatten. Aber ich befürchtete, dass ich die Antwort nicht hören wollte. An Tagen wie diesen musste man sehr sparsam mit seinen Ressourcen umgehen. Ich beschloss, sie nicht an Holger Schmidt zu verballern. Wer weiß, wozu ich sie noch brauchen würde.

»Aber falls du mal eine Spritztour machen möchtest. An den Gardasee oder so …«

Ich nickte.

»Dann melde ich mich.«

»Ich habe Gerüchte gehört«, Holger senkte seine Stimme.

»Gerüchte?«

»Man sagt, du verlässt den Verlag.«

»Stimmt. Genau. Ich verlasse den Verlag.«

Wohin zum Teufel ging Eva? Von wem hatte sie das Angebot? Mir fiel es nicht ein.

»Wohin?«

»Das ist derzeit noch streng geheim!«

»Eva. Ich komme natürlich mit dir.«

»Du solltest etwas eigenständiger werden«, empfahl ich Holger. »Mach dich nie von deinem Lektor abhängig!«

»Aber ich brauche jemanden, der meinen kreativen Prozess begleitet«, er hörte sich schon wieder so weinerlich an. Immer wenn das Gespräch aufs Bücherschreiben kam, packte er diese Mitleidsnummer aus. Ich konnte mich daran erinnern, dass Eva immer völlig genervt war, wenn Autoren so betüdelt werden wollten. Ich verstand das vollkommen. Es war nervig. Schließlich war man keine Kindergärtnerin.

»So ein Unsinn«, sagte ich. »Sei ein Mann. Und jammer nicht rum! Du wirst doch allein einen Laptop bedienen können.«

»Aber mit wem soll ich sprechen, wenn ich eine Schreibblockade habe?«

»Ich kann dir einen Therapeuten empfehlen«, sagte ich.

»Ich mag es, wenn du so energisch bist!«, sagte Holger. »Ich brauche jemanden, der mir ab und zu den Kopf wäscht!«

Vielleicht sollte ich auf Domina umschulen.

Anna kam mit Suki und den Jungs zu uns herüber.

»Störe ich?« Sie wartete meine Antwort nicht ab. »Die Yogatante hat mit ihm Schluss gemacht. Ganz plötzlich. Es wurde ihr zu viel mit den Kindern.«

Hatte ich es nicht gesagt, dass Annas Kinder die Pest waren? Annas Kinder sind der sicherste Beziehungskiller überhaupt.

»Jetzt will er zu mir zurück.«

»Was für ein Weichei.«

»Das finde ich auch«, sagte Anna erleichtert. »Ich habe ihm empfohlen, ein anderes Yogastudio auszuprobieren. Davon gibt es Hunderte in München. Umland gar nicht mitgerechnet. Da findet er bestimmt eine andere.«

»Gut gemacht!«

»Danke!« Sie rauschte mit ihren Kindern im Schlepptau davon.

»Es gibt jetzt dann Kaffee und Kuchen«, wandte ich mich wieder an Holger.

Er sah mich hoffnungsfroh an.

»Nur im engsten Familienkreis.«

Er drückte mich noch einmal an sich.

»Du weißt, wo du mich findest«, raunte er mir ins Ohr.

#evvies

»Du siehst aus, als würdest du von einer Beerdigung kommen«, sagte Wischnewski.

Er hatte mich fast zu Tode erschreckt. Was nicht nur an der Lautstärke lag. Er war wieder auf der Treppe vor seinem Eiskeller auf der Lauer gelegen und hatte mich prompt erwischt, nachdem ich auf Kaffee und Kuchen in dem deprimierenden Café verzichtet hatte, um stattdessen im Evvie's vor mich hin zu starren. Es ist unglaublich wichtig, ab und zu ausschließlich irgendwo zu sitzen und völlig random ins Leere zu starren. Davon hatte Wischnewski wahrscheinlich noch nie etwas gehört.

»Kommst du etwa von einer Beerdigung?« Er riss die Augen entsetzt auf.

Es gibt Tage, da kann ich nicht lügen. Es geht einfach nicht. Auch wenn ich mich damit in die Scheiße ritt. Ich nickte ergeben.

»Wer ist gestorben?«, wollte Wischnewski wissen. »Doch nicht Eveline?«

Ich sagte darauf nichts.

»Doch. Es ist Eveline.«, stellte Wischnewski fest.

Irgendetwas in seinem Gesicht schien den Halt zu verlieren.

»Mein Gott, was tun wir denn jetzt?«

Ich konnte darauf immer noch nichts sagen, sondern zuckte nur etwas hilflos mit den Schultern.

»Mädchen, das ist ja ein Ding!«

Er drückte mich mit aller Kraft an sich.

»Auf der Kreuzfahrt?«

»Sie war nicht auf Kreuzfahrt.«

»Mädchen, Mädchen.«

Wir schwiegen, und mein Ohr summte. Verdammt, ich musste ihm wirklich klarmachen, dass das mit dieser Brüllerei nicht so weiterging. Nicht, wenn ich mit dem Evvie's ständig in seiner direkten Nachbarschaft war. Ich wäre wahrscheinlich mit spätestens vierzig völlig taub. Wie Beethoven. Nur früher.

»Wo ist das passiert?«

Ich drückte mich von ihm weg und zog den Schlüssel aus der Tasche.

»Zu Hause. Im Bett. Es war das Herz.«

Sätze wie aus einem schlechten Roman. Ich konnte kaum glauben, dass ich so etwas wirklich sagte. Mütter sollten nicht sterben. Nicht zu Hause im Bett. Nirgendwo.

»Aber warum sagst du mir denn nichts?«

Wischnewski hatte Tränen in den Augen. Ich drehte mich weg und sperrte die Türe auf.

»Ich wollte Sie nicht damit belasten«, sagte ich.

»Mich belasten?«, brüllte Wischnewski, und ich zuckte schon wieder zusammen. Himmelherrgott!

»Es geht doch nicht um mich! Es geht um dich, Kind!«

Dass er mich »Kind« nannte, machte mich wirklich fertig. Wenn man »Kind« genannt wurde, konnte man innerlich nicht ruhig bleiben. Vor allem nicht nach Beerdigungen. Ich ließ mich noch einmal ausgiebig von Wischnewski drücken. Er roch nach Currywurst und Old Spice. Eine fatale Mischung. Machte mich persönlich völlig willenlos. Aus reiner innerer Verzweiflung. Ich konnte es mir echt nicht mehr erlauben, so an meine Grenzen gebracht zu werden. Irgendwann in naher Zukunft würde ich ständig grundlos zu heulen anfangen. Ich will damit nicht andeuten, dass ich mir einen Vater gewünscht hätte, der mich drückte und dabei nach Currywurst und Old Spice roch. Aber das ganze Szenario triggerte mich ungemein.

»Deine Mutter hat in ihrem Leben alles falsch gemacht, was man nur falsch machen kann«, sagte Wischnewski.

Diesmal sogar in erträglicher Lautstärke. Dafür war ich wirklich dankbar.

»Sie war eine lausige Mutter, und jetzt stirbt sie auch noch viel zu früh.«

»Na ja, dafür kann sie nichts«, wandte ich ein.

Ich verschwieg ihm, dass sie sich nicht behandeln lassen wollte.

»Was habe ich an sie drangeredet.« Wischnewski klopfte mir den Rücken. »Weißt du, wir waren nur zwei, drei Mal miteinander in der Kiste. Es könnten auch fünf Mal gewesen sein.«

»Was?«

»Na ja, ich war auch mal jung«, sagte Wischnewski verlegen.

»Okay«, sagte ich.

»Ich hab zu ihr gesagt, verlass deinen Alten, und wir ziehen die Mädchen gemeinsam groß. Die brauchen einen Vater und eine Mutter. Du machst das Evvie's, und ich mach in Eis. Kinder lieben Eis. Ihr Mädchen seid sowieso immer bei mir rumgehangen.«

»Ach, Wischnewski.« Jetzt klopfte ich ihm den Rücken.

»Aber sie wollte nicht hören. Sie hat nur darüber gelacht. Über meine Ideen.«

»Sie war ein Biest«, sagte ich. »Machen Sie sich nichts draus.«

»Ich habe sie anders gekannt.«

Das wollte ich jetzt gar nicht so genau wissen. Ich ließ Wischnewski los, um hinter dem Tresen nach Schnaps zu suchen. Ich fand eine Flasche Holunderschnaps, stellte sie mit zwei Gläsern auf den Tresen und schenkte mir und Wischnewski ein. Wischnewski brauchte wirklich dringend Alkohol. Er war ganz blass um die Nase.

»Sie war so unglücklich mit deinem Vater«, wir kippten gleichzeitig den Holunderschnaps, »der war ja nie für sie da.«

»So kann man das auch nicht sagen.«

»Sie hat das so gesagt«, meinte Wischnewski ernsthaft. »Sie war so unglücklich. Sie war zu unglücklich, um den Laden zu schmeißen und sich um euch Mädchen zu kümmern.«

Das war natürlich ein Argument. Man konnte zu unglücklich sein, um sich um seine Kinder zu kümmern. Deswegen setzte ich auch keine Kinder in die Welt. Weil ich vorausschauend dachte. Ich war so reflektiert, dass ich meine Bedürfnisse hinter den Bedürfnissen eines ungeborenen, vernachlässigten Kindes zurückstellte. Ich schenkte uns Schnaps nach. Ich war eine ganz wunderbare Mutter ohne Kinder. Wer konnte das schon von sich behaupten. Der Gedanke machte mich ein bisschen stolz.

»Sie hat euch trotzdem geliebt«, behauptete Wischnewski, »auch wenn sie so ein dummes Ding war.«

Er kippte den Schnaps. Jetzt hatte ich wirklich Angst, dass er gleich zu heulen anfing. Was sollte ich bloß mit einem heulenden Wischnewski machen?

»Ich kann mich erinnern, dass sie dich gelegentlich in einem alten Wäschekorb zu mir in den Keller gestellt hat. Ich habe ferngesehen, und du hast geschlafen. Wenn du aufgewacht bist, habe ich an dem Korb geruckelt.«

Ich atmete tief durch. Alter Wäschekorb. Keller. Am Korb ruckeln. Das hörte sich nach einer behüteten Kleinkindzeit an.

»Wenn sie dann das Evvie's zugesperrt hat, kam sie rüber, und wir machten noch ein bisschen rum. Du hast da natürlich geschlafen. Keine Sorge.«

»Das klingt jetzt aber nicht wie zwei bis fünf Mal Sex«, warf ich ein.

Ich wollte gar nicht wissen, wo Eva und Anna währenddessen waren. Vermutlich waren sie im Evvie's total fertig hinter dem Tresen eingeschlafen.

»Manchmal haben wir auch nur geknutscht«, wiegelte Wischnewski ab. »Die Frau hat mich wirklich umgehauen. Sie war eine Femme fatale. Durch und durch.«

Ja, das hörte sich nach meiner Mutter an. Könnte

das nicht mal jemand über mich sagen? Wischnewski stützte seinen Kopf in die Hände.

Mein Handy summte. Ich sah, dass es Lindholm war.

»Da muss ich rangehen«, sagte ich und verkrümelte mich in die Küche.

»Haben wir Redebedarf?«, wollte Lindholm wissen.

»Weil wir zusammen Wein getrunken haben?«

Jetzt wo ich wusste, dass meine Mutter sogar Wischnewski gevögelt hatte, konnte ich meine eigene Situation etwas gelassener sehen. Neben ihr war ich sexuell gesehen ein Waisenkind. Wir hatten nicht einmal geknutscht. Nur in meiner Vorstellung hatte ich das getan.

»Wir haben also nichts zu klären?«

»Warum sollten wir? Ich kann mich nicht erinnern, dass irgendetwas passiert ist, was unser Patienten-Therapeuten-Verhältnis beeinflussen würde«, sagte ich.

»Gut!« Lindholm hörte sich erleichtert an.

Offenbar war er im Verdrängen ganz erste Liga. Ich war ernsthaft beeindruckt.

»Wie war die Beerdigung?«

»Es war okay«, sagte ich.

»Wie kann eine Beerdigung ›okay‹ sein?«, wollte Lindholm wissen.

Ich hatte keine Lust, ihm von Pfarrer Drews zu erzählen. Diese Episode würde ich, so schnell es ging, aus meinem Gedächtnis streichen.

»Es ging schnell.«

»Wie fühlen Sie sich?«

»Ausgelaugt.« Das war nicht gelogen.

»Es wird Ihnen besser gehen, wenn Sie endlich Ihre Gefühle zulassen«, erklärte mir Lindholm.

Dieser Spaßvogel.

»Wenn Sie mir jetzt noch sagen, wie ich das anstellen soll, wäre ich echt dankbar!«, sagte ich angepisst. »Worüber reden wir eigentlich die ganze Zeit? Ich möchte wissen, wie das geht! Gefühle zulassen!«

»Sie sind wie ein Schnellkochtopf unter Druck. Wenn Sie weiter die Temperatur hochdrehen, explodieren Sie.«

»Kein Mensch verwendet mehr Schnellkochtöpfe. Wir sind im Zeitalter des Thermomix.«

»Darum geht es nicht, Catterberg. Das ist ein Bild. Damit Sie sich Ihrer Situation besser bewusst werden können.«

»Ich bin mir meiner Situation komplett bewusst. Genau das ist mein Problem!«

»Vielleicht könnte auch ein Thermomix unter Druck stehen«, überlegte Lindholm, »da müsste ich mal meine Frau befragen.«

»Und was würde das für mich bedeuten? Wenn meine Gefühle explodieren?«, wollte ich wissen.

»Dann könnten wir Sie stationär einweisen lassen. Also versuchen Sie, endlich ein Ventil zu finden!«

Ich hörte Wischnewski im Nebenraum schluchzen. Auch das noch!

»Dafür habe ich momentan keinen Kopf«, sagte ich.

Ich fragte mich ernsthaft, was ich mit Wischnewski anstellen sollte. Ich hatte quasi null Erfahrung mit weinenden Männern. Was wohl daran lag, dass Männer nicht weinten. Zumindest nicht vor Frauen. Ich fragte mich auch, warum Wischnewski ausgerechnet heute damit anfangen musste.

»Ich kann mir vorstellen, dass Sie mit der Beerdigung sehr eingespannt sind«, sagte Lindholm einfühlsam. »Und trotzdem sollten Sie sich auch heute eine kleine Auszeit nehmen, in der Sie Ihrem Inneren näherkommen. Ich empfehle Ihnen eine Atemmeditation.«

Er hatte einfach keine Ahnung.

»Ich werde es mir überlegen«, sagte ich.

Na klar. Sobald ich Wischnewski wieder in der Spur hatte, würde ich mich im Lotussitz niederlassen und mal ganz entspannt eine Runde atmen. Echt. Die meisten Therapeuten konnte man im Ernstfall in der Pfeife rauchen.

»Gut!«, freute sich Lindholm. »Wir sprechen bei unserer nächsten Sitzung über Ihre Erfahrungen damit!«

Ich legte auf und raufte mir die Haare. Dann ging ich beherzt zurück zu Wischnewski.

»Herr Wischnewski«, sagte ich energisch, »jetzt wollen wir mal die Kirche im Dorf lassen. Sie werden das überstehen. Schließlich haben Sie meine Mutter schon ewig nicht mehr gesehen.«

»Hin und wieder kam sie vorbei. Ich glaube, sie war einsam. Ich hätte mich besser um sie kümmern sollen.«

»Sie hat Ihre Gefühle nur ausgenutzt«, sagte ich.

»Das hatte ich auch manchmal gedacht. Trotzdem habe ich jedes Mal gehofft, dass sie wiederkommt. Wenn ich mich noch besser gekümmert hätte.«

»Wenn sie eine Beziehung gewollt hätte, wäre sie dageblieben. Punkt.«

»Du kommst nach deiner Mutter, Mädchen. Du bist genauso unbarmherzig wie sie.«

Jetzt reichte es mir. So etwas hört niemand gerne. Natürlich war mir klar, dass ich ihre Gene in mir trug. Und die eines depressiven Paketfahrers. Aber ich wollte nicht ständig daran erinnert werden.

»Wissen Sie was. Wir werfen mal einen Blick in Ihre Eistruhe «, sagte ich, »vielleicht finden wir einen braunen Bären. Oder ein Nogger.«

Wischnewski nickte und wischte sich die Tränen aus den Augen.

»Da müsste noch was da sein. Ganz unten«, meinte er.

#graveyardatnight

Ich hatte mir von Wischnewski einen Klappspaten, einen Rucksack und einen riesigen Pulli mit Kapuze geliehen. Der Pulli war ausgeleiert und hatte einen Aufdruck vom FC Bayern. Er stand mir hervorragend. Vor allem über dem Kleid meiner Mutter und den Stilettos. Ich sah mit meinem Equipment aus wie ein kleines Mädchen, das beschlossen hat, von zu Hause auszureißen, um per Autostopp in die nächste Stadt zu kommen. In den Schuhen ihrer Mutter. Die Vorstellung gefiel mir. Allein der Gedanke, wieder zwölf Jahre alt zu sein und von daheim abzuhauen, war toll.

Ich packte die Proteinpulverdose und den Klappspaten in den Rucksack und radelte los. Zunächst hatte ich überlegt, für einen Teil des Weges das Taxi zu nehmen, entschied mich aber dagegen. Ich hatte etwas Angst, dass mich der Taxifahrer in dem Aufzug in der Klapse abliefern würde. Deswegen nahm ich erst das Klapprad und stieg dann samt Fahrrad auf die U-Bahn um. In der U-Bahn hatte ich Zeit, meinen Plan durchzugehen. Ich fand es zutiefst unfair, dass ich diese Sache allein durchziehen musste. Aber mittlerweile war ich zu bockig, um irgendwen zu bitten, mir beizustehen. Also würde ich Mutters Asche eben ohne Hilfe ausgraben und verstreuen. Das wäre in kürzester Zeit erledigt, und danach würde ich ein neues Leben beginnen. Als Vollwaise, ohne Familie. Wenn das kein Ziel war!

Kurz bevor ich ausstieg, laberte mich ernsthaft ein Typ an, der mir den FC Bayern-Pulli abkaufen wollte. Er behauptete, es wäre ein seltenes Teil aus den späten Achtzigerjahren. Ich hasste es, schwach von der Seite angeredet zu werden. Das machte mir echt schlechte Laune.

Ich schlug sein Angebot aus und stieg wieder auf das Klapprad um.

Vor dem Friedhof parkte ich das Rad in einem Gebüsch und wählte Mikas Nummer. Er ging sofort ran.

»Wie geht es Schröder«, fragte ich. Ich war drauf und dran, Mika auf seinen Besuch auf dem Friedhof anzusprechen. Aber es kam mir unangemessen vor. Ich sollte schließlich nicht wissen, dass er da war. Er hatte wie, sagen wir, wie James Bond über mich, das Bond-Girl, gewacht. Wahrscheinlich wäre es ihm peinlich, wenn ich ihn damit konfrontierte.

»Wir gucken gerade die dritte Staffel von *Emergency Room*.«

Alles lief nach Plan.

»Und ich soll dich von der Chinesin grüßen. Sie vermisst dich.«

»Macht es dir etwas aus, noch ein oder zwei Stündchen auf Schröder aufzupassen?«

»Wo bist du?«

»Vor dem Friedhof.«

Mika schwieg einen Moment.

»Die Asche ausgraben?«

»Exakt.«

»Du bist wirklich sehr speziell, Cressi«, sagte Mika nachdenklich.

»Positiv oder negativ?«

»Das habe ich noch nicht herausgefunden.«

»Sind meine Schwestern schon zu Hause?«, wollte ich wissen.

»Nö.«

Super. Die knallten sich wahrscheinlich die Birne zu, während ich hier in der Dunkelheit herumstiefelte. Ich nahm mir vor, die zwei gleich morgen aus meiner Wohnung zu werfen.

»Wir sehen uns später«, sagte ich und legte auf.

Ich warf mir den Rucksack wieder über die Schulter und marschierte Richtung Friedhofstor. Ich drückte gerade die Klinke herunter, da stoppte ein Taxi vor dem Tor, und meine Schwestern stolperten heraus.

»Sorry, wir konnten uns gerade erst von der Party loseisen«, sagte Eva und drückte dem Fahrer einen Fünfzigeuroschein in die Hand. »Stimmt so!«

»Du kannst dir nicht vorstellen, was die für eine Zeche gemacht haben«, sagte Anna. »Ab fünf Uhr gab es nur noch Schnaps. Violetta und Bärbel sind auf ihren Stühlen eingeschlafen.«

»Und Tante Maggie verträgt so einiges. Die sitzt immer noch da und erzählt dem Drews ihre Lebensgeschichte. Gott sei Dank vergisst er den Quatsch sofort. Wie siehst du denn aus?« Eva runzelte die Stirn.

»Entschuldige bitte, ich habe kein passendes Outfit für einen Grabraub. Außerdem hatte ich keine Ahnung, dass ihr kommt. Sonst hätte ich mir natürlich mehr Mühe gegeben.«

»Wir dachten, wir können dich nicht alleine lassen mit diesem Scheiß«, plapperte Anna los, »und wir hatten etwas Angst, dass du im falschen Grab buddelst. Das kann mit etwas Pech ganz schön ekelhaft werden.«

»Ihr traut mir gar nichts zu«, behauptete ich.

Aber im Grunde war ich scheißfroh, nicht allein hier zu sein. Ich muss sagen, ich war etwas Freddy Krüger und *A Nightmare on Elm Street* geschädigt. Ich gruselte mich unglaublich allein in der Dunkelheit und besonders auf Friedhöfen.

Ich öffnete das Tor.

»Ich frage mich, warum wir das überhaupt durchziehen«, sagte Anna.

»Jetzt fang nicht wieder damit an. Wir hatten das schon bei dem Kleid. Wir tun es jetzt einfach!«

Ich hatte keine Lust, noch einmal über das Warum und Weshalb zu diskutieren. Anna konnte manchmal irrsinnig penetrant sein. Sie ließ einfach nicht locker. Ich dagegen wusste, wann man einfach die Pobacken zusammenkneifen musste. Und zwar genau jetzt.

»Cressi hat recht«, meinte Eva. »Jetzt sind wir fast durch damit. Nach der Aktion können wir alle durchatmen. Vielleicht geht es mir dann auch mit dieser Friedhofsache wieder besser. Also mit dem Wohnen neben Friedhöfen.«

»Ich würde mir eine andere Wohnung suchen.« Anna hakte sich bei uns unter. »Ich weiß, als halbe Mexikanerin sollte ich zu Friedhöfen ein entspannteres Verhältnis haben. Aber irgendwie schlägt dieses Erbe bei mir nicht so durch.«

»Du meinst wegen der *Día de los Muertos*-Feierlichkeiten?«, wollte ich wissen.

Anna nickte.

»Mach dir deswegen keinen Kopf. Ich mag auch keine Köttbullar. Obwohl mein Vater Schwede ist«, erklärte Eva.

Wir blieben vor unserem Familiengrab stehen, und Eva zog ihr Smartphone aus der Tasche, um mit der Taschenlampenfunktion auf den Grabstein zu leuchten.

»Da ist es.« Ich packte den Klappspaten aus.

»Trotzdem. Ich fühle mich auf Friedhöfen nicht wohl«, sagte Anna.

Wer tut das schon. Ich begann zu graben. Die Erde war locker, und ich musste mich nicht einmal besonders anstrengen.

Vielleicht war Gärtnern doch keine so schlechte Idee. Vor meinem inneren Auge beschwor ich eine nette Schrebergartensiedlung. Ich trug eine blaue Latzhose und Lindholm ein kariertes Hemd zu einer aufgekrempelten, abgewetzten Jeans. Wir topften Geranien ein, die wir vor die Fenster unserer Gartenlaube hängen wollten. Normalerweise entwickle ich bei solchen Tagträumen immer eine blühende Fantasie, doch heute wollte sich kein rechtes Bild einstellen. Zumindest kein wohliges Bild. Keine Zukunftsvision. Vielleicht lag es an den Klamotten. Lindholm konnte nicht seine Jesusgewänder in einem Schrebergarten tragen. Aber Jeans standen ihm einfach nicht. Und ich hasste Latzhosen.

Schon als Kind hatte ich die gehasst. Ich tröstete mich damit, dass ich wahrscheinlich nicht der Typ für Schrebergärten war.

Zwei Spatenstiche später traf ich auf die Urne.

»Da ist sie«, sagte ich, zog sie aus der Erde und wischte sie mit meinem Sweatshirt sauber. »Gib mir die Dose!«

Anna reichte mir die Proteinpulverdose und nahm mir die Urne ab.

»Ich muss dir etwas sagen, Cressi.« Sie machte ein verlegenes Gesicht. »Ich habe recherchiert.«

»Was hast du recherchiert?«

Eva räusperte sich. Sie leuchtete immer noch mit ihrem Handy. In dem Licht sah ihre Frisur wirklich gespenstisch aus.

»Ich habe ihr gesagt, sie soll es bleiben lassen. Ich habe gesagt, das geht sie nichts an«, sagte sie entschuldigend.

»Was hast du recherchiert!«, fragte ich noch einmal. Diesmal ungeduldig.

»Na, deinen Vater, Cressi. Zufällig liegt der auch hier. Auf dem Friedhof.«

»Mann. Von Privatsphäre hast du noch nichts gehört«, sagte ich sauer.

»Ich dachte, du willst das vielleicht wissen!«

»Dachtest du, ja?«

Ich stopfte die Dose in das Loch und schaufelte die Erde zurück. Mir ging echt gleich der Hut hoch.

»Glaubst du nicht, ich hätte selbst recherchiert, wenn ich so scharf darauf wäre zu erfahren, wo mein Erzeuger begraben ist?«

»Ich dachte, dazu bist du nicht der Typ.«

»Exakt. Dazu bin ich nicht der Typ. Und weißt du, warum? Weil ich es verdammt noch mal nicht wissen will.«

Es ist absolut pietätlos, auf dem Friedhof herumzuschreien. Deswegen ließ ich es bleiben. Aber ich hatte das Gefühl, dass ich ganz knapp vor dem Ding war, das mir Lindholm mit dem Thermomix hatte erklären wollen. Schnellkochtopf. Sorry.

»Jeder will wissen, wo sein Vater ist«, sagte Anna verständnislos. »Ich habe mir die Finger wund gegoogelt, um meinen zu finden.«

Sie war schon wieder den Tränen nahe, und ich bekam ein schlechtes Gewissen. Durfte man am Tag der Beerdigung der Mutter mit seiner Schwester streiten? So schlimm streiten, dass sie zu heulen anfing? Durfte man ihr eventuell eine knallen? Man könnte behaupten, es wäre eine Überreaktion aufgrund einer emotionalen Stresssituation gewesen.

»Und«, sagten Eva und ich gleichzeitig.

»Ich finde ihn nicht. Er ist nicht der Mexikaner, der beim Mexikaner vom Olympia Einkaufszentrum arbeitet.«

»Jetzt fang bloß nicht zu heulen an!« Ich nahm ihr die Urne aus der Hand und verstaute sie in meinem Rucksack. »Dafür ist jetzt wirklich nicht der passende Moment.«

»Dein Vater liegt hier gleich um die Ecke«, sagte Anna mit zitternder Stimme.

»Und woher weißt du das schon wieder?«, wollte ich wissen.

»Ich habe vor der Beerdigung nach seinem Grab gesucht. Es war gar nicht so einfach zu finden. Weil es so ungepflegt ist. Der Stein ist so mit Efeu überwuchert, dass man seinen Namen nicht einmal richtig lesen kann. Eigentlich habe ich es nur gefunden, weil es das einzige Grab dort war, wo man den Namen nicht lesen konnte. Ich bin nach dem Ausschlussverfahren vorgegangen.«

Ich biss die Zähne zusammen und klopfte die Erde fest.

»Ich finde das wirklich schlimm, wenn sich Hinterbliebene nicht um ein Grab kümmern.«

»Ich kümmere mich auch nicht um das Grab«, sagte ich.

»Vielleicht solltest du das!«, schlug Eva vor.

»Vergiss es! Ich kümmere mich doch nicht um ein Grab, in dem Mutter gar nicht drinliegt. Das ist doch total blöde.«

»Und Vater?«, fragte Anna.

»Er ist nicht mal mein Vater!«, sagte ich bissig. »Und eurer auch nicht!«

»Vielleicht solltest du dich stattdessen um das Grab deines richtigen Vaters kümmern«, empfahl mir Anna.

Ich starrte sie nur böse an.

»Was willst du eigentlich von mir?«, fauchte ich dann.

»Wo wir doch schon mal hier sind, könnten wir einen kleinen Abstecher zu dem anderen Grab machen«, sagte Eva.

»Du meinst Gräberhopping? Das hört sich aber nach Spaß an!«

Ich schnallte mir den Rucksack mit der Urne auf den

Rücken. Von der Erleichterung, die ich gespürt hatte, als ich Anna und Eva vorhin vor dem Friedhofstor getroffen hatte, war nichts mehr übrig. Meine Schwestern steckten immer voller schlechter Überraschungen. Sie waren wie Glückskekse mit unglücklichen Prophezeiungen. Die gab es seit einiger Zeit an Tankstellen zu kaufen, und ich hatte mich immer gefragt, wer bei Unglückskeksen zuschlagen würde. Aber manchmal konnte man es sich nicht aussuchen.

»Du bist viel zu zynisch«, sagte Eva, »es würde dir guttun. Glaub mir.«

»Was weißt du schon!«, murrte ich, ließ mich aber rechts und links von ihnen unterhaken.

Wir liefen ein Stück Richtung Aussegnungshalle, bogen aber dann zur Mauer hin ab.

»Mein Vater will mich nicht sehen«, sagte Eva. »Ich habe ihn per Mail angeschrieben, und er hat geantwortet, er will nicht, dass ich zu seinem Leben gehöre.«

»Arschloch!«, sagte Anna mit Überzeugung.

»Warum hast du ihm überhaupt geschrieben?«, fragte ich.

»Weil ich mich so furchtbar einsam gefühlt habe!«

»Da können einem Väter auch nicht helfen«, sagte ich.

»Er hat eine Familie, und die will er nicht vor den Kopf stoßen. Anscheinend bin ich zwischen seinen zwei richtigen Kindern gezeugt worden.«

»Ach, Eva, es tut mir so leid!«

Anna umarmte Eva. Ich hielt mich zurück. Irgendwie behinderte mich der Rucksack.

»Wahrscheinlich würde mich mein Vater auch nicht

sehen wollen!«, tröstete sie Eva. »Selbst wenn ich ihn finden würde, hätte er wahrscheinlich noch zehn andere, mexikanische Kinder.«

Sie strich Eva über den Rücken.

»Das würde aber auch bedeuten, ich hätte noch andere Geschwister«, überlegte sie, »die ich nur nicht kenne, weil ich meinen Vater nicht ausfindig machen kann.«

Ihre Stimme brach schon wieder.

»Anna, denk jetzt nicht an so etwas!«, bremste ich sie ein.

Ich wusste genau, wohin solche Gedankengänge führen würden. Sie würde daran denken, welche wunderbaren Onkel und Tanten ihre Kinder hätten. Ganz zu schweigen von Großeltern.

»Denk einfach an gar nichts!«, schlug ich vor.

»Okay«, sagte Anna gehorsam. »Ich werde erst wieder daran denken, wenn wir alles erledigt haben.«

Ich seufzte.

»Da ist es übrigens«, Anna deutete auf einen völlig überwucherten Grabstein, und Eva schaltete ihre Taschenlampenfunktion wieder ein, damit wir besser sehen konnten.

Ich bog die Zweige etwas zur Seite.

»Lysander von Malm«, las ich.

»Ein absolut wunderbarer Name.« Anna ging neben mir in die Hocke. »Das sollte dir ein Trost sein. Vielleicht waren seine Eltern adelig.«

Ein Trost für was?

»Und haben ihn verstoßen, weil er in seiner Jugend Mist gebaut hat«, sagte Eva. »Vielleicht hat er mit Drogen gedealt. Und sie haben es herausgefunden.«

»Oder seine Eltern sind verarmt, und deswegen musste er Pakete ausfahren, der arme Kerl.«

»Bestimmt sind seine Großeltern aus Ostpreußen geflohen«, sagte Eva. »Der Name hört sich nicht an, als wäre er von hier.«

»Und dann hatte er ein Flüchtlingstrauma. Ich habe letztens in einer Doku gesehen, dass so etwas vererbt werden kann. Wahrscheinlich wurde er deswegen depressiv!« Anna war begeistert von ihrer Theorie.

»Was für ein Quatsch!«, brauste ich auf. Aus Ostpreußen geflohen! So ein Blödsinn!

»Der Name ist auf jeden Fall absolut poetisch«, meinte Eva. »Seine Mutter muss Shakespeare geliebt haben. *Ein Sommernachtstraum*. Vielleicht werde ich mein Kind auch Lysander nennen.«

»Bloß nicht! Wahrscheinlich bringt der Name Unglück!«

Außerdem war es verdammt noch mal mein Name. Wenn ich ein Kind bekommen sollte, hätte ich das Recht, es Lysander zu nennen. Weil dieser unglückliche Kerl mein Vater gewesen war. Ich fuhr mit der flachen Hand über den Stein. Er fühlte sich rissig an.

»Ich würde mir überlegen, seinen Namen anzunehmen«, sagte Anna. »Hört sich viel besser an als Catterberg.«

»Ich bin mit Catterberg durchaus zufrieden«, betonte ich.

Ich fand diese Situation ziemlich absurd. Mit meiner Mutter in einer Urne im Rucksack vor dem Grab meines leiblichen Vaters zu stehen. Er hatte sich umgebracht, als ich zehn war.

»Wie fühlst du dich jetzt?«, wollte Anna wissen.

»Keine Ahnung.«

»Du musst in dich hineinhören. Ich mache das täglich mehrmals. Ich frage mich, geht es mir gerade schlecht? Oder kann ich es aushalten?«

Was erklärte, weshalb Anna ständig am Heulen war. Würde ich ständig in mich hineinhören, könnte ich Lindholms Praxis wahrscheinlich nie wieder verlassen.

»Es geht mir gut«, sagte ich.

»Du bist echt nicht normal«, sagte Anna, und Eva nickte dazu.

Ich trat abrupt einen Schritt zurück.

»Los, gehen wir«, sagte ich. »Wir haben noch was zu erledigen.«

#watertoashes

Wir bestellten ein Großraumtaxi, damit wir das Klapprad unterbringen konnten. Es ließ sich allerdings nicht mehr klappen, worüber der Taxifahrer einigermaßen sauer war, weil das Rad vermeintlich seinen Kofferraum beschädigte. Ich war froh, dass Eva dabei war. Die ließ sich in solchen Situationen nicht unterkriegen. Da war sie ganz die toughe Geschäftsfrau, erfolgreiche Lektorin und große Schwester. Außerdem sah sie mit ihrer Frisur wirklich furchterregend aus. Der Taxifahrer maulte ein bisschen herum, ließ uns aber dann einsteigen.

Im Taxi fiel mir ein, dass mir Lindholm noch nicht gesagt hatte, warum ich meine Trauer nicht zulassen konnte. Was mich gedanklich an den Tag vor zwei Wochen zurückkatapultierte, an dem Mutter gestorben war. Es kam mir vor, als wäre dieser Tag Jahre her.

Ich zog mein iPhone aus der Tasche und schrieb Lindholm eine WhatsApp. Weil es schon so spät war, traute ich mich nicht, ihn anzurufen.

»Glauben Sie, es würde mir helfen, wenn ich wüsste, weshalb ich meine Trauer nicht zulassen kann?«

Nach meinen bisherigen Erfahrungen half einem Wissen überhaupt nicht weiter. Zu wissen, warum es einem nicht gut ging, brachte in meinen Augen überhaupt nichts. Ich war wirklich auf Lindholms Antwort gespannt. Ich hatte die Vermutung, dass er ganz ungern auf konkrete Fragen antwortete. Meistens kam dann irgendein weitschweifiges Therapeutengeschwurbel, bei dem man irgendwann vergaß, welche Frage man überhaupt gestellt hatte. Wenn Lindholm dann am Ende fragte: »Und? Wie geht es Ihnen nun damit?«, hütete man sich, irgendetwas Negatives zu antworten. Sonst kam er nur auf die Idee, zu einer neuen Erklärung anzusetzen. Ich sagte dann immer: »Fantastisch! Sie haben mir wirklich sehr geholfen!«

Worüber sich Lindholm dann wahnsinnig freute.

Ich fühlte mich dabei, als hätte ich einen Orgasmus vorgetäuscht.

Lindholm antwortete prompt. Wahrscheinlich lag er wach neben seiner Frau im Bett und guckte Pornos auf Youporn. Auch Therapeuten brauchten Zerstreuung.

»Wissen ist Macht!«, schrieb er.

Mangels eines Smileys konnte ich nicht einordnen, ob er es ernst meinte oder ob er mich verschaukeln wollte.

»Ich brauche Details«, whatsappte ich.

Mein Telefon summte, und ich ging ran. Eva und Anna unterhielten sich über Julius und wie furchtbar zerstört er auf der Beerdigung ausgesehen hatte. Anna freute sich über das Ausmaß seiner Zerstörung, und Eva wollte wissen, ob Julius es geschafft hatte, bei der Yogatante trocken zu ejakulieren.

»Wahrscheinlich sieht er deswegen so zerstört aus«,

überlegte Anna. »Trockenes Ejakulieren kann auf Dauer nicht gesund sein.«

»Catterberg«, sagte Lindholm, »welche Details?«

»Sie können mir nicht mit abgedroschenen Phrasen antworten«, sagte ich.

»Ich habe es aber so gemeint. Wenn Sie das Wissen über Ihre Gefühle haben und darüber, wo ihr Ursprung liegt, haben Sie auch die Macht, sie zu beherrschen.«

Ich staunte nicht schlecht.

»Das heißt also ja.«

»Ja«, sagte Lindholm.

»Und was glauben Sie, warum ich meine Trauer nicht zulassen kann?«, wollte ich von Lindholm wissen.

»Was glauben Sie denn?«

»Ich habe zuerst gefragt.«

»Es würde nichts nützen, wenn ich über die Gründe spekuliere. Ich würde Ihnen nur meine Meinung aufoktroyieren, und das wäre am Ende eher schlecht als hilfreich für Sie.«

»Sie wissen es nicht!«, behauptete ich. »Wenn Sie es wüssten, hätten Sie es gesagt.«

Lindholm war zu eitel, um mit seinem Wissen hinter dem Berg zu halten.

»Sie wissen es nicht und speisen mich mit Allgemeinplätzen ab«, pampte ich ihn an. Mit einer Urne auf dem Schoß traute man sich alles zu. Nichts konnte schlimmer sein als eine Urne mit der Asche der eigenen Mutter im Rucksack. Egal, was einem sein Therapeut erzählte.

»Ich glaube es zu wissen«, behauptete Lindholm.

Ich seufzte. Meine Schwestern sahen mich fragend an, aber ich winkte nur ab.

»Wie sind Sie mit dem Tod Ihres Vaters umgegangen?«

»Ich war am Ende.«

Ich dachte unglaublich ungern an diese Zeit zurück. Es fühlte sich an, als würde ich in ein schwarzes Loch springen.

»Und wie haben Sie die Trauer überwunden?«

»Ich habe mich abgelenkt.«

Hauptsächlich mit anderen Männern, Sex und zu viel Alkohol.

»Sie haben Ihre Trauer nicht verarbeitet, sondern verdrängt.«

»Mir hat niemand gesagt, wie man Trauer verarbeitet«, sagte ich.

Ich wollte jetzt wirklich nicht zickig klingen, aber ich konnte nicht anders.

»Können Sie sich vorstellen, was Ihr Unterbewusstsein daraus lernt?«

Ich überlegte.

Der Taxifahrer bog von der Maximilianstraße in eine der kleineren Seitenstraßen Richtung Englischer Garten.

»Können Sie?«, bohrte Lindholm.

»Dass es einfacher ist, das schwarze Loch zu überspringen und gleich mit der Normalität weiterzumachen?«

»Da haben Sie Ihre Antwort.«

»Sie meinen, mein Unterbewusstsein hat dieses Überspringen als Strategie gespeichert?«

»So muss es sein.«

»Wie ein falsch programmierter Computer?«

»Hmmm.«

»So als würde man sich in einem Maislabyrinth einfach quer durchs Feld schlagen, statt den Wegen zu folgen?«

Hatte ich als Kind oft gemacht. Konnte ich nur empfehlen.

»Ein schönes Bild!«

»Lindholm, Sie sind genial!«, sagte ich ehrfürchtig.

Ich schämte mich für alle Zweifel, die ich je an seiner Kompetenz gehegt hatte.

»Ich weiß«, sagte Lindholm sanft.

Wir hielten vor der Tierärztlichen Fakultät. Eva bezahlte den Fahrer und gab ordentlich Trinkgeld, was seine Laune wieder etwas besserte. Er versuchte tatsächlich, mir den FC Bayern-Pulli für zwanzig Euro abzuluchsen, doch ich blieb standhaft. Was hätte ich Wischnewski erzählen sollen? Ich warf mir den Rucksack über die Schultern, und wir stöckelten nebeneinander Richtung Eisbach.

»Wo sollen wir es tun?«, wollte Eva wissen.

»Na da, wo wir früher immer gebadet haben!«

Für mich war die Sache völlig klar. Ich sah die Stelle genau vor mir. Ich sah Mutter unter dem Baum sitzen, über eine ihrer Illustrierten gebeugt, während wir Mädchen mehr oder weniger unbeaufsichtigt im Wasser spielten, uns Hunderte von Metern von der Strömung treiben ließen und dann bibbernd und frierend wieder bachaufwärts liefen. Ohne Pause, stundenlang. Bis wir Hunger bekamen und Mutter wecken mussten, die inzwischen mit den Armen über den Augen eingeschlafen war.

»Es ist eine große Scheiße, dass sie tot ist«, sagte Anna unvermittelt.

Wir hatten den Eisbach erreicht, und ich konnte auch den Baum sehen.

»Sie fehlt mir.«

»Ich finde auch, sie sollte noch da sein«, gab Eva zu.

»Ich hätte sie gerne noch so vieles gefragt«, sagte Anna, »über meinen Vater.«

»Ich hätte sie gerne gefragt, warum sie uns das alles erst so spät erzählt hat«, sagte Eva.

Ich hatte noch nie darüber nachgedacht, dass ich sie nun nichts mehr fragen konnte. Und plötzlich fielen mir absurderweise hundert Dinge ein. Allein das Evvie's. Wie sollte ich das schaffen, ohne sie jemals um Rat zu fragen? Der Rucksack drückte auf meinen Schultern.

»Ich weiß nicht, wie ich das mit dem Bistro schaffen soll«, sagte ich bedrückt. »Hätte sie nicht irgendwann andeuten können, dass ich es bekommen soll?«

»Ich glaube, Mutter war auch nicht besonders gut darin, das Bistro zu führen«, wollte mich Anna trösten. »Sie hat doch auch nur improvisiert.«

»Ich will aber nicht improvisieren!«

»Ich glaube, du kannst das«, sagte Eva und nahm meine Hand. »Du hast am meisten von ihr!«

Ich hatte keine Ahnung, ob mir das jetzt Mut oder Angst machen sollte.

»Und es ist eine Chance für dich, auf eigene Füße zu kommen«, meinte Anna. »Ich glaube, deswegen hat sie es auch so gemacht. Vielleicht wusste sie all die Jahre nicht, was sie damit anfangen soll.«

»Und dann war ihr plötzlich klar, die Cressi, die

kriegt ihr Leben nicht auf die Reihe, da wäre das Evvie's doch ein guter Anker.« Eva drückte aufmunternd meine Hand.

»Ihr seid blöd«, sagte ich freundlich. »Ich hasse euch!«

Meine Schwestern zwinkerten einander zu. Wie früher, als sie vor mir irgendwelche Geheimnisse hatten und ich die Kleine, Doofe war.

»Das ist die Stelle.« Ich nahm den Rucksack ab und stellte ihn ans Ufer des Eisbachs.

»Du hast recht, da ist der kleine Fels am Ufer, und da ist die Weide. Wisst ihr, dass ich schon Jahre nicht mehr hier war?« Eva sah sich erstaunt um. »Ich hätte nicht gedacht, dass wir die Stelle auf Anhieb finden.«

»Ich auch nicht«, gab Anna zu. »Ich hatte bei den Kindern zu viel Angst, sie könnten hier ertrinken. Deswegen bin ich mit ihnen nur ins Freibad. Und irgendwie konnte ich auch die Erinnerungen nicht so gut ertragen.«

Ich wollte nicht zugeben, dass ich oft hierherkam, um einfach nur am Ufer zu sitzen. Ich wollte nicht, dass meine Schwestern dachten, ich sei ein psychisches Wrack, das zu viel an alten Erinnerungen hing. Nicht einmal vor mir selbst gab ich gerne zu, dass es mich hierherzog. Ich fühlte mich dabei wie die Protagonistin eines Film noir. Wohlgemerkt keines deutschen Spielfilms. Es musste etwas Melodramatisches mit gutem Soundtrack sein. Und geilen Klamotten in Schwarz.

»Wir waren ein gutes Team damals«, sagte Eva.

»Ja, du hättest mich beinahe ersaufen lassen.«

Nein, ich war nicht nachtragend. Aber das musste einmal gesagt werden.

»Mir war nicht klar, dass du so gar nicht schwimmen konntest«, Eva zuckte mit den Schultern, »aber es ist ja alles gut gegangen.«

»Ja. Wir sind alle hier und gesund!«, sagte Anna nachdrücklich. »Dafür sollten wir dankbar sein.«

»Wir sind groß geworden, obwohl wir so eine chaotische Mutter hatten. Das ist ein Wunder«, sinnierte Eva.

»Ich hoffe, dass ich eine bessere Mutter bin«, sagte Anna.

»Das bist du. Nur deine Kinder sind schrecklich.« Ich öffnete den Rucksack und nahm die Urne heraus.

»Ich glaube, das liegt an Julius«, gestand Anna und ließ sich auf den Boden plumpsen. »Er hat einfach einen schlechten Genpool.«

»Das war auch mein Gedanke«, sagte Eva. »Und wie sollen wir die jetzt aufkriegen?«

Ich kniete mich auf den Boden und drehte die Urne hin und her. Der Deckel sah so ähnlich aus wie der eines Farbeimers.

»Ich habe ein Taschenmesser dabei.« Ich wühlte in Wischnewskis Rucksack danach. »Ich hatte mir schon gedacht, dass die keinen Schraubverschluss hat.«

»Vielleicht habe ich die Kinder zu viel fernsehen lassen«, sagte Anna, während ich mit dem Messer an dem Deckel herumpulte. »Ich hatte oft ein wahnsinnig schlechtes Gewissen deswegen.«

»Unsinn. Das machen doch alle.« Eva setzte sich mit untergeschlagenen Beinen neben mich und Anna.

»Die Hardcore-Mütter nicht. Und vor allem nicht

stundenlang. Manchmal habe ich mich in die Badewanne gelegt. Und die Kinder haben *Lego Star Wars* geguckt. In Dauerschleife.«

»Du machst dir zu viele Vorwürfe, das bringt gar nichts.« Es war gar nicht so einfach, das Messer unter den Rand des Deckels zu bekommen.

»Fernsehen macht total viel kaputt«, sagte Anna niedergeschlagen.

Mit einem leisen Plopp ging der Deckel auf.

»Ups«, sagte ich überrascht, »das ging jetzt aber schnell!«

Wir beugten uns über die Urne. Ganz oben lag ein gefaltetes Papier.

»Fass es nicht an«, sagte Eva unbehaglich. »Ich habe gelesen, dass man vor dem Verbrennen eine Nummer bekommt. Und die kommt dann in die Urne. Damit es keine Verwechslungen gibt. Wäre ja auch schlimm, wenn man jemand Fremden … ihr wisst schon. Die gleiche Nummer ist dann außen auf der Urne.«

Anna machte große Augen.

»Das höre ich jetzt zum ersten Mal.«

»Ich habe mich intensiv mit diesem ganzen Verbrennungskram beschäftigt«, gab Eva zu.

Und da wunderte sie sich, dass sie Panikattacken bekam. Ich hatte mich absichtlich nicht damit beschäftigt. Vielleicht war ich wirklich oberflächlich, aber gewisse Dinge wollte ich einfach nicht im Kopf haben. Ich neigte eher dazu, mir bei unangenehmen Dingen die Ohren zuzuhalten und laut zu summen. Wobei meine Ohren das neuerdings von selbst erledigten. Vielleicht war das überhaupt die ultimative Erklärung für Tinnitus.

»Du solltest dich mit positiveren Dingen beschäftigen«, riet ihr Anna.

Ich konnte gefalteten Zetteln nicht widerstehen. Wenn Mutter eine Nummer war, dann wollte ich sie wissen. Ich nahm vorsichtig den Zettel heraus und faltete ihn auseinander. Es war keine Nummer. Ich erkannte Mutters Handschrift.

»Taschenlampe«, sagte ich, und Eva schaltete ihre Taschenlampenfunktion ein.

»Das war jetzt so was von klar«, sagte Anna. »Sie muss den Bestatter bestochen haben, damit er so etwas tut! Das bringt auch nur sie fertig!«

»Meine Mädchen«, las ich vor, *»ihr seid die Besten! Ich wusste, dass ihr mir meinen letzten Wunsch erfüllen würdet. Im Gegensatz zu euren nichtsnutzigen Tanten! Ich liebe euch! Eure Mutter. Wahrscheinlich die schlechteste Mutter der Welt. PS: Anna, dein Vater heißt Santiago Morales. Er arbeitet im Dean and David im Olympia Einkaufszentrum. Eva, dein Vater ist ein Arschloch. Mach dir nichts draus. Cressi, deine Tanten werden dir zusetzen, dass du das Evvie's aufgibst. Mach mir die Freude und bleib standhaft!«*

Eine Weile saßen wir still da.

»Ich glaube, ich werde sie vermissen«, sagte Eva irgendwann, »dieses verrückte Huhn!«

»Ich vermisse sie jetzt schon«, gab ich zu.

»Ich auch!«

Wir nahmen uns an den Händen, so wie früher, wenn Mutter uns allein zu Hause gelassen hatte und wir uns versicherten, dass nichts passieren konnte, weil wir ja zu dritt waren. Und drei war eine Glückszahl. So viel zur Logik von Kindern. Aber die Hände meiner

Schwestern in meinen Händen hatten sich schon immer gut angefühlt. Auch wenn die beiden extrem nervig sein konnten.

»Wir sollten sie jetzt freilassen«, meinte Anna, »so wie sie es gewollt hat.«

»Nicht dass sie noch Platzangst in der Urne bekommt«, nickte Eva.

»Genau«, sagte ich.

Im Gänsemarsch liefen wir den Eisbach flussauf, bis wir kurz unterhalb der Welle standen. Mir kamen lauter komische Dinge in den Sinn. Zum Beispiel, dass ich gerne »Der Mond ist aufgegangen« singen würde, wie es Mutter früher manchmal getan hatte, wenn sie uns ins Bett brachte. Weil ich mir dabei aber albern vorgekommen wäre, verkniff ich es mir, obwohl der Mond tatsächlich hoch über den Weiden stand. Der Eisbach rauschte, dahinter rauschte der Verkehr, und ab und zu kam ein Radfahrer vorbei. Der uns dann aber nicht beachtete.

»Hier?«, wollte Eva wissen, und Anna und ich nickten.

»Wer tut es?«

»Du, Cressi!«, sagte Anna. »Mutter hätte gewollt, dass du es tust.«

»Warum auch immer«, sagte ich ergeben.

Aber vermutlich war es so. So etwas blieb immer an mir hängen. Ich fragte mich, wann man die Rollen, die man in Familien zugeteilt bekam, wieder abgeben konnte. Wie in einer Daily Soap. Wahrscheinlich erst, wenn man den Serientod starb.

Ich hielt die Urne über das Wasser.

»Will noch jemand etwas sagen?«, fragte ich.

»Ja, und zwar: Was zum Teufel tun Sie hier?«, fuhr mich eine Stimme von hinten an.

Wenn ich sage, ich erschrak fast zu Tode, meine ich das wörtlich. In meinem Schreck ließ ich die Urne fallen, es staubte fürchterlich. Wir fuhren herum, aus den Augenwinkeln sah ich, wie die Urne von der Strömung erfasst wurde und kreiselnd davontrieb. Ich konnte nicht erkennen, ob der Typ vor uns ein Parkwächter oder ein Polizist war. Seit es diese seltsamen neuen blauen Uniformen gab, war man sich ja oft nicht sicher, ob man vor einem Hüter des Gesetzes stand, einem Angestellten von Disneyland oder einem Trickbetrüger, der einem den letzten Zwanziger abluchsen wollte. Oder vor jemandem, der sich bei Beate Uhse ein Kostüm für Sexspielchen besorgt hatte. Ich bin in diesem Fall wirklich oldschool. Früher hat man die Polizei an ihren grünen Klamotten erkannt und wusste, was zu tun war. Meistens einfach rennen.

»Sie haben jetzt nicht das getan, was ich glaube«, sagte der Typ streng.

Er machte eine Taschenlampe von seinem Gürtel los und leuchtete uns nacheinander ins Gesicht.

»Was glauben Sie denn?«, fragte Anna vorsichtig.

»Was glauben Sie denn, was ich glaube?«

Ich hasse solche Spielchen.

»Keine Ahnung«, sagte ich, »ich kann ja nicht Gedanken lesen. Wenn ich das könnte, würde ich damit jede Menge Geld verdienen. Ich hätte eine eigene Show bei Pro 7. Oder eine Serie wie der *Mentalist*.«

»Sie haben ganz offensichtlich eine Urne im Eisbach entsorgt.«

Ich wollte ihn gerade darüber aufklären, dass wir keineswegs die Urne entsorgen wollten. Das war schließlich ausschließlich seinetwegen passiert, da spürte ich, wie Anna und Eva nach meinen Händen griffen, und im nächsten Moment fiel ich rückwärts in den Eisbach.

Das Wasser schlug über meinen Kopf zusammen. Ich konnte nicht fassen, wie stark die Strömung hier war. Vielleicht kam es mir auch nur so vor, weil es dunkel war. Ich tauchte wieder auf, wurde mit Eva und Anna über felsigen Untergrund gespült und schrammte mir die Knie auf. Es tat Hölle weh. Ich wünschte in dem Moment, ich hätte keine Stilettos angezogen. Das war tatsächlich eine der wenigen Gelegenheiten, wo ich mir anderes Schuhwerk gewünscht hätte. Birkenstocksandalen oder sogar Crocs. Zumindest konnte ich inzwischen ordentlich schwimmen. Nicht wie damals.

Das Ufer flog vorbei, und ich wunderte mich, wie es der Typ damals geschafft hatte, mich aus dem Wasser zu ziehen. Durch ein Wunder war ich noch am Leben. Man sollte insgesamt dankbarer für Wunder sein.

»Was sollte denn das sein!«, fragte ich, als ich mich orientiert hatte und mehr oder weniger ruhig flussab trieb.

Ich kann nur jedem empfehlen, zumindest einmal in seinem Leben in den Eisbach zu springen. Es macht wirklich Laune. Man will es sofort wieder tun.

Anna und Eva rissen mich an den Händen nach rechts. Wir trieben unter der kleinen Brücke durch. Ich konnte absolut verstehen, warum es verboten war, in den Eisbach zu springen. Aber einmal sollte man es wirklich tun.

»Flucht«, sagte Eva, »wir flüchten. Ich habe keinen Bock auf eine Anzeige. Das kann mich den Job kosten.«

»Oh, Leute, wie geil ist das! Ich verstehe gar nicht, warum ich das schon Jahre nicht mehr getan habe!« Anna tauchte unter und ein paar Meter weiter wieder auf. Ich hatte sie schon lange nicht mehr so glücklich gesehen.

»Weil wir groß sind«, sagte Eva.

»Ich hasse es, groß zu sein«, sagte Anna.

Etwa einen Kilometer flussab schafften wir es aus dem Wasser. Wir liefen quer durch den Englischen Garten und ergatterten ein Taxi vor der Reitschule. Erstaunlicherweise stellte der Fahrer keine großen Fragen, als drei durchnässte, bibbernde Frauen zu ihm in den Wagen stiegen. Er wollte nur wissen, ob wir Geld dabeihatten. Eva zog eine nasse Kreditkarte aus ihrer Tasche, und der Fahrer holte uns eine Decke aus dem Kofferraum, in die wir uns zu dritt auf der Rückbank einwickelten.

»Ist es nicht ein bisschen komisch, dass wir mit Mutters Asche geschwommen sind?«, wollte Anna wissen.

Cringe, würde Lucinda Beckett sagen. Wir zuckten mit den Schultern.

»Wer weiß, was da noch alles so rumschwimmt«, sagte Eva.

»Eine Urne zum Beispiel«, sagte ich.

#dogsandboyfriends

Mika lag vor dem Sofa und Schröder zusammengerollt darauf. Um das Sofa herum lagen etliche Aluschalen vom Chinaimbiss und ein paar leere Bierflaschen. Alles sah nach einem wirklich gemütlichen Männerabend aus. Der Fernseher lief ohne Ton. Ich hatte von Leuten gehört, die nur schlafen konnten, wenn der Fernseher lief. Das stellte ich mir schrecklich vor. Meine Schwestern verschwanden auf Zehenspitzen in meinem Zimmer. Ich musste zusehen, dass ich aus den nassen Klamotten kam, und taperte ins Badezimmer, ließ die Klamotten auf den Boden fallen, stellte mich unter die Dusche und drehte das Wasser auf heiß.

Das war es jetzt also. Mutter schwamm im Eisbach, verband sich auf ewig mit Algen, Schlick und Fischen, und ich hatte den Rest meines Lebens vor mir. Während das Wasser auf meinen Kopf prasselte, wartete ich darauf, dass sich ein Gefühl der Erleuchtung, irgendeine Erkenntnis oder zumindest innerer Friede einstellte. Stattdessen fühlte ich mich nur erschöpft.

Als ich aus der Dusche kam, stand Mika im Badezimmer. Er gähnte und rieb sich die Augen.

»Na?«, fragte er. »Alles erledigt?«

»Sieht so aus«, sagte ich und beeilte mich, mich in ein Handtuch zu wickeln.

»Und jetzt?«

»Keine Ahnung.«

Jetzt wäre wieder der perfekte Moment für eine Film-noir-Einstellung gewesen. Allein das Badezimmer mit diesen kleinen abgeschlagenen Fliesen. Die perfekte Kulisse. Dazu deprimierende, aber wirklich geile Musik. Ich, die Hauptperson, bricht endlich in Tränen aus. Er, ihr Liebhaber, also Mika, reicht ihr, also mir, eine Zigarette. Sie schweigen, während sie rauchend am Fenster steht und traurig in die Ferne blickt. Ich stehe wirklich auf diese Art von Film.

Aber irgendwie fehlte dazu die Musik.

»Hast du eine Zigarette?«, fragte ich, aber Mika schüttelte den Kopf.

Er stupste mit dem Fuß den nassen FC Bayern-Pulli an, der vor der Dusche auf dem Boden lag.

»Wo hast du denn den her?«

»Von Wischnewski. Und nein, ich will ihn nicht verkaufen.« Aber ich würde Wischnewski beichten müssen, dass sein Rucksack noch am Eisbach lag. Samt Klappspaten.

»Schade. Ist ein seltenes Teil.«

Er kam einen Schritt näher und legte seine Arme um mich.

»Was wird das?«, wollte ich wissen.

»Du musst deinen Kopf an meine Schulter legen«, sagte Mika.

»Okay.«

Ich legte meinen Kopf an seine Schulter.

»Die zwei Wochen sind um«, sagte Mika.

»Welche zwei Wochen?«

»Das Ultimatum.«

»Oh.« Das hatte ich ganz vergessen.

Ich legte meine Arme um seinen Bauch. Das fühlte sich gut an. Er roch ein bisschen nach Glücksente.

»Und? Hast du was gefunden? «, fragte ich ihn.

»Nein. Aber das macht nichts. Ich werde meine Yiayia besuchen fahren.«

»Und dann?«

Er zuckte mit den Schultern und strich mir über den Rücken.

»Mir fällt schon was ein.«

»Klar.«

»Glaubst du, wir haben noch eine Chance auf einen One-Night-Stand?«, wollte Mika wissen.

»Weißt du, Mika, aus dem Alter bin ich, glaube ich, raus«, sagte ich und meinte es auch so.

»Willst du damit sagen, du willst eine Beziehung?«

Mika hatte sein Kinn auf meinen Kopf gelegt. Fühlte sich ein bisschen an wie Schröders Kinn. Männer und Hunde sind sich in vielen Dingen gar nicht so unähnlich. Sie können einem ein Gefühl der Sicherheit geben. Ein vermeintliches. Aber was machte das schon.

»Vielleicht.« Ich drückte ihn fester. Seine Brust war genauso, wie ich es mir vorgestellt hatte.

»Das sind ja mal Neuigkeiten.«

Ich hob meinen Kopf, um Mika anzusehen. Vielleicht war es auch kein Film noir. Sondern eine total kitschige Rosamunde-Pilcher-Fernsehproduktion. Man sollte für alles offenbleiben. Schließlich konnte man mit einem guten Soundtrack ganz viel drehen. Und mit den richtigen Klamotten. Und einem Undercut.

Ich hob meinen Kopf, und Mika küsste mich.

#Therapist #forever

Ich sitze in Lindholms Sessel, zurückgelehnt, die Beine übergeschlagen. Ich trage ausgewaschene High Waist Jeans und ein schwarzes bauchfreies Top von Topshop, das Phil mir geschenkt hat. Ab und zu bestellt er Sachen, die er einmal trägt und dann an mich weitergibt. Ja, auch bauchfreie Tops.

Schröder liegt zwischen mir und Lindholm. Er hat einen Döner intus. Ich dachte, etwas Abwechslung könnte nicht schaden. In meiner Handtasche ist das Kochbuch. Heute geht es los. Phil und ich haben uns wegen der Speisekarte im Evvie's verabredet. Nach der Sitzung.

»Wie geht es Ihnen heute?«, will Lindholm wissen.

»Ich fühle mich friedlich«, sage ich, und es stimmt.

»Auf was führen Sie das zurück?«

»Ich hatte Sex mit einem Griechen.«

Lindholm runzelt die Stirn. Sagt aber nichts.

»Mehrmals. Jeden Tag mindestens zwei Mal.«

Auf dem Sofa. In meinem Bett. Unter der Dusche.

Im Evvie's auf dem Tresen. Ich überlege. Wo noch? In einem Mercedes 240 TD und in meiner Küche, als Lucinda in der Uni war. Ich lächle, und Lindholm runzelt noch mehr die Stirn.

Ich liebe ihn trotzdem, denke ich zärtlich. Auch falls er einen kleinen Penis hat. Oder vielleicht gerade deswegen. Es würde ihn besonders machen. Ich meine, jeder Mann kann einen großen Schwanz haben. Dazu gehört nicht viel. Aber Lindholms Intellekt und sein Einfühlungsvermögen, die macht ihm so schnell keiner nach.

Er sagt immer noch nichts, sondern schiebt ein kleines Stück Papier auf seinem Schreibtisch von rechts nach links und wieder von links nach rechts.

»Was ist das?«, frage ich ihn.

»Das will ich von Ihnen wissen«, sagt er und schiebt den Schnipsel zu mir herüber.

Ich rutsche näher und beuge mich darüber. Es ist ein Zeitungsartikel.

»Kurz notiert.«

Ein Bild, auf dem eine äußerst ramponierte, schlammbedeckte Urne zu sehen ist. Die Swarovski-Steine kann man trotzdem noch erkennen. Du meine Güte, wer hat die denn aus dem Eisbach gefischt? Darunter steht:

»In der Nacht zum Mittwoch entsorgten drei junge Frauen eine Urne (Bild) in der Nähe des Eisbachs. Ein Polizeibeamter (also doch!) *stellte die Frauen. Sie entzogen sich der Personenkontrolle durch einen Sprung ins Wasser. Die Urne wurde von Spaziergängern im Uferbereich gefunden. Um sachdienliche Hinweise wird gebeten.«*

Ich lehne mich wieder in meinem Sessel zurück.

»Darf ich das behalten?«, frage ich.

»Catterberg«, sagt Lindholm, »Sie wissen, ich unterliege der Schweigepflicht.«

»Genau.«

Zum Glück. Er könnte mit meiner Story Millionen verdienen, würde er sie nach Hollywood verkaufen.

»Sie bringen mich tatsächlich an meine Grenzen.«

Ich nicke verständnisvoll.

»An die Grenzen der Legalität.«

Wir sehen uns tief in die Augen.

»Eine Therapie ist kein Wunschkonzert«, sage ich, »das müssten Sie doch am besten wissen.«

Lindholm nickt und trinkt aus seinem Wasserglas, auf dessen Grund mehrere Halbedelsteine liegen. Er lässt das Wasser kreisen und versinkt in therapeutischen Gedanken. Vielleicht beamt er sich auch in eine andere Sphäre. In eine fünfte Dimension. Auch Therapeuten brauchen einen Rückzugsort. Dafür habe ich größtes Verständnis.

Ich bin schließlich Profi.